ENEMY MINE
– Geliebter Feind –

Roman von
Barry B. Longyear und David Gerrold

nach einem Drehbuch von Edward Khmara
und dem Roman von Barry B. Longyear

Deutsche Erstveröffentlichung

WILHELM HEYNE VERLAG
MÜNCHEN

HEYNE ALLGEMEINE REIHE
Nr. 01/6677

Titel der amerikanischen Originalausgabe
ENEMY MINE
Deutsche Übersetzung von Eva Malsch

Copyright © 1985 by Barry B. Longyear und David Gerrold
Copyright © der deutschen Übersetzung 1986 by
Wilhelm Heyne Verlag GmbH & Co. KG, München
Printed in Germany 1986
Umschlagfoto: Twentieth Century Fox
Umschlaggestaltung: Atelier Ingrid Schütz, München
Gesamtherstellung: Presse-Druck Augsburg

ISBN 3-453-02277-7

1

Der Wachsame

Die Satellitensonde am äußeren Verteidigungsgürtel hatte dreiundvierzig Sekunden Zeit, um die Ankunft von vier feindlichen Marodeuren zu melden, bevor sie zerstört wurde. Diese Warnung genügte vollauf.

Noch bevor die Nacht im Log-Computer der Sternenbasis gespeichert wurde, tönten die Signale durch die Korridore unter der Startbahn. Die Crews, die schon in Bereitschaft standen, sprangen hastig beiseite, als die Piloten zur Abschußrampe stürmten. Major Anne Morses ›Mittwochsgruppe‹ führte das Team an.

Davidges Schiff *The Strike* war das dritte in der Reihe, und Davidge kletterte selber ins Cockpit, wobei er automatisch die Sekunden zählte. Sein Navigator Joe Wooster – jung, blond und ein übereifriges Arbeitstier – war ihm um zwei Sekunden voraus. Er hob einen Zeigefinger, um anzukündigen, daß er zwei Sekunden lang auf Davidge warten und erst dann weiterzählen würde.

Davidge klemmte seinen Fliegeranzug zwischen die Kontrollgeräte, verschloß seinen Helm, schaltete den Start-Check ein... »Weiterzählen!«... brachte den Schiffs-Check in Gang, wartete auf das grüne Licht an seiner Kontrolltafel und schnallte sich an. Der Bildschirm vor ihm zeigte bereits den Vektor: »Zielmanöver-Sturzflug in einem Winkel von 36°6'. Fertigmachen zum Sperrflug – über den Pol von Fyrine IV.«

Irgend etwas unter ihnen wurde klirrend zugeworfen – die Bereitschaftscrews hatten soeben die letzten Nabelschnüre durchtrennt. Ein heftiger Ruck ging durch den Jagdbomber, dann glitt er in den Abschußschacht. Für einen Augenblick herrschte völlige Dunkelheit, während die sechs BTA-Bomber lautlos, im freien Fall aus der Sternenbasis stürzten.

Nach einem Countdown von sechs Sekunden starteten alle gleichzeitig ihre Motoren. Die Beschleunigung preßte Davidge und Wooster tief in ihre Sitze. Der Maschinenlärm ließ den ganzen Jagdbomber vibrieren und rief ein fast sinnliches Gefühl hervor, das ihnen durch und durch ging.

Dann wurden die Motoren wieder abgeschaltet. Sie rasten weiter im freien Fall. Davidge machte den Turbo-Antrieb startklar. Der Bildschirm vor ihm wurde schwarz, dann erschien eine graphische Darstellung. Wooster zielte bereits.

»Überprüfen Sie die Lage, Flugleiter«, sagte Davidge in sein Helm-Mikrophon. »Hier ist Echo Zwei. Ich habe Banditen auf drei Uhr.«

Knisternd klang Major Anne Morses Antwort. »Roger, Echo Zwei. Ich mache eine Kopie. Schwenken Sie um neunzig Grad nach rechts ab und greifen Sie an!«

Immer noch im freien Fall, bogen die sechs Bomber nach rechts – dann noch weiter nach rechts. Ein Sperrflug würde schwierig sein, aber nicht unmöglich. Die Vorwärtsbewegung des Fliegers mußte unterbunden, der entsprechende Vektor dem Sperrflugvektor hinzugefügt werden. Und wann immer die feindlichen Schiffe den Kurs änderten, mußten die Computer neue Vektoren errechnen.

Die Maschinen feuerten – und Davidge wurde erneut in seinen Sitz zurückgepreßt. »Turbo-Antrieb – jetzt!« schrie Wooster, alles wurde rot und dann grau und dann...

...flogen sie in Keilformation über den Nordpol des

Planeten. Fyrine IV war leuchtend grau, mit weißen, braunen und blauen Streifen. Vom All aus betrachtet, wirkte die Atmosphäre düster und schmutzig. Diese Welt besaß nicht einmal genug Charakter, um einen Spitznamen zu verdienen. Sie war nur eine von vielen ›Scheißkugeln‹.

Auf Davidges Radarschirm war der Feind jetzt in Form von vier deutlich erkennbaren Leuchtzeichen zu sehen. Joe Wooster meldete eifrig: »Sie tauchen in die Atmosphäre ein...«

»Das wird ihnen nichts nützen...«

Über den Bordfunk kam Simpsons Stimme. »Echo Sechs an Flugführer. Unsere Kumpel ziehen an der gelben Schnur.«

Arnolds Stimme: »Okay, Mittwochsgruppe, holen wir sie runter...«

Davidge schaute nach rechts, um festzustellen, ob Arnold schon ausscherte und hinabstürzte. Aber Arnold war bereits aus seinem Blickfeld verschwunden.

»Los, Willy!« stieß Wooster hervor. »Machen wir die Bastarde fertig, und fliegen wir heim. Ich bin mit Murcheson verabredet.« Beim letzten Wort überschlug sich seine Stimme und verriet seine Nervosität.

Davidge war viel zu sehr mit dem Studium seines Bildschirms beschäftigt, um Woosters Furcht zu bemerken. Die Art und Weise, wie die Dracs auf die Planetenoberfläche zurasten, mißfiel ihm. Irgendwie kam ihm das zu absichtlich vor. Versuchten sie es mit einer neuen Strategie? Trotz gewisser Bedenken steuerte er das Schiff herum. Sobald sie auf dem neuen Kurs waren, fragte er: »Hast du was über Murcheson gesagt? Die Krankenschwester?«

Wooster grunzte zustimmend. »Diesmal wird's passieren. Sie will's genauso wie ich, das weiß ich.«

»Du Glücklicher! Ist das eigentlich dieselbe Murcheson, die wir mal ›Weißes Walroß‹ genannt haben?«

»He, was soll das? Sie hat zwanzig Pfund abgenommen.«

Davidge grinste. »An deiner Stelle würde ich mal bei der Dame nachschauen.«

»Ich mag gut gepolsterte Frauen. Bei denen hat man's viel bequemer.«

»Na, wenn du meinst...« Davidges Interesse verflog. Er beobachtete die Hitzesteigerung an der Außenwand des Bombers. Die Dracs hatten schon frühzeitig herausgefunden, daß die BTA-Laser in der schmutzigen Nebelsuppe rings um Fyrine IV nichts ausrichteten. Und die Reichweite der Erdengeschosse wurde mehr als halbiert, weil sie nicht nur steuern, sondern auch gegen die Schwerkraft des Planeten ankämpfen mußten. Dadurch waren die Chancen beinahe gleich verteilt, denn sobald die BTA-Bomber in die Atmosphäre eingedrungen waren, mußten sie so nah an den Feind heranfliegen, um ihre Geschosse abfeuern zu können, daß sie den Dracs die Gelegenheit boten, zurückzuschießen. Das gefiel Davidge nicht. Es gab ohnehin schon genug Probleme.

Außerdem haßte er das atmosphärische Tempo. Es war ihm viel zu langsam, und er kam sich dabei wie eine Zielscheibe vor. Wenn sie diese Dracs ausschalten wollten, mußten sie ihnen zu Leibe rücken, bevor sie in die Nebelsuppe eintauchten.

Davidge runzelte die Stirn, zog den Knüppel hoch und steuerte den Bomber nach oben, um einen Drac abzufangen, der gerade emporstieg und ihm den Weg abschneiden wollte. Warum zum Teufel...? Für solche Fragen hatte er keine Zeit. Drei Sekunden, zwei Sekunden...

Fast ohne zu denken, feuerte Davidge zwei Raketen ab und riß das Schiff zur Seite. Die Explosion färbte den Himmel weiß, obwohl sie in die andere Richtung schauten.

Wooster kreischte vor Schreck.

Davidge hatte anderes im Sinn als zu schreien. Die Raketen waren viel zu nah detoniert. Er blickte auf seine Monitore. »Was hältst du von einer neuen Kalibration?«

»Alles in Ordnung«, würgte Wooster mühsam hervor. Sein Atem ging ziemlich unregelmäßig. Dann fügte er hinzu: »Na ja, vielleicht sind wir ein bißchen geröstet worden. Aber ich will ohnehin keine Kinder kriegen.«

»Wunderbar! Damit tust du dem genetischen Erbe unserer Species einen großen Gefallen.«

»O Scheiße....«, sagte Wooster abrupt.

Bevor Davidge Fragen stellen konnte, blinkte der Bildschirm vor ihm auf und zeigte eine Karte in größerem Maßstab. Sechs weitere Drac-Marodeure fielen hinter ihnen in die Atmosphäre.

»...noch sechs Banditen!«

Das war also der Trick. Okay, es würde haarig werden, aber sie konnten es schaffen. Davidge drückte auf einen Knopf.

»Flugleiter, kopieren Sie das?«

Gleich darauf ertönte Arnolds Stimme: »Roger, Echo Zwei. Die glauben wahrscheinlich, wir hätten sie nicht gesehen.«

»Ich habe sie jedenfalls nicht gesehen«, knurrte Davidge. »Hat sie überhaupt irgend jemand gesehen?«

»Wenn wir zurückkommen«, sagte Morse, »rede ich mal mit...«

»Jetzt sehe ich sie«, verkündete Cates.

Davidges Bildschirm zeigte die BTA-Bomber, die einen Bogen beschrieben, um den herabstürzenden Dracs entgegen zu fliegen. Und nur für den Bruchteil einer Sekunde gestattete er sich zu bezweifeln, daß sie jemals zurückkehren würden...

2

Der Marodeur

...und dann hatte er keine Zeit mehr, um zu denken.

Cates' erste Rakete zerstörte einen der Marodeure. Die Explosion füllte den Himmel mit bunten Blitzen. Die Restexplosionen glühten durch die Nacht, flackerten und knisterten, entluden ihre immer noch gefährlichen Energien. Unter anderen Umständen wäre der Anblick eindrucksvoll gewesen. Im Augenblick war Wooster nicht daran interessiert.

»Willy!« Das war Wooster. »Ein Bandit auf Null!« Das Schiff fiel direkt von oben herab.

Davidge ging bereits in die Schräglage und zog das Schiff nach rechts. Der Horizont kippte um, drehte sich, aber der feindliche Pilot hatte ihn durchschaut. Der Drac war sogar schon vor Davidge zur Seite geflogen. Und jetzt fiel er immer noch auf den Bomber herab – kam immer näher...

»Scheiße! Sieh zu, daß du dein Mittagessen nicht ausspuckst!« Davidge schloß die Augen – nicht einmal er wollte sehen, was jetzt geschehen würde – und zerrte am Steuerknüppel. Das Schiff schlingerte zur Seite. Er riskierte einen Sackflug – oder noch was Schlimmeres. Doch diese Finte war nötig.

Er zählte bis eineinhalb, dann riß er den Knüppel hart nach oben, drückte auf den roten Knopf und stieg empor. Wie ein Hase sprang der Bomber hoch, raste hinauf wie ein Streifen aus rotglühendem Metall. Davidge öffnete die Augen und zog das Schiff zurück, kopfüber schoß es hinab und wurde wieder abgefangen, dann glitt es erneut ein wenig nach rechts. Das alles konnte nur funktionieren, wenn es stimmte, daß die reptilartigen Drac-Piloten wesentlich langsamere Reflexe hatten als die Menschen. Und das bezweifelte er...

Es hatte funktioniert. Da war der Drac-Marodeur direkt vor ihnen, und vor dem Marodeur war Echo Sechs! Simpson.

»Echo Sechs. Die Banditen rücken näher.«

»Wo ist er, Wil...«

Alles färbte sich blau. Davidges Herz drohte stillzustehen.

»O süßer Jesus...«, brüllte Wooster.

Davidge hörte es wie aus weiter Ferne. Er war erstarrt. Blaue Blitze hüllten sie ein. Nie zuvor war er so nahe an eine Explosion herangekommen. Sie waren wahrscheinlich tot und wußten es noch nicht. Trotz des Getöses, trotz des Geprassels erschien ihm das Schiff seltsam still, und er kam sich vor, als würde er durch Eiswasser treiben.

Und dann erlosch das letzte blaue Licht. Der Marodeur schwebte immer noch vor ihnen und versuchte nicht, auszuweichen. Dem Drac-Piloten mußte es noch schlimmer ergangen sein...

Davidge war nicht mehr fähig, Zorn zu empfinden – der war mitsamt den blauen Blitzen erloschen. Nichts war mehr übriggeblieben außer dem festen Willen, diesen Drac zu töten. Er verspürte keine Leidenschaft, überhaupt keine Gefühle, denn er war zu einem Todesroboter geworden und raste auf den Marodeur zu.

»Wooster?«

»Ja?«

»Haben wir noch K's übrig?«

»Ja, fünfundsechzig, und wir werden Probleme mit der Hitze bekommen.«

»Egal«, sagte Davidge. Obwohl er wußte, daß es nicht egal war. Aber es spielte keine Rolle mehr, ob sie überleben würden oder nicht. Sie waren schon tot. Davidge wollte nur noch den Drac ins Jenseits mitnehmen, das war alles.

Der Marodeur fiel wie ein Stein herab. Noch zwei Minuten, und er würde in den wogenden Nebelschichten verschwinden, die Fyrine IV als Atmosphäre benutzte. Während sich Davidge dem Feind näherte, begann dessen Schiff von einer Seite zur anderen zu schwanken...

»Daß die so was machen, habe ich noch nie gesehen«, sagte Wooster.

»Ein sogenannter Himmelsspaziergang«, erklärte Davidge. »Das bedeutet, daß sein Stabilisator im Eimer ist. Dadurch wird es schwieriger, ihn zu treffen...«

Sein Finger krümmte sich um den Abzug, und für einen kurzen Augenblick fühlte er sich irgendwie mit dem Piloten des Marodeurs verbunden – im Tod und im Leben. Er drückte ab. »Sprich deine Gebete, Krötenfratze...« Es klang fast liebevoll.

Die Rakete schoß davon und hinterließ einen weißen Schweif...

...der Marodeur schwankte seitwärts...

...und die Rakete raste vorbei und hinab in die Atmosphäre.

»Er muß seine Gebete gesprochen haben«, meinte Wooster.

»Halt den Mund.«

Der Marodeur legte sich auf die Seite und sauste hinab. Davidge folgte ihm.

3

Hinein in die Suppe

»Was tust du zum Teufel?« schrie Wooster.

»Das steht nicht im Handbuch«, grunzte Davidge. »Ich hab's selber erfunden.«

»Die Motorentemperatur steigt. Und die Schildplatten werden rot.«

Der Planet hing jetzt über ihnen... Es war eine Illusion, sie rasten kopfüber darauf zu... Das spielte keine Rolle... Davidge konnte den Marodeur nicht entkommen lassen... Er schwankte vor ihnen her, als wollte er sie verspotten... Was machte dieser Pilot? Davidge feuerte zwei weitere Raketen ab.

Der Drac drehte sich schon vorher zur Seite, die Raketen schossen an ihm vorbei und verschwanden in der Ferne. Eine Sekunde später krachte das Echo ihrer Explosionen.

»Los, Willy! Erledige ihn, und dann machen wir, daß wir von hier wegkommen!«

»Halt doch den Mund, Joey!« Davidge versuchte sich auf den Drac zu konzentrieren. »Gib... mir... nur... einen...«

Und da passierte es. Der Marodeur glitt in die Zielzone von Davidges Bildschirm, fast absichtlich.

»... letzten...«

Davidge drückte ab.

»... Schuß!« Die letzte Rakete schnellte davon... Es sah so aus, als würde sie den Drac treffen... Er schaukelte und schlingerte... Die Rakete explodierte, blühte blauweiß auf... Die Silhouette des Dracs zeichnete sich vor dem grellen Licht ab und hüpfte und tanzte dann unkontrolliert seitwärts davon – wir hatten ihn verfehlt!

»Verdammt!« Irgend etwas stimmte nicht mit diesen Raketen – aber was? Lag es an der Nebelsuppe von Fyrine IV? Oder woran sonst?

Der Marodeur verschwand in der verschleierten Ferne. Davidge konnte nicht feststellen, ob Rauch aus einer Tragfläche des feindlichen Schiffes quoll oder ob es nur einen Auspuffstreifen durch die neblige Atmosphäre zog. Nein – sie waren noch zu hoch oben, dieser Streifen mußte Rauch sein... Vielleicht konnte er den Drac immer noch fangen und mit Laserstrahlen vernichten. Er bog nach unten und folgte ihm.

Gleich darauf ging ein gewaltiger Ruck durch den Bomber, und er wurde hin und her geworfen wie ein Pingpongball in einem Windkanal.

»Wir sind in die Atmosphäre eingetaucht!« kreischte Wooster. »Viel zu schnell!«

Verdammt noch mal. Davidge runzelte die Stirn. Sie waren viel tiefer hinabgeraten, als er gedacht hatte. Deshalb hatten die Raketen ihr Ziel verfehlt. Das Schiff wurde immer heftiger umhergeschleudert. Fluchend kämpfte er dagegen an. Er hatte das alles falsch berechnet, doch das machte nun nichts mehr. Sie waren ohnehin tot. Wooster hatte es noch nicht gemerkt, aber Davidge wußte es. Sie lebten nicht mehr, seit sie in die Falle getappt waren. Vermutlich hatte es inzwischen die ganze Schwadron erwischt. Sicher waren sie die letzten, die noch einen Bomber hatten. Jetzt mußte er nur noch eine einzige Pflicht erfüllen: den Bastard ins Totenreich mitnehmen. Das Schleudern ließ nach, aber das war kein gutes Zeichen. Wo war der Marodeur? Er mußte ihn finden. Entschlossen feuerte er einen Laserstrahl ab, der eine blitzschnelle Explosion verursachte, und flüsterte dem unsichtbaren Drac eine Botschaft zu: »Wenn du in der Hölle landest, erzähl den Leuten, daß Davidge dich geschickt hat.«

»Huh?« fragte Wooster. »Was war das?«

»Nichts!« Davidge stieß den Knüppel nach vorn, so daß das Schiff ins Schleudern geriet und brachte es dann wieder auf ruhigen Kurs. Auch das war ein schlechtes Zeichen. Es bedeutete, daß sie *tief* unten in der Suppe schwammen. Wolken eilten an ihnen vorbei. Davidge konnte nichts sehen. »Ich habe ihn aus den Augen verloren. Was siehst du durchs Teleskop?«

»Willy! Um Gottes willen, verschwinden wir von hier! Wir werden verbrennen! Wir sind schon über dem roten Strich!«

»...wo ist er?!«

Irgend etwas flackerte in der Ferne... Davidge fand keine Gelegenheit mehr, festzustellen, was es war... Das, was ihn umgab, löste sich bereits auf!

Nein, das war es nicht! Sie waren *hinausgeschleudert* worden! Automatisch. Der Drac mußte eine Rakete abgeschossen haben...

Irgend etwas veranlaßte ihn, nach oben zu blicken... Es war keine Rakete gewesen... Der Drac-Marodeur hatte Selbstmord begangen und war in den BTA-Bomber gerast, so schnell, daß menschliche Reflexe nicht rechtzeitig hätten reagieren können. Eine Feuerblume breitete sich am Himmel aus. Der Drac war auf dieselbe Idee gekommen...

Beinahe hätte Davidge gelacht. Sie hatten den Bastard hereingelegt! Der BTA-Computer hatte in kybernetischer Opferbereitschaft eine letzte Verzweiflungstat begangen und den Piloten und den Navigator ausgespuckt. Wie ein Stein fiel die Rettungskapsel durch die Wolken hinab.

»Joey...?«

Hinter ihm blieb alles still.

»Joey! Sag irgendwas!«

Davidge versuchte sich in seinem Sitz umzudrehen, konnte aber nicht feststellen, ob Wooster noch lebte oder schon tot war. Er mußte warten, bis sie auf dem Boden aufschlugen...

Der erste Fallschirm öffnete sich, verlangsamte den Sturz – und zerriß im Wind. Dann öffneten sich die zweiten Schirme, blähten sich auf und hielten die Luft ein wenig länger fest, bevor sie davonwehten...

Verdammt! Diese Suppe war dick! Wie weit waren sie noch von der Planetenoberfläche entfernt? Endlich öffnete sich der Gleitfallschirm der Kapsel, ein breites, tragflächenförmiges Ding, und nun erwachten Davidges Kontrollgeräte wieder zum Leben. Er steuerte die Kapsel in einer breiten, langsamen Spiralbewegung nach unten.

Die Wolken teilten sich, in düsterer Stille schwebte die Kapsel hinab. Schräges Sonnenlicht schien auf eine plötzlich friedfertige Welt. Sie flogen unter einer ockerfarbenen Nebelmasse, kreisten über einer anderen Wolkendecke, hell und rosig. Wolken oben, Wolken unten – und dazwischen die Kapsel, in einer Schicht aus klarer, gelber Luft.

Davidge blinzelte in die Ferne...

...und da entdeckte er am Horizont des aufgeplusterten Wolkenmeers, von den letzten gleißenden Strahlen des Fyrine-Tages eingefangen, einen glänzenden Fleck – einen blühenden Fallschirm! Ein Fallschirm – und darunter, dunkel und unheimlich, eine fremdartige, kugelförmige Kapsel.

Auch der Drac hatte überlebt!

Bei diesem Anblick verengten sich Davidges Augen. Diese Dinger ließen sich nur in begrenztem Maße manövrieren, aber ein guter Pilot konnte eine ganze Menge aus den geringen Möglichkeiten herausholen.

Da gab es nichts zu überlegen. Davidge mußte so nah wie möglich bei der Drac-Kapsel landen und sie finden. Er mußte die wurmfressende Eidechse darin finden und den Job erledigen, für den man ihn ausgebildet hatte.

4

Fyrine IV

Über einem felsigen, zerklüfteten, von Kratern durchsetzten Ödland schwebten sie aus den Wolken herab.

»O Scheiße...« Davidge zerrte heftig an seinen Kontrollhebeln. Wenn er einen warmen Aufwind fand, konnte er noch eine Weile durch die Luft segeln. Er mußte danach *suchen*.

Sonst mußte er einen Teil des kostbaren Treibstoffs der Rettungskapsel verbrauchen, um das Ersatzschiff lenken zu können.

Die Kapsel konnte nicht allzulange als Flugzeug fungieren. Aber der Gleitfallschirm sorgte für ausreichenden Auftrieb, um den Fall zu neutralisieren, und die beiden Steuer-Servomotoren im Boden der Kapsel konnten notfalls als Triebwerke verwendet werden und sogar einen begrenzten Steigflug bewirken.

Aber die Planetenoberfläche war zu steinig – zu unwirtlich. Sie sah ungefähr so freundlich aus wie das Lächeln eines Steuereinnehmers. Jetzt war es am wichtigsten, sicher zu landen – ganz egal, wo. Weiter vorn schien das Gelände anzusteigen.

»Okay, Baby – vergönn mir noch ein paar Minuten in der Luft, das ist alles, worum ich dich bitte...« Er schaltete einen der Servomotoren ein.

Irgend etwas klickte unter ihm, dann knisterte und flakerte es. Ein greller Blitz – und dann Stille...

»Tolles Timing«, murmelte Davidge. Die Kontrollhebel in seinen Händen waren tot. »Danke, Baby.« Stumm glitt die Kapsel auf einen zackigen Bergrücken zu. »Das werde ich mir merken...«

Davidge drückte auf den Schalthebel des anderen Servomotors, der zu husten und zu stottern anfing – und dann explodierte!

Für einen Augenblick waren sie schwerelos. Hinter ihm grunzte Wooster vor Überraschung – *er lebte also!* –, und dann fing der Gleitfallschirm die Luft wieder ein, zerrte an der Kapsel, zerrte noch einmal, zog sie blitzschnell nach oben, und sie verfehlten den Grat des Bergrückens um Haaresbreite...

...und dann glitten und hüpften sie über rauhem, sandigen Boden dahin! Der Fallschirm fiel zusammen, blähte sich wieder auf und zog sie weiter. Davidge drückte ärgerlich auf den Auslöser, um den Fallschirm abzuwerfen. Nichts passierte. Die Kapsel drehte sich um die eigene Achse, einmal, zweimal, noch einmal. Das Gurtzeug des Fallschirms blieb irgendwo an einem Felsvorsprung hängen, und da sank der Fallschirm wieder in sich zusammen, diesmal für immer – aber die Kapsel drehte sich weiter. Sie zuckte heftig, als sie vom Gurtzeug festgehalten und herumgerissen wurde. Irgend etwas brannte – und Wooster brüllte vor Schmerzen...

»Halt dich fest, Joey!« Die Kapsel wurde seitlich gegen einen zerfurchten Granitzahn geschleudert. Die Welt kippte um. Die Kapsel flackerte und rauchte, und ein beißender Geruch lag in der Luft.

Davidge schlug auf den manuellen Auslöser des Kabinendachs. Es flog davon und hüpfte und tanzte über die Felsen, wie ein Stein auf einer Wasserfläche. Davidge löste seinen Sicherheitsgurt und sprang nach unten. Dann kroch er zur Seite, zog sich hoch und kletterte aus der Öffnung. Er stieg wieder ein Stück hinauf und griff in die Kapsel, um Joeys Gurt zu öffnen. Die schlaffe Gestalt seines Navigators fiel auf ihn herab.

Davidge packte Wooster am Arm, zerrte und schleifte ihn über die Felsen – weg von dem knisternden, lodernden Wrack ihrer Rettungskapsel. Er zog ihn auf die Beine, und sie taumelten weiter, bis sie stolperten und über einen schmalen Grat stürzten. Übereinander purzelnd rollten sie einen sanft abfallenden Hang hinab, immer tiefer und tiefer, und landeten in einer kleinen, steinigen Schlucht.

Hinter ihnen färbte sich der Himmel orange, dann weiß, dann wieder orange – die Kapsel war explodiert. Die Erschütterungswellen wogten über die beiden Männer hinweg wie eine Dampfwalze aus heißer Luft. Winzige Steine und heiße Metallsplitter regneten ringsum herab.

Davidge hob den Kopf. Wooster war voller Schmutz und Blut. Er hatte seinen Helm irgendwo verloren.

Davidge drehte ihn auf den Rücken. »Joey...?«

»Nimm – nimm deinen Helm runter, Willy. Ich kann dich nicht sehen.« Woosters glasige Augen starrten ins Leere.

Davidges Sichtfenster war bereits zertrümmert. Er schnüffelte – nichts roch verbrannt –, dann zog er sich den Helm vom Kopf und warf ihn beiseite. Er beugte sich zu seinem Navigator hinab. »Ist es so besser, Joey?«

»Ja...«

»Wie...« Davidge hatte Angst vor dieser Frage. »Wie fühlst du dich?«

Joey versuchte zu schlucken und hustete statt dessen. »Gar nicht...« Dann fügte er hinzu: »Willy...?«

»Ja?« Davidge beugte sich noch tiefer hinab. Joeys Stimme wurde immer leiser.

»Wenn du Murcheson siehst...« Joey hustete wieder. »Sag nicht mehr ›Weißes Walroß‹ zu ihr. Sie kränkt sich so darüber.«

»Okay, Joey.«

»Und – paß auf, daß die anderen Jungs sie nicht so nennen... Ich mochte sie sehr.«

»Ich versprech's dir, Joey.«

»Ich bin müde, Willy, sehr müde.«

»Ja, Joey – ich weiß.«

Hinter ihnen krachte es – noch eine Explosion, diesmal viel schwächer... Davidge warf sich auf seinen Navigator, um ihn zu schützen. Als die Kiesel und Splitter nicht mehr herabflogen, richtete er sich auf und schaute wieder in Joey Woosters Gesicht.

Joeys Augen starrten ihn blicklos an.

»Joey?« Davidge legte eine Hand auf die Brust des jungen Mannes. »Joey...?« Er spürte nichts. Er fuhr mit einem Finger zu Joeys Hals hinab und berührte sanft die Halsschlagader. Nichts. Kein Puls.

Wut stieg in ihm auf wie ein schriller Schrei. »Joey! Verdammt! Joey, tu das nicht! Joey!«

Der Wind trug seine Worte davon wie die letzten zerfetzten Reste des Fallschirms. Nicht einmal ein Echo war zu hören.

Und die Nacht brach herein, und sie war kalt und lang.

5

Das Ödland

Die Morgendämmerung begann wie eine Warnung. Der Osthimmel färbte sich rot, dann gelb, dann grau. Und dann war der ganze Himmel grau, und so sollte es bis zum Abend bleiben. Fyrine stieg als düsterer roter Schein hinter den Wolken am Himmel empor.

Abgesehen von den wenigen grauen, sandigen Stellen, war der Boden steinig und schwarz. Knorrige Gebilde, die wie Bäume aussahen, aber keine waren, klammerten sich in ihm fest, um dem unablässigen Sturm standzuhalten. Blaue Flechten kauerten sich im Windschatten der Felsblöcke.

Davidge legte den letzten Stein auf Woosters Grab. Er war nicht glücklich damit. Die Grube war nicht tief genug. Es war zu mühsam gewesen, den harten Boden aufzugraben, obwohl er Joeys Helm als Schaufel benutzt hatte. Und es lagen zu wenig lose Steine in der Schlucht, um die Leiche zu bedecken. Aber er hatte sein Bestes getan, und es mußte genügen.

Er legte Joey Woosters verkohlten Helm an das Kopfende des Grabes und klemmte ihn sorgfältig mit Steinen fest. Dann richtete er sich auf, wischte seine Hände an der Hose ab und trat traurig zurück, um sein Werk zu inspizieren. Er wußte, daß er etwas sagen müßte, aber er fand keine Worte. Sein Hals schmerzte.

Statt zu beten, stand er schweigend da und ließ die Tränen über seine Wangen fließen und helle Spuren über sein schmutziges Gesicht ziehen. Er stand da und weinte, bis er innerlich ganz leer und wie betäubt war. Aber das war wenigstens besser als der Schmerz.

Schließlich wandte er sich ab und ging weiter den Hang hinab, in die Richtung, wo der Fallschirm des Dracs gelandet sein mußte.

Das Land fiel nach Westen hin ab. Überall klafften Krater, und aus den Ritzen des Lavagesteins quoll immer noch Rauch. Scharfkantige Steine zerschnitten seine Stiefel, und ein ätzender, öliger Geruch erschwerte ihm das Atmen. Davidge begann zu fluchen. Während er dahinwanderte, stieß er eine lange Litanei von Schimpfwörtern aus. Er wetterte gegen Gott und die Menschen, gegen den Körper, den Geist und die Moral von allen vieren – gegen Gott, weil er eine solche Welt und Kreaturen wie die Dracs erschaffen hatte – und gegen die Menschheit, weil sie dumm genug war, Gottes unsinnige Schöpfung zu erforschen.

Davidge fluchte, bis sein Wortschatz in allen drei Sprachen, die er beherrschte, aufgebraucht war. Dann fing er an, neue Flüche zu erfinden. Irgendwie schien ihm das zu helfen. Er suchte sich seinen Weg über die zerklüftete, rissige Oberfläche von Fyrine IV und begleitete jeden Schritt mit Schmähreden gegen jene, die für diesen Krieg, diese Schlacht und diese Welt verantwortlich waren.

Sein Blick fiel auf eine schwarze Rauchsäule.

In weiter Ferne, am Horizont, erhob sich eine einzelne senkrechte Rauchwolke. An der Spitze wurde sie vom Wind ins Nichts verweht – aber dicht über dem Boden war sie dick und ölig.

»Lebst du immer noch, du mutterloses Reptil?« Davidge starrte in wilder Mordlust auf den fernen Rauch. »Das hoffe ich«, flüsterte er. »Denn ich werde in dein Auge spucken und dann werde ich...« Hastig stieg er weiter den Hang hinab. Diesen Satz brauchte er nicht zu beenden. Er mußte sich jetzt etwas Neues ausdenken. Zum Teufel mit dieser Flucherei – nun wollte er diverse Todesarten ersinnen und sich vorstellen, wie er diesen gottverdammten Reptilienpiloten umbringen würde.

Hier unten wuchsen noch mehr von diesen baumähnlichen Gebilden. Sie sahen aus wie Krallen, die aus dem Boden griffen – als versuchte etwas Uraltes, Böses aus den Eingeweiden des Planeten zu fliehen. Sie rotteten sich zu dichtem Gestrüpp zusammen und wirkten wie Käfige. So gegen den Himmel gerichtet erinnerten sie an Galgen.

Der Wald wurde immer dichter, die Bäume ragten immer höher in den Himmel hinauf – schwarz, wie tot. Über Davidges Kopf formten sie ein Gewölbe, das der Ruine einer Kathedrale glich, einer Ruine der Zeit, übriggelassen für Geister und Leichenfledderer. Der heiße Wind peitschte ihn, blies ihm stechende Sandpartikel in die Augen und den Mund, saugte die Feuchtigkeit aus seinem Körper und scheuerte ihm die Haut wund.

Davidge ging weiter. Das alles machte ihm nichts aus. Er war schon tot. Es störte ihn nicht. Er wußte, daß das Universum seinem Körper nur gestattete, immer noch zu funktionieren, weil er eine Aufgabe zu erfüllen hatte. Eine Säuberungsaktion... Es gab da irgendwo einen Klumpen Eidechsenschleim, der vernichtet werden mußte. Davidge konnte erst sterben, wenn er seine Pflicht getan hatte. Das war alles. So einfach war das. Er ging weiter.

Und so taumelte er durch den finsteren Wald, bis er – erschöpft und geschwächt von seinem Durst – nicht mehr konnte. Er wankte seitwärts, drehte sich um, stolperte und fiel in eine Grube unter einem überhängenden Felsen. Hier suchte er Schutz vor dem Wind.

Er wollte sich nur ein bißchen ausruhen, nur für ein paar Minuten, und dann weitergehen. Aber jetzt ließ ihn sein Körper auch noch im Stich. Er schloß die Augen, sein Bewußtsein schwand.

Sein Schlaf war tief und traumlos.

6

Die gottverdammte Eidechse

Das Terrain fiel immer noch sanft ab – scheinbar endlos. Davidge schwankte dahin wie ein Zombie.

Er nahm es kaum wahr, als der Wald in eine Wüste überging.

Erst als er den Rand eines Plateaus erreichte, erkannte er, wie weit er gekommen war. Er blieb stehen. Bevor er hinabkletterte, wollte er seinen Blick über das Land wandern lassen, das vor ihm lag.

Der Himmel war dunkel und neblig. Die rote Sonne verlieh dem Wüstengebiet eine höllische Aura. Es sah aus wie ein Friedhof, übersät von Felsblöcken, so groß wie Grabsteine, und es erstreckte sich bis zu einer fernen Kraterwand, die wie ein stilles schwarzes Mausoleum wirkte.

Und inmitten der Wüste, nicht allzuweit entfernt – ein metallisches Glitzern!

Die Rettungskapsel des Dracs!

Davidge blieb eine ganze Weile stehen, starrte auf den Flugkörper und prägte sich seine Position und die landschaftlichen Merkmale ringsum ein. Denn sobald er zwischen diesen Felsen weiterging, konnte er sich in Sekundenschnelle verirren. Deshalb mußte er sich an dieser Kerbe in der Kraterwand orientieren. Danach würde er seinen Kurs richten – und an dem brüchigen Felsen, der ihn an eine seitwärts gedrehte Krone erinnerte und geradewegs auf das Wrack zeigte. Es müßte klappen.

Davidge zog seine Pistole aus dem Halfter und überprüfte die Ladung. Er hatte noch nicht entschieden, ob er seinem Feind einen schnellen, schmerzlosen Tod gönnen wollte oder... Nein, es mußte schnell und schmerzlos geschehen. Deshalb waren die Menschen besser als die Eidechsen. Sie kannten das Gefühl der Barmherzigkeit.

Er schob die Pistole wieder in das Halfter und begann hinabzusteigen.

Die felsige Wüste war noch unwegsamer als die Lavafelder, die er hinter sich gelassen hatte – und er war inzwischen schwächer geworden. Doch das machte ihm nichts aus. Er war beinahe am Ziel. Das Werk war schon fast vollbracht. Er sah die Kerbe in der fernen Kraterwand. Und wenn er auf einen Felsblock kletterte, konnte er auch die Krone und sogar das Wrack sehen und feststellen, daß er geradewegs darauf zusteuerte. Voller Tatendrang eilte er weiter und versuchte möglichst wenig Lärm zu machen. Der Sand knirschte unter seinen Füßen. Er verlangsamte seine Schritte, um das Geräusch zu dämpfen.

Nach seinen Berechnungen hatte er immer noch eine gewisse Strecke zurückzulegen. Doch als er um einen Felsen bog, sah er plötzlich einige Wrackteile der Schleuderkapsel direkt vor sich. Im trüben grauen Licht des langen Tages von Fyrine glänzte es strahlend hell.

Überrascht blieb Davidge stehen, schnappte keuchend nach Luft und blinzelte verwirrt. Dann dachte er an seine Pistole, zog sie hastig aus dem Halfter und sah sich um.

Ein Teil der Schleuderkapsel war beim Aufprall in mehrere Stücke zerbrochen. Manche schwelten noch – eine Folge der Explosion, die bei der Landung erfolgt war. Vielleicht eine Treibstoffzelle, überlegte Davidge. Oder ein Raketenwerfer? Er hatte den diversen Analysen der Überlebensfähigkeiten, die man den Drac-Marodeuren zuerkannte, keine allzugroße Aufmerksamkeit geschenkt. Denn er hatte nie beabsichtigt, auch nur einen einzigen am Leben zu lassen.

Vorsichtig ging er auf das Wrack zu. Es hatte nicht den Anschein, als würde die verkohlte Ruine irgend etwas verbergen, aber er wollte nichts riskieren. Nicht, wenn er dem Feind so nahe war.

Nur ein einziger Sektor des Flugkörpers war immer noch als Teil eines Raumschiffs zu erkennen – der Rumpf. An der Innenkurve des Metalls hingen immer noch einige Treibstoffbehälter. Bis auf einen einzigen waren alle aufgerissen. Sie leckten und zischten, spuckten ein stinkendes flüssiges Gas aus. Es tropfte auf den Boden, verdunstete und stieg in Form von dichten Dampfwolken empor.

Ein Geräusch! Davidge fuhr herum... Irgend etwas hatte *geplätschert!*

Er erstarrte – und lauschte.

Nein, nichts.

Er machte einen Schritt, dann noch einen... Das Geräusch war aus *dieser* Richtung gekommen. Vielleicht...

Er kletterte einen Felsblock hinauf – nein, auf eine scharfkantige Klippe. Der Wind riß an seinem Fliegeranzug.

Da plätscherte es wieder.

Ja! Wasser! Und irgend etwas bewegte sich darin!

Davidge kroch an den Rand der Klippe. Ganz langsam... Er preßte sich flach auf den Felsen und rutschte vorsichtig nach vorn, die Pistole schußbereit in der Hand. Lautlos schob er sich noch ein Stück weiter, und dann blickte er über die Steinzacken hinab.

Schwarzes Wasser! Eine Lagune! Die Fyrine-Sonne ging über einer endlosen Ebene unter, die wie ein ausgetrocknetes Meeresbecken aussah. Im Windschatten der Klippe schimmerte Wasser grünlich. In der Nähe brannte ein Lagerfeuer, kleine Flammen züngelten aus einem Treibholzhaufen...

...und neben dem Feuer war der Rest der Schleuderkapsel zu sehen – intakt! Eine schimmernde Metallkugel, der Rettungssektor, saß in einer Sandfurche. Sie mußte über die Klippen gesprungen sein, als der Rest des Flugkörpers beim Aufprall zerbrochen war.

Nichts rührte sich.

Bis auf das knisternde Feuer war kein Lebenszeichen zu erkennen.

Davidge zog ein elektronisches Fernglas aus seinem Gürtel, klappte es auseinander und suchte das ganze Gebiet ab.

Nein. Nichts.

Wo steckte die gottverdammte Eidechse?!

Er wollte gerade aufstehen, um zur Lagune hinabzuklettern, als irgend etwas seine Aufmerksamkeit erregte. Ein Geräusch.

Luftblasen.

Eine Bewegung im Wasser.

Eine kleine Traube aus Luftblasen stieg zur Oberfläche. Davidge richtete sein Fernglas darauf.

Stille auf dem Wasser – und dann noch eine Luftblasentraube, an einer anderen Stelle...

... und nun tauchte etwas auf, etwas Glattes, Glänzendes durchbrach die Wasserfläche nur für einen kurzen Augenblick und verschwand wieder.

Davidge hielt den Atem an...

Und dann kam es aus dem Wasser – nackt, aufrecht, größer als ein Mensch. Sein Körper war lang und dünn, voller Schuppen und Segmente. Seltsame, flackernde Farbschattierungen schimmerten auf der Haut. Zu beiden Seiten baumelten klauenförmige, dreifingrige Hände.

Davidge konnte das Gesicht nicht sehen.

Er ließ das Fernglas sinken, hob die Pistole und zielte sorgfältig auf den Drac.

Verdammt.

Er war zu weit entfernt.

Der Drac ging zur Rettungskapsel und zog die Luke auf. Er holte etwas heraus und kauerte sich ans Feuer. Davidge schaute wieder durch das Fernglas.

Die Eidechse aß. Davidge konnte nicht feststellen, was sie verzehrte, sah aber, daß sie *irgend etwas* zu sich nahm. Mit beiden Händen hielt sie die Nahrung an den Mund und biß winzige Stücke davon ab. Dabei kaute sie methodisch – fast nachdenklich. Die gottverdammte Eidechse aß!

Davidges Magen krampfte sich zusammen, Ekel vermischte sich mit Hunger.

Er senkte das Fernrohr und fuhr sich durstig mit der

Zunge über die Lippen. Wenn er den Drac tötete, würden die Lagune und die Nahrungsmittel ihm gehören. Vielleicht konnte er trotz allem überleben...

Zuerst mußte er sich näher heranschleichen. Er steckte die Pistole in den Halfter und begann die Klippe hinabzukriechen.

Ein hoher, steiler Felsbrocken ragte fast direkt über der Eidechse empor. Wenn er darüber klettern könnte...

... aber das Gestein war glatt. Zu glatt. Und glitschig, als wäre es unter Wasser poliert worden. Davidge preßte die Finger an die Klippenwand, stemmte die Stiefelspitzen dagegen.

Als er den Grat des Felsblocks erreichte, zitterten seine Beine, und er hatte kein Gefühl mehr in den Fingern. Aber jetzt war der Drac in Schußweite. Die Eidechse schien die drohende Gefahr nicht zu wittern und aß seelenruhig weiter.

Davidge zog die Pistole und zielte bedachtsam...

7

Hunger und Durst

... und da glitt sein Fuß nach unten! Er rutschte aus! Seine Beine traten ins Leere. Mit einer Hand hielt er sich an einer Felskante fest, mit der anderen suchte er verzweifelt nach einem Halt. Die Pistole schlitterte klirrend den Steilhang hinab und fiel klatschend ins Wasser.

Erschrocken sprang der Drac auf und starrte mit großen gelben Augen in die Dämmerung. Er drehte den Kopf von einer Seite zur anderen, in schnellen, ruckartigen Bewegungen – wie ein Vogel oder eine Schlange. Zorn und Furcht flackerten über sein Gesicht.

Hätte er sich umgewandt, wäre sein Blick auf Davidge gefallen, der an der Klippe hing...

Der Drac ging zu seiner Kapsel und wühlte im Cockpit herum.

Inzwischen hatte sich Davidge auch mit der anderen Hand am Felsen festgeklammert. Er schob sich seitwärts, so schnell und so leise wie möglich.

Der Drac richtete sich wieder auf, ein schußbereites Gewehr in den Händen, und schaute sich in seinem Lager um. Aber er verließ das Feuer nicht. Davidge wartete reglos. *Ich bin ein Felsen. Ich bin ein Felsen.* Langsam wanderte der Blick der Eidechse umher, dann entschied sie, daß sich nichts Ungewöhnliches in der Nacht verbarg. Es mußte ein Stein gewesen sein, der sich plötzlich gelockert hatte. Der Drac hockte sich wieder ans Feuer, das Gewehr in den Armen, und erstarrte.

Davidge zählte zum zweitenmal bis hundert, dann begann er sich an der Klippenwand entlangzutasten, bis er in einer feuchten Spalte Zuflucht suchen konnte. Vor Erleichterung seufzte er lautlos auf und legte sich auf den Steinboden.

Die Zeit verstrich.

Davidge ruhte sich aus und dachte nach.

Die Pistole lag im Teich. Welche andere Waffe konnte er benutzen?

Aber *zuerst* mußte er seinen Durst löschen und seinen Hunger stillen. Aber wie...?

Die Fyrine-Nacht war hell. Zu hell. Schwebten Monde über diesen Wolken? Oder leuchteten die Wolken? Oder reflektierten sie einfach nur die Sonnenstrahlen, die um die Planetenkrümmung herumschienen? Oder gab es eine *andere* Erklärung?

Jetzt besaß er nur noch sein Messer. Konnte er den Drac damit töten?

Die Wolken verdichteten sich. Die Luft roch feucht und neblig. Jetzt war der richtige Zeitpunkt gekommen. Davidge begann am Felsen entlangzukriechen. Donner grollte in der Ferne.

Davidge erstarrte!

Der Drac bewegte sich. Er ging zur Kapsel, öffnete die Luke und holte verschiedene Gegenstände heraus – Teile von Kontrolltafeln und Drähte. Davidge konnte nicht sehen, was die Eidechse mit diesen Dingen tat. Das alles ergab keinen Sinn. Dann ging sie davon, das Gewehr ragte aus der Luke.

Was zum Teufel...? Sollte das eine Falle sein?

Die Gewitterwolken ballten sich zusammen, die Luft roch nun wie Wasser. Der Felsen fühlte sich feucht unter Davidges Händen an. Ein karmesinroter Blitz illuminierte das Land wie ein Höllenfunken. Ein Donnerschlag krachte.

Der Drac aß wieder.

Davidge stöhnte lautlos.

Sein Hals schmerzte, seine Beine schmerzten, seine Arme schmerzten, sein Rücken schmerzte, seine Augen schmerzten. Und am heftigsten schmerzte seine Seele. Das war unfair. Das war nicht richtig. Warum hatte der gottverdammte Drac überlebt – mitsamt diesen vielen Nahrungsmitteln?

Alles war schiefgegangen – fast von Anfang an. Er hatte sogar seine Pistole verloren. Was konnte ihm jetzt noch Schlimmeres passieren!

Donner rollte über den Himmel.

Und dann fing es zu regnen an.

Große warme Tropfen prasselten auf ihn herab, trommelten auf die kalten Felsen ringsum und flossen in dünnen Rinnsalen davon – und plötzlich goß es in Strömen, Wasserfälle stürzten aus den Wolken.

Davidge ärgerte sich – nur für einen kurzen Augenblick. Dann ging ihm ein Licht auf, und er drehte sich auf den Rücken und ließ den Regen in sein Gesicht, in seine Augen und in seinen Mund fallen. Mit beiden Händen bildete er einen Trichter über den Lippen und spritzte die Tropfen auf seine Zunge. Der Geschmack entzückte ihn, und er bedauerte, daß der Regen nicht schneller herabrauschte. Beinahe hätte er laut gelacht. Das Wasser überflutete die Klippen, floß in Strömen nach unten, bildete eine kleine Kaskade, die in den Teich plätscherte.

Er schaute zu der Eidechse hinab. Sie hatte sich erhoben, und nun stand sie da, das Gesicht zum Himmel empor gewandt, mit offenem Mund, um den Regen zu trinken, die Arme ausgebreitet, als wollte sie die Natur segnen. Und dann sprang sie in den Teich und schwamm mit kraftvollen Bewegungen unter der aufgewühlten, von schweren Tropfen gepeitschten Wasserfläche dahin.

Davidge starrte nach unten. War das seine Chance? Konnte er die Kapsel unbemerkt erreichen? Wenn der Drac im Wasser blieb...

Wenn...

Davidge sprang auf, kletterte den Steilhang hinauf, über die Felsblöcke und wieder hinunter, zum Wrack des Drac-Marodeurs, den Körper vorgebeugt, um sich gegen den Wind und den Wolkenbruch zu stemmen. Auf den letzten Metern rutschte und stolperte er, dann war er beim intakten Teil des Rumpfs angekommen und begann an den Treibstofftanks zu zerren...

8

Feuer in der Nacht

Unter der Wasseroberfläche war es still. Der Drac wand und schlängelte sich zwischen den Felsen mit der tödlichen Anmut eines Hais. Die gelben Augen waren groß und ausdruckslos.

Einmal tauchte er empor, trieb lautlos im Wasser, drehte sich und schaute umher, ließ den Blick über das Ufer der Lagune und die Kapsel schweifen, und dann versank er wieder geräuschlos im schwarzen Wasser.

Er tauchte tief hinab, genoß das Gefühl der Freiheit, suchte sich bedachtsam einen Weg am Grund des Teichs.

Hätte der Drac den Kopf gehoben, hätte er eine helle, malvenfarbene Flüssigkeit gesehen, die sich auf der Lagunenfläche ausbreitete.

Aber sonst nichts.

Davidge war in Deckung gegangen. Er stand auf den Felsen und goß das sprudelnde, zischende Öl in den strömenden Regen, der über die Klippen und in den Teich floß. Der glitzernde Treibstoff bildete eine dunkle Schicht auf dem dunklen Wasser.

Der Treibstofftank war leer, und Davidge warf ihn beiseite. Er riß eine Notleuchtbombe von einem Hosenbein seines Fliegeranzugs, trat einen halben Schritt vor, beugte sich nach unten, um festzustellen, daß die schattenhafte Gestalt des Dracs immer noch unter Wasser umherschwamm ... und schleuderte dann die Leuchtbombe in die Lagune.

Mit einem gewaltigen Lärm, der dem Schmetterschlag einer göttlichen Faust glich, entzündete sich der Raketentreibstoff. Ein Flammenwall raste über die Wasserfläche.

Öliger schwarzer Rauch stieg zum Himmel auf, beleuchtet von orangeroten Flammen.

Davidge wartete nicht. Mit beiden Händen schirmte er sein Gesicht gegen die schmerzhafte Hitze ab und sprang den Steilhang hinab, zur Kapsel.

Irgend etwas plätscherte und zischte im Wasser. Davidge schaute nicht hin. Er wollte es nicht sehen. Die gottverdammte Eidechse hatte es verdient...

Und dann brach etwas mit haarsträubendem Getöse aus der Lagune, aus den Flammen direkt vor ihm! Der Drac stand mit blitzenden Augen am Rand des Infernos, dem er wie durch ein Wunder entronnen war.

Entsetzt öffnete Davidge den Mund. »O Scheiße«, sagte er.

Der Drac sagte nichts. Öl und Wasser tropften von seiner Haut. War er so sehr geschockt, daß er nichts mehr wahrnahm?

Davidge stürmte verzweifelt zur Kapsel, mühsam durchpflügten seine Füße den weichen Sand. Der Drac beobachtete ihn schweigend und unternahm keinen Versuch, ihn aufzuhalten.

Bei der Luke blieb Davidge stehen und blickte zurück. Der Drac hatte sich noch immer nicht von der Stelle gerührt.

»Hah! Jetzt bist du verloren, Krötenfratze!«

Er packte das Gewehr – und erstarrte, als hätte er einen Schlag erhalten. Jeder Muskel in seinem Körper zog sich zusammen! Die Welt knisterte, wurde durchzuckt von blauen, funkelnden Lichtbögen! Die gottverdammte Eidechse hatte das Gewehr mit Hitzdraht bestückt. Der Schmerz war lähmend...

Langsam ging der Drac auf den zuckenden Davidge zu. Er schlug ihm das Gewehr aus der Hand, so daß Davidge vornüber sank, und auf das Gesicht fiel. Die Knie an die

Brust gepreßt, zuckte er immer noch unter der Einwirkung des Elektroschocks.

Der Drac blickte auf das verkrümmte menschliche Wesen hinab und sagte: »*Gon bidden, Irkmann.*«

9

In Kriegsgefangenschaft

Der Drac aß wieder.

Seine Nahrung war ein längliches gelbes Etwas, entweder eine gebeizte Wurzel oder ein Fisch, in schleimige weiße Sauce getaucht. Es schien dem Drac zu schmecken. Er biß und kaute und schmatzte. Dieser Vorgang hätte Davidge fasziniert, hätte er sich nicht so geärgert.

Großer Gott! Wieviel Nahrung brauchte diese Kreatur? Und was wesentlich wichtiger war – wie viele Lebensmittel befanden sich noch in der Kapsel?

Davidge konnte den Blick nicht von dem gelben Etwas losreißen.

Er war gefangen. Der Drac hatte ihm die Hände auf den Rücken und an die Kapsel gebunden, auch seine Füße waren gefesselt. Doch es war vor allem der Schmerz in seinem Magen, der ihn quälte.

»He!«

Der Drac schaute zu ihm herüber, warf ihm einen kurzen, verächtlichen Blick zu und schmatzte dann weiter.

»He! Ich bin hungrig! Kannst du das verstehen? Hungrig! HUNGRIG!« Davidge riß den Mund weit auf, wie ein junger Vogel, der den Schnabel aufsperrt, um sich von der Mutter füttern zu lassen, und hoffte, sein Problem dadurch deutlich zu machen.

Der Drac musterte ihn, dann öffnete er ebenfalls den Mund, behielt diese Grimasse für einen langen, entnervenden Augenblick bei und aß dann weiter.

Heißer Zorn hämmerte in Davidges Schläfen. »He! Verstehst du kein Englisch, Krötenfratze?!!« brüllte er, so laut er konnte. Für ein paar Sekunden verdrängte seine gellende Stimme den Schmerz und den Hunger.

Der Drac sprang auf und ließ beinahe das gelbe Ding fallen. Er stürmte zu Davidge herüber, der entsetzt zusammenzuckte. Aber der Drac blieb zwei Schritte vor ihm stehen und zeigte mit einem langen Klauenfinger auf das Gesicht des Erdenmanns.

»*Kos son va?*«

»Was?«

»*Kos son va?*«

»Laß mich zufrieden.«

Der Drac schien sich zu ärgern. Er versuchte es noch einmal. »*Ohy! Ohy! Kos son va?*« Er wies mit dem Finger auf sich selbst. »*Kos va son Jeriba Shigan. Shhhigan!*«

Davidge blinzelte und begriff, was das hieß. »Du bist also Jerry Shigan. Ich bin wirklich beeindruckt.«

»*Ae! Te gavey! Bini, bini, bini. Kos son va, Irkmann?*«

»Du willst meinen Namen hören? Davidge, Willis E., auch Willy genannt. Willis E. Davidge. Und wie wär's jetzt mit einer kleinen Mahlzeit? Essen!«

»*Ae? Shigan gavey. Irkmann hotetsa yida. Essssen!*« Der Drac verzog spöttisch die Lippen und gab einen zischenden Laut von sich – ein Eidechsenlachen.

Er wandte sich ab, verließ die Kapsel und nahm einen Zweig von dem Brennholzstapel neben dem Lagerfeuer. Dann ging er zum Ufer hinab und spießte eine große, rosige Schnecke auf. Er kehrte zurück, trug die Schnecke vor sich her und hielt sie Davidge unter die Nase. »*Na, Davidge. Vot essssen. Et yida, eh?*«

»Du machst Witze.«

»*Ae! Ae! Ae! Witzzzze! Vot yida... Essen!*«

Davidge starrte auf die pulsierende Schnecke. Sein Verstand protestierte entsetzt, aber sein Körper litt Höllenqualen! Und bevor er sich zurückhalten konnte, streckte er den Hals vor, kniff die Augen zusammen und zog mit den Zähnen das schleimige Ding von dem Zweig.

Der Drac wich zurück, starrte ihn erschrocken und ungläubig an. Der Scherz war plötzlich grausiger Ernst geworden. »*Gefh! Gefh!*«

Er wandte sich ab und kehrte zu seinem Platz am Lagerfeuer zurück, setzte sich, griff nach dem Rest seines Essens, schaute es an und legte es wieder weg. Er war zu angeekelt, um weiteressen zu können.

10

Der brennende Himmel

Das Lagerfeuer war herabgebrannt. Sanfte blaue Flammen flackerten über der Asche. Das feuchte Holz knisterte und zischte und spuckte. Der Drac lag zusammengerollt daneben, im warmen Sand, schlief tief und fest wie eine Katze.

Davidge war immer noch gefesselt. Seine Schultern schmerzten wie flüssiges Feuer. Sein Rücken war steif, seine Wirbelsäule fühlte sich an, als würde sie allmählich versteinern. Und sein Magen krampfte sich zusammen, und schien unentwegt auf und ab zu hüpfen, als könnte er sich nicht entscheiden, ob er die Schnecke mittels Erbrechen oder Durchfall loswerden sollte. Davidge fürchtete an beiden Enden seines Körpers die Kontrolle zu verlieren. Und nicht genug damit – irgendwie war auch noch Sand in seine Unterhose geraten und trieb ihn langsam in den Wahnsinn.

Seine Handgelenke waren wund. Stundenlang hatte er an seinen Fesseln gezerrt und versucht, sie zu lockern oder eine Schwachstelle in die Drähte zu reiben – mit dem einzigen Erfolg, daß er sich die Haut aufgescheuert hatte.

Irgend etwas bewegte sich über dem fernen Himmel – ein Feuerstreifen.

Davidge setzte sich auf – stechende Schmerzen krochen an seinem Rückgrat hinauf, und er hätte beinahe laut nach Luft geschnappt. Aber statt dessen richtete er sich noch weiter auf und schaute nach oben. *Sie suchen mich!*

Und dann schwoll der Feuerstreifen an und flackerte und verbrannte in der Atmosphäre.

Es war nur ein Meteor gewesen.

Enttäuscht sank Davidge in sich zusammen.

Ein zweiter, noch hellerer Meteor raste über den Himmel. Und dann ein dritter, größer und näher als die beiden anderen. Er flammte und loderte – ein blauer Kern, von orangeroten Flammenströmen umgeben – und verschwand in der Finsternis. In der Ferne überquerte ein vierter Meteor den Himmel. Dann ein fünfter und ein sechster und...

...plötzlich waren es so viele, daß Davidge sie nicht mehr zählen konnte. Der ganze Himmel sprühte, von Lichtern bedeckt, von langen Funkenketten, Flammenrosetten, die wie Feuerwerke blitzten und explodierten – nur viel heller und ungestümer.

Irgend etwas – winzig wie ein Glühwürmchen – sauste an Davidges Gesicht vorbei, bohrte sich in den Sand, knisterte wie ein Feuerwerksschwärmer und hinterließ einen Krater, so groß wie eine Suppenschüssel.

»Was zum Teufel...?«

Eine zweite Sandexplosion brannte in seinen Augen, kratzte über sein Gesicht. In plötzlichem Entsetzen blickte sich Davidge um. Aus der Lagune spritzten Fontänen.

»*Drac! Wach auf!*«

Keine Antwort. Der Drac schlief weiter.

»He, Drac! WACH AUF!«

Ein Meteor explodierte zwischen den Felsen, sandte einen Regen aus Kies und Sand herab. Davidge zog den Kopf ein. Der Drac schlief immer noch...

Davidge stemmte sich gegen seine Fesseln. »Komm schon, Krötenfratze!«

Der Sand explodierte und wurde zu einem ätzenden Springbrunnen aus Erdklumpen – direkt vor dem Gesicht des Dracs. Mit einem Schrei setzte sich der Drac auf und sah sich wütend um.

»Ein Meteorhagel!« schrie Davidge.

Der Drac schaute sich nach allen Seiten um – verwundert und voller Angst. Der Himmel stand in Flammen. Sterne schossen durch die Nacht, von schrecklichem Getöse begleitet. Der Horizont ringsum war ein blitzendes Grauen.

»*Zeerki!*« kreischte der Drac.

»Ja, zeerki!« Davidge zerrte immer noch an seinen Fesseln.

Der Drac sprang auf und rannte zu einem überhängenden Felsen.

»Ha!« schrie Davidge. »Drac! HILF MIR!«

Der Drac blieb stehen. Zu seinen Füßen sprudelte Sand empor. Verwirrt zuckte der Drac zurück, rannte zu Davidge, schwang dessen Messer und durchschnitt die Drähte an den Füßen seines Gefangenen. Dann löste er die Handfesseln von der Kapsel, zog ihn auf die Beine und stieß ihn unsanft zu den Felsen. Davidge rannte, so schnell er konnte.

Eidechse und Mensch stolperten über den sprühenden Sand. Der Drac warf sich in eine Felsenspalte und zerrte Davidge hinter sich her. Heiße Steine stachen in ihre Rücken. Sie lagen Seite an Seite und rangen nach Atem, während es von den Klippen ringsum vom Aufprall winziger Meteoriten widerhallte. Irgend etwas krachte auf den Felsen und überschüttete sie mit brennenden Steinsplittern.

»Kiz! Ox da kiz!«

»Du sagst es!« grunzte Davidge. »Genau – ox da kiz.« Plötzlich merkte er voller Unbehagen, wie dicht er neben der Eidechse lag. Sie waren einander so nahe wie ein Liebespaar, und er roch den heißen Atem des Dracs. Es war nicht so schlimm, wie er gedacht hatte. Der Drac stank kein bißchen... Er roch süß und nach Moschus.

Davidge unternahm das Wagnis, ins Gesicht des Dracs zu sehen – wirklich *hinzuschauen*. Die großen gelben Augen starrten in die seinen, völlig ausdruckslos.

Was denkt er, fragte sich Davidge. *Wenn er mich töten will, hätte er mich nicht gerettet.*

Das ergab keinen Sinn.

11

Die Morgendämmerung

Davidge fuhr aus dem Schlaf auf und wußte sofort, wo er war.

Er hatte mit einer Eidechse geschlafen. Neben einer Eidechse, einer stinkenden, gottverdammten Eidechse. Der Drac schlief immer noch, sein Atem war ein leises Zischen. Davidge rührte sich nicht. Er wollte den Drac nicht erschrecken – und auch nicht wecken. Er mußte nachdenken. Sein Messer – wo war es? Wann hatte er es zum letztenmal gesehen? Als es der Drac in seinen Gürtel gesteckt hatte. Davidges Hand glitt nach unten, zog das Messer aus dem Gürtel des Dracs, ließ es aufschnappen und steckte den Griff in eine Felsenritze. Dann begann er langsam und vorsichtig die Drähte an seinen Handgelenken mühsam zu zersägen. Plötzlich rissen sie, und seine Hände waren wieder frei.

Er packte das Messer, wandte sich wieder zu der schlafenden Eidechse und legte ihr die Klinge an den Hals.

Und dann hielt er inne.

Er konnte es nicht tun. Es wäre – unehrenhaft.

Verdammt.

Davidge klappte das Messer zu und kroch lautlos aus der Felsenhöhle. Im Licht des grauen Morgens stand er auf, blinzelte und rieb sich die Augen.

Die Kapsel. Essen!

Er ging über den Sand darauf zu. Sein Körper schmerzte, mühsam schleppte er sich weiter. Die Luke war offen. Winzige Krater, die Spuren des nächtlichen Meteorhagels, klafften im Sand rings um die Kapsel. Davidge lief das Wasser im Mund zusammen.

Vorsichtig ging er um das Wrack herum. Er glaubte immer noch den Elektroschock zu spüren, der ihn übermannt hatte, als er dem Drac in die Falle gegangen war. Die Erinnerung jagte ein Zittern durch seine Ellbogen. Er holte tief Atem und beugte sich vor, griff in die Kapsel und hütete sich, den Metallrumpf oder den Türrahmen zu berühren.

Seine Finger umschlossen einen länglichen Gegenstand – er holte ihn ans Tageslicht. Die Hülle fühlte sich seltsam an und sah unangenehm aus. Er schnupperte daran. Das Ding roch nach gar nichts. Schließlich klappte er sein Messer wieder auf und zerschnitt die Verpackung.

Es war eine Wurzel. Gebeizt. Gelb. Schleimig. Davidge hielt inne – versuchte seinen Magen vorzubereiten. Das funktionierte nicht. Er mußte es einfach tun, sofort. *Du kannst es*, redete er sich ein. *Immerhin hast du auch die Schnecke gegessen.* Diese Erinnerung nützte ihm wenig.

Davidge drückte ein Stück von der gelben Wurzel aus der Verpackung. Er biß hinein, kaute – versuchte verzweifelt, nichts zu schmecken – und schluckte.

Trotz seines Bemühens, seiner Zunge zu verheimlichen, was sein restlicher Mund tat, schmeckte er die Wurzel, während sie durch seinen Schlund rutschte. Sie war – sie war...

...widerlich.

Absolut widerlich.

Er kam sich vor, als würde er die Infektionskrankheit einer fremden Person essen.

Die Wurzel fühlte sich an wie das Innere einer Qualle und schmeckte wie... Darüber wollte er nicht nachdenken. Er zwang sich, noch einmal hineinzubeißen...

...und dann riß ihm irgend etwas die Beine unter dem Körper weg, und er fiel der Länge nach in den Sand. Er drehte sich einmal um die eigene Achse und richtete sich auf, das Messer in der Hand...

...aber der Drac zielte ihm mit dem Gewehr ins Gesicht.

»Hör mal, Drac... Ich hätte dich da hinten mühelos töten können.« Er wies mit dem Kinn zu der kleinen Höhle. »Ich habe mir mein Messer zurückgeholt. Und damit hätte ich dich umbringen können.« Er hob das Messer und unterstrich seine Worte mit bezeichnenden Gesten. Die Augen des Dracs bewegten sich nicht. Sein Gewehr war immer noch auf ihn gerichtet. »Du bist mir was schuldig.«

Da zwinkerte der Drac langsam, aber er rührte sich nicht. *Was dachte er?* Das war ja das Problem bei diesen gottverdammten Eidechsen. Man konnte nicht in ihren Augen lesen.

»Du bist mir was schuldig«, wiederholte Davidge. Er legte das Messer beiseite, hob die Wurzel auf, die ihm aus der Hand gefallen war, schob noch ein kleines Stück aus der Verpackung und biß es ab. Dabei tat er sein Bestes, um keine Grimasse zu schneiden. Vielleicht – wenn man genug von diesem Zeug aß – konnte man sich daran gewöhnen. Er würgte noch einen Bissen hinunter. Dann noch einen. Er irrte sich. Der Geschmack war – gnadenlos. Niemand konnte sich daran gewöhnen. Trotzdem aß er weiter und verspeiste die Wurzel, so schnell er konnte.

Der Drac beobachtete ihn. Er wirkte irgendwie angespannt und besorgt.

»Wie heißt du doch gleich?« Davidge zeigte auf den Drac. »Name – dein Name?«

»Kos? Jeriba Shigan.«

»Okay, Jerry. Jetzt hör mal zu...« Davidge unterbrach sich. Wie konnte er es erklären? Das war eine Eidechse! Er mußte ihr eine Pantomime vorspielen. »Meteore.« Er holte tief Atem. »Hier fallen Meteore herunter. Viele Meteore fallen herunter. Du *gavey?*«

»Ohy«, sagte der Drac. »*Yan ohyn gavey. Ova* Meteore?«

Das klang wie eine Verneinung. Nein, ich verstehe es nicht. Was sind Meteore?

Davidge runzelte die Stirn. Was hatte der Drac letzte Nacht gesagt? Zeerki? »*Zeerki?*« fragte Davidge. »Meteore. *Zeerki. Zeerki?* Ist das richtig? *Zeerki?* Meteore.«

»*Ae! Gavey. Zeerki.*« Der Drac nickte. Er *nickte*. Davidge starrte ihn an, verblüfft über diese menschliche Geste.

»Okay. Gut. Hier fallen *Zeerki* herab. Wir sind im Freien.« Davidge stellte mit lebhaften Gebärden herabstürzende *Zeerki* dar, die auf den Kopf des Dracs und auf seinen eigenen prallten. Dann öffnete er die Fäuste, breitete die Arme aus. »Hier ist alles – offen, ungeschützt. Wenn wir hierbleiben, werden wir sterben.« Er verzerrte das Gesicht und fiel rücklings zu Boden, um seinen Tod zu mimen. Verstand ihn der Drac? Davidge kam sich wie ein Idiot vor. Er setzte sich wieder auf. »*Gavey?*«

»*Nekhem-Biekhem*. Sterben.«

»Ja. Ich glaube, du hast es erfaßt. Warum nehmen wir nicht...« Davidge führte pantomimisch vor, wie man mehrere Gegenstände zusammensuchte und davontrug. »Warum nehmen wir nicht alle Vorräte aus deiner...« Er zeigte auf die Kapsel.

»*Naesay*«, sagte der Drac.

»Ja, aus dieser *Naesay*. Wir sollten uns nach oben verziehen, in den Wald. Dort können wir wenigstens in Deckung gehen.« Davidge zeigte zu den Felsen, tanzte umher und spielte dem Drac vor, wie er eine unsichtbare Last aus der Naesay in höher gelegenes Gelände schleppte. Der Drac schaute ihm ausdruckslos zu.

Als Davidge seine Darbietung beendet hatte, wandte er sich zu Jeriba Shigan und wartete auf eine Reaktion.

Jeriba Shigan senkte sein Gewehr und sagte: »*Irkmann, ta govert ymno, me sto ya verit, ta, eh! Ta tolki vyezhdi, neb ya derzho rozzo.*«

Davidge verstand kein Wort.

Aber die Bedeutung war klar. Ja, tun wir das.

Davidge grinste. »Großartig! Ich finde auch, daß das eine gute Idee ist.«

12

Die Partnerschaft

Davidge war erschöpft. Keuchend sank er auf die Knie. Er hatte nicht bedacht, wie schwierig es sein würde. Sie hatten so viel Proviant wie nur möglich in Säcke aus Fallschirmseide gestopft und die Säcke über ihre Schultern geschlungen. Nun stiegen sie über die Felsen hinauf, zu den fernen Bäumen.

»Warte...«, ächzte Davidge und hob eine Hand. »Laß mich Atem holen.«

Er wußte, warum er so schwach war. Zwei Tage ohne Nahrung, und dann nichts weiter als eine rosa Schnecke und eine schleimige Wurzel... Das konnte man einem menschlichen Körper nicht zumuten und noch viel weniger erwarten, daß er unter solchen Umständen harte Arbeit leistete.

Der Drac lachte ihn aus. Er zischte und verzog seine Lippen zu diesem seltsamen hämischen Grinsen – dem einzigen Mienenspiel, zu dem eine Eidechse fähig war. Mühelos balancierte er den schweren Sack auf dem Rücken.

»Zum Teufel mit dir«, murmelte Davidge und rappelte sich wieder auf. Vielleicht würde er die Eidechse doch noch töten...

Irgendwie schafften sie es, den Wald zu erreichen.

Den Todeswald, wie Davidge ihn nannte.

Die alten, knorrigen Bäume waren schwarz und voller Narben und sahen verbrannt aus. Die Zweige bogen sich nach oben wie Krallen. Rötliche Ranken wanden sich um Stämme und Äste. Blaue Mooslappen hingen wie zerfetzte Schleier herab. Der Waldboden war ein feuchter Teppich aus welkenden Blättern, die im unheimlichen Wind raschelten. Zwischen dem Geäst drang schwaches

Tageslicht hindurch, in düsteren, staubigen Streifen. Es roch nach Verfall.

Langsam gingen sie dahin, suchten sich einen Weg über halb vergrabene Wurzeln und Steine, wichen dichtem Gestrüpp, Rissen und Spalten im Boden aus. Sie mußten oft anhalten und sich ausruhen. Das heißt, Davidge mußte anhalten und sich ausruhen, und der Drac wartete auf ihn. Davidge ignorierte das hämische Zischen. Es interessierte ihn nicht.

Er stapfte weiter. Irgendwann verlor er sein Zeitgefühl und folgte nur noch dem Drac. Hin und wieder zeigte er nach vorn, erinnerte sich an ein landschaftliches Merkmal, an eine Richtung, die er einschlagen wollte. Sie stiegen durch den Wald nach oben. Davidge glitt immer wieder in einen sonderbaren Zustand hinüber, in dem er nichts wahrnahm. Dann bewegten sich seine Beine automatisch und er überließ es seinen Füßen, sich ihren Weg selber zu suchen – bis er über etwas Hartes stolperte, das sich unter seinen Sohlen emporwand, und er beinahe der Länge nach hingefallen wäre. Im letzten Moment konnte er einen Sturz verhindern, zwang sich aufzuwachen und merkte, daß er eine ganze Weile blindlings hinter dem Drac hergetaumelt war. Er wußte nicht mehr, wo er sich befand. Während der letzten fünfzehn Minuten hatte er sich wie ein Schlafwandler dahingeschleppt.

Er blieb stehen und sah sich um.

Sie waren auf flaches Terrain gelangt, eine Lichtung im Todeswald, von Steinen und Felsblöcken übersät, die wie Ruinen alter Tempel aussahen. Und was am schlimmsten war – dieser Ort roch wie der Tod. Es lag ein süßlicher, ekelhafter Verwesungsgestank in der Luft. Davidge konnte nicht feststellen, woher er kam. Vielleicht von den blauen Moosschleiern. Abgebrochene Zweige lagen herum, Teile, die der Meteorhagel von den Bäumen gerissen hatte. Einer dieser Äste hätte Davidge beinahe zu Fall gebracht.

Eine Lichtung...?

Diese Lichtung mußte den angestrebten Zweck erfüllen – mußte genügen. Plötzlich gaben die Knie unter ihm nach...

»Das ist es!« keuchte er und warf seinen Sack auf den Boden. »Ich kann nicht mehr – keinen Schritt.« Der Sack zerriß, der Inhalt quoll hervor – Nahrungsmittel, Drähte, andere Sachen, die sie aus der *Naesay* geholt hatten.

Der Drac drehte sich ärgerlich um, hob sein Gewehr und drückte die Mündung gegen Davidges Kopf.

Davidge war zu erschöpft, um sich zu fürchten. »Okay, Krötenfratze«, sagte er. »Willst du mich unbedingt erschießen? Dann tu's. Schieß! Jetzt gleich! Sofort!«

Der Drac sah ihn unschlüssig an.

»...die Frage lautet nämlich – werden *wir* leben oder sterben, Draco? Ich liebe dich nicht, und du liebst mich nicht. Aber wir sind hier gestrandet, Kumpel. Wir sitzen hier fest, nur wir beide – ganz allein in der Einöde, kapiert? Oder *gavey* du kein Engliiisch?«

Der Drac schaute ihn immer noch mißtrauisch an, ließ aber das Gewehr sinken. Als er sprach, schwang Zorn in seiner Stimme mit. »*Irkmann! Ta aba pravo. May ta ib phtuga! Phtugy!*«

»Ja, ja. Schreib einen Beschwerdebrief an meine Mutter.« Herausfordernd starrte Davidge auf den Drac. Die gelben Augen waren unergründlich. Zum Teufel damit.

Davidge setzte sich und griff nach einem Felsenstück von der Größe eines Ziegelsteins. Der Drac spannte seine Muskeln an...

...»und du bist genauso paranoid wie ich«, murmelte Davidge, hob einen weiteren Stein auf und legte beide aneinander. »Wir müssen eine Hütte bauen, *gavey*? Einen

Unterschlupf aus Steinen...« O Gott – würde er die gesamten Bauarbeiten pantomimisch darstellen müssen?

Der Drac beobachtete ihn noch eine Weile, dann wandte er sich ab und lehnte sein Gewehr an einen Baumstamm, legte den Sack auf den Boden und begann Steine zu sammeln.

»Verdammt will ich sein...«, sagte Davidge.

»*Phtuga!*« antwortete Jeriba Shigan.

13

Die Eidechsensprache

Ein runder Felswall bildete die Grundmauern der Hütte. Shigan brachte die Steine aus der näheren Umgebung auf die Lichtung, und Davidge fügte sie sorgfältig zusammen.

Sie kamen nur langsam mit der Arbeit voran. Davidge beschäftigte sein Gehirn, um nicht einzuschlafen, und versuchte die Drac-Sprache zu erlernen. Er überdachte die Wörter und Redewendungen, reihte sie aneinander, formte rudimentäre Sätze. Und dann probierte er sie an Jerry Shigan aus.

»He, Drac...«, rief er. Shigan kehrte gerade wieder auf die Lichtung zurück und schleppte einen Felsblock heran, so groß wie ein Kopf. Er legte ihn auf den Boden und schaute Davidge neugierig an.

»*Ya navo*«, sagte Davidge eindringlich, »*nuvo – tut – toot – tutas*...«

Der Drac blinzelte verständnislos.

»Macht nichts, vergiß es.« Davidge wischte mit beiden Händen durch die Luft, als wollte er ausradieren, was er gesagt hatte. »Tut mir leid.«

Der Drac zuckte mit den Schultern – eine Geste, die er von Davidge gelernt hatte – und wandte sich ab, um einen weiteren Felsblock zu holen.

»Ich möchte bloß wissen, was ich gesagt habe«, murmelte Davidge und widmete sich wieder seinem Mörtel, den er aus Schlamm, Lehm und Rankenfasern knetete. »Ich muß aufpassen, sonst könnte ich was schrecklich Dummes sagen.«

Die Hüttenmauern wuchsen jeden Tag ein Stück höher empor. Und Davidge lernte täglich ein paar neue Drac-Wörter.

Der Drac lernte Englisch.

»Scheiße!« sagte er.

»Eh?« fragte Davidge und drehte sich zu Shigan um. »Wovon redest du?«

»Nicht fest.« Der Drac zeigte auf die fast vollendete Hütte und schüttelte den Kopf.

»Nicht fest?!« Davidge ärgerte sich über diese Meinungsäußerung. »Schau mal her!« er hob den größten Stein auf, den er fand, und schleuderte ihn mit aller Kraft gegen die Hüttenwand.

Der Stein prallte ab und fiel mit einem dumpfen Geräusch zu Boden. Die Hütte blieb unversehrt stehen.

Davidge drehte sich um und grinste Shigan an...

...und dann sprang ein winziger Stein vom oberen Rand der Mauer. Dann noch einer und noch einer... Und plötzlich rieselte das ganze Bauwerk herunter – eine kleine, wütende Lawine.

Jerry Shigan wandte sich zu Willy Davidge und lächelte und zischte und sagte: »Scheiße.« Der Drac war sichtlich stolz, weil er recht hatte.

»Ich weiß nicht, worüber du dich so freust«, sagte Davidge traurig. »Das bedeutet eine weitere Nacht, die wir im Freien auf dem kalten Boden verbringen müssen.«

Der Drac blinzelte und hörte zu grinsen auf. Nach einer Weile sagte er: »Tut mir leid, Willy.«

Nun war es an Davidge, ihn erstaunt und verständnislos anzustarren.

Shigan fügte hinzu: »Ist falsch. Ist Leid. Ist geteiltes Leid. Darum falsch – ist falsche Freude. *Te guvo foy...*« Er verstummte abrupt und schüttelte den Kopf. Diese Redewendung ließ sich nicht übersetzen.

Davidge blickte auf den Steinhaufen und kratzte sich am Kopf. »Ich glaube, wir sollten es noch einmal versuchen...«

14

Shizumaat

Statt dessen fanden sie einen hohlen Baumstamm.

Er war nicht besonders komfortabel, aber wenigstens ein Unterschlupf, der ihnen einen gewissen Schutz vor der nächsten Meteornacht bot. Vielleicht würden sie eine Höhle finden.

Immerhin hatten sie ein Lagerfeuer.

In diesem Wald gab es genug Holz, das lichterloh brannte und einen würzigen, keineswegs unangenehmen Geruch verströmte. Sie mußten nicht frieren, und das war ein gewisser Vorteil.

Davidge saß dicht am Feuer, wärmte seine Hände und Füße. Er konnte nicht behaupten, daß es ihm gutging, aber er hatte nicht mehr so schreckliche Schmerzen. Auch das war ein gewisser Vorteil.

Und sein Magen tat heute abend nicht so weh. Das war ein weiterer Grund zur Freude.

Und er lebte...

...und er war nicht allein. Sein Gefährte war nur eine Eidechse, eine gottverdammte Eidechse, aber er hatte zumindest jemanden, mit dem er reden konnte.

Jerry Shigan zeigte nach unten und deklamierte: »Das... ist... mein... rechter... Fuß. Das... ist... mein... linker... Fuß. Das... sind... meine... beiden... Füße.«

Davidge gähnte. »Sehr schön. Wunderbar.«

Shigan zischte und lächelte, offenbar sehr zufrieden mit sich selbst. »Wunderbar. Ja. Wunderbar!« Der Drac wies auf seinen eigenen Kopf. »Und... das... ist... mein... Kopf.«

Davidge griff nach seiner Hand. »Nein. Das ist dein *häßlicher* Kopf.«

Shigan nickte begeistert. »Ja. Wunderbar. Es... ist... mein...*häßlicher*... Kopf.« Der Drac wiederholte: »Mein häßlicher Kopf.«

Davidge fühlte sich miserabel. Wie ein Wurm oder eine rosa Schnecke. Er schaute in Shigans glänzende Augen und seufzte. »Nein. Das ist falsch. Tut mir leid. Shigan ist nicht häßlich.«

»Nicht. Häßlich?«

»Nein.«

Shigan schaute verwirrt drein. »Ich kann nicht häßlich sein?«

»Ein schlechter Scherz«, erklärte Davidge. »Verdammt! Nun hast du mich dazu gebracht, Unsinn zu reden. Häßlich ist...« Er überlegte kurz, dann schnitt er eine grauenerregende Grimasse und streckte die Zunge heraus. »Häßlich ist *iiiii!*« Er schaute Shigan an. »Shigan ist nicht häßlich. Shigan ist nicht *iiiii*. Ich habe nur einen Witz gemacht. Einen schlechten Witz.«

»Schlechten Witz?«

»Nicht komisch. Tut mir leid.«

Shigan betrachtete Davidge, dann nickte er nachdenklich. »*Te gavey.*«

Sie schwiegen eine Weile, dann begann der Drac wieder zu sprechen.

»Ist...?« begann er und runzelte die Stirn. Er kannte das betreffende englische Wort nicht. Nun hob er einen Finger, als wollte er den Erdenmann bitten, eine Frage stellen zu dürfen. »Wie ist das Wort für – gut – gut sprechen? Nein, nicht gut sprechen – drinnen gut...« Er runzelte wieder die Stirn und zeigte auf sich selbst. »Drac drinnen gut. Das heißt *shizza*.«

»*Shizza*. Okay.« Davidge dachte nach. Meinte Shigan die Ehre! Oder inneren Anstand? Er hatte nicht gewußt, daß die Dracs so was kannten – aber natürlich, es mußte ja so sein, oder? Diese Vorstellung mißfiel ihm. Sie paßte nicht zu seinen Anschauungen. Entweder irrte sich die Eidechse, oder seine Anschauungen waren... Er verdrängte diesen Gedanken. Ehre. Es mußte um die Ehre gehen. Er schaute Shigan an und erwiderte. »Das ist die Ehre. Wenn ein Mensch innen drin gut ist, sagen wir: ›Er hat Ehre im Leib.‹«

»Ehre! Gut!« Shigan zeigte auf Davidge. »Davidge hat Ehre im Leib.«

Davidge hob verwirrt die Brauen. »Was? Warum sagst du das, Drac?«

»Weil...« Shigan zog die Stirn in Falten. »Wie soll ich erklären? Schwierig. Davidge sagt – schlechter Scherz. Davidge macht schlechten Scherz wieder gut. Schlechter Scherz – nicht mehr schlecht. Davidge lacht nicht über Unwissen des Dracs. *Ta gavey?*«

»*Te gavey*«, bestätigte Davidge. »Aber – das ist keine richtige Ehre, Jerry...«

»Nein...?«

»Nun, vielleicht doch... Aber ich dachte immer – ich meine, das ist etwas, das ich als Kind gelernt habe...«

»Kind?«

»Hm – ein Junges? Baby?« Davidge tat so, als würde er einen Säugling im Arm wiegen. »Kleines Wesen?«

»*Ae. Te gavey.*«

»Gut. Als ich klein war, lehrte man mich... Hm, wie soll ich es ausdrücken? Was du nicht willst, daß man dir tu – verstehst du? – das füg auch keinem andern zu.«

Shigan setzte eine sonderbare Miene auf. Diesen Ausdruck hatte Davidge nie zuvor im Gesicht der Eidechse gesehen. »Sag es noch einmal, bitte.«

Davidge wiederholte: »Was du nicht willst, daß man dir tu, das füg auch keinem andern zu. *Ta gavey?*«

»*Te gavey*«, sagte Shigan, dann fuhr er atemlos fort: »*Irkmann!* Studieren die Menschen *Shizumaat?*«

»Studieren die Menschen – was? Was ist – *Shizumaat?*«

»Was ist...« Shigan schaute Davidge verwirrt und gekränkt an, dann beruhigte er sich und erläuterte: »*Shizumaat* ist – ein großer Drac...« Er unterbrach sich, suchte nach dem richtigen Wort. »Drac-Lehrer!«

»Oh«, sagte Davidge. *Shizumaat* war ein Lehrer. Oder noch mehr. Die Wörter ›Prophet‹ und ›Messias‹ hatte er Shigan noch nicht beigebracht. Er wußte nicht so recht, ob er das tun wollte. Dadurch könnten sich Fragen nach der Seele ergeben. Wer hatte eine, und wer hatte keine?

»Wenn die Menschen das nicht von *Shizumaat* lernen, von wem dann?« erkundigte sich Shigan.

Davidge grinste und erinnerte sich an das erstemal, wo er diese goldene Regel gehört hatte! Beinahe wäre er in lautes Gelächter ausgebrochen. »Das bring uns ein großer Erdenlehrer bei.«

»Wie heißt er?«

»Mickey Mouse.«

»Mickey Mouse? Das ist ein großer Irkmann-Lehrer?«
Davidge nickte. Er grinste immer noch. »Ja, so könnte man's nennen.« Dann fügte er hinzu: »Wenn du brav bist, werde ich dir eines Tages von Bugs Bunny erzählen.« Er kratzte sich am Kopf. »Ich hätte auf ihn hören sollen. Hätte ich das getan, wäre ich jetzt nicht hier. Dann wäre ich in Albuquerque nach links abgebogen.«

Shigan runzelte die Stirn. »Ich verstehe nicht...«

Davidge winkte ab. »Mach dir deshalb keine Sorgen, Jerry. Das war wieder ein schlechter Scherz – ein dummer Scherz.«

Und dann mußte er Shigan den Unterschied zwischen schlechten Scherzen und dummen Scherzen erklären. Das dauerte fast eine ganze Stunde.

Bevor Davidge in dieser Nacht einschlief, war sein letzter Gedanke: *Hoffentlich lasse ich mich niemals dazu hinreißen, ihm von den Gnomen und dem Pinguin zu erzählen. Ich würde es einfach nicht schaffen, ihm schmutzige Witze zu erklären!*

15

Ein erlernter Geschmack

Die Vorräte des Dracs würden zur Neige gehen.

Das wußte Davidge. Sie mußten sich andere Nahrungsmittel suchen. Und zwar bald.

Er dachte über die rosa Schnecken nach. Von der einen, die er verspeist hatte, war ihm nicht allzu übel geworden. Vielleicht könnte man diese Tiere irgendwie zubereiten oder kochen...? Immerhin hatte er gelernt, *escargots* zu mögen – nun ja, oder wenigstens zu ertragen.

Ein Versuch würde sich sicher lohnen.

Er wird eine Methode finden müssen, um die rosa Schnecken genießbar zu machen. Sie waren ja fast – nein, nicht *geschmackvoll*. Niemals. Aber sie waren *erträglich*. Wenn man sich genug Zeit dafür nahm... Angewidert verdrängte er diesen Gedanken. Er wollte sich nicht ausmalen, daß er womöglich lange genug auf diesem Planeten bleiben würde, um den Geschmack dieser Schnecken schätzen zu lernen.

Nein, je länger er darüber nachsann, desto größer wurde seine Überzeugung, daß ihm diese rosa Schnecken niemals schmecken werden. Er mußte mit Jerry darüber reden. Vielleicht würde ihn das nicht interessieren, aber sie hätten etwas, worüber sie reden konnten, und das Gespräch würde zu einem weiteren Thema führen – und es spielte keine Rolle, worüber sie redeten, solange sie überhaupt redeten. Das war besser, als mit seinen Gedanken allein zu sein.

Er ging durch den Wald, ein Bündel von Gegenständen unter dem Arm, die er aus seiner Rettungskapsel geholt hatte: Röhren in verschiedenen Längen, Metallstücke, Rumpfteile, scharfkantige Glasscherben, die man als Messer verwenden konnte, Drähte, einen Werkzeugkasten – alles, was man möglicherweise gebrauchen konnte.

RAK-A-TAK-A-TAK.

Davidge blieb wie festgewurzelt stehen.

RAK-A-TAK-A-TAK.

Irgend etwas tummelte sich zwischen den Wurzeln des Baumes, den er Großvater Banyan nannte. Die dicken Wurzeln wanden sich wie Schlangen über den Boden.

RAK-A-TAK-A-TAK.

Davidge ließ das Bündel fallen und ging neugierig weiter. Das Ding sah wie eine Schildkröte aus – eine Schildkröte mit einem Schweinerüssel. Mit zwei Rüsseln. Es war so groß wie ein Hund und suchte sich schnüffelnd und schnaufend einen Weg zwischen den Wurzeln, auf die es klopfte. Ein sonderbares Geräusch kam aus seiner Kehle: *RAK-A-TAK-A-TAK*.

Davidge beobachtete es grinsend. Seine Augen strahlten. Nun hatte er wieder was, wovon er Shigan erzählen konnte. Über eine neue Kreatur. Er überlegte, ob dieses Tier genießbar sein mochte. Er würde es Falsche Kröte nennen, doch dann mußte er natürlich von Alice im Wunderland erzählen. Ob die Dracs solche Märchen kannten?

Er hob sein Bündel auf und wanderte weiter. Nun hatte er wieder etwas gefunden, worüber er nachdenken konnte. Hatten die Dracs Phantasie? Das bezweifelte er. Andererseits hatte Jerry die Ehre zur Sprache gebracht. Konnte eine Species Ehre im Leib haben, ohne sich den Begriff der *Ehre* vorstellen zu können?

Und was war die Drac-Ehre überhaupt...? Hm... Er mußte Jerry danach fragen. Als sie das letztemal versucht hatten, darüber zu reden, hatten sie noch nicht genug Wörter gekannt. Jerry hatte bestenfalls sagen können: »Ist nicht schlecht. Ist nicht gut. ›Schlecht‹ und ›gut‹ sind nur Begriffe für eine Lebensanschauung. Das Universum kümmert sich nicht um schlecht oder gut. Nur das Leben kümmert sich darum. Die Ehre fängt an, wenn das Leben über sich selbst hinausblickt. Ins Jenseits – in die Welt des Überlebens.« Interessant... Diese Worte flatterten immer wieder durch Davidges Gehirn wie Schmetterlinge, die sich nicht einfangen ließen. Nun, vielleicht hätte es *Shizumaat* besser erklären können. Er beschloß, Jerry nach dem Abendessen zu befragen.

Das Dinner bestand aus rosa Schnecken, in violette Weinblätter gewickelt. Er spießte sie auf einen langen Stock und röstete sie wie Eibisch über dem Feuer. Die violetten Weinblätter glichen Erdenweinblättern oder Spinat oder Kohl, je nachdem, wie jung sie waren. Sie gaben den

Schnecken einen würzigen Geschmack, weder gut noch schlecht, aber beinahe erträglich. Und in diesem Bereich des fast Erträglichen konnte Davidge zumindest beginnen, seine neu entwickelten Künste als Küchenchef zu würdigen. Nun, ein Küchenchef war er wohl kaum, aber ganz sicher ein kulinarischer Tarnungskünstler.

Wenigstens war das besser als der Drac-Schleim, den Jerry als Nahrung bezeichnete. Sogar der Duft dieser Wurzeln konnte überwältigend wirken. Er bestand darauf, daß Jerry sich beim Essen immer so postierte, daß ihm der Wind ins Gesicht blies. Der Drac war einverstanden und nahm die meisten seiner Mahlzeiten in privater Zurückgezogenheit ein. Während Davidge aß, vertiefte sich Shigan in das *Talman*, ein winziges goldenes Buch, das er an einer Kette um den Hals trug. Der Drac ignorierte Davidges Mahlzeiten geflissentlich.

Und damit neckte Davidge den Drac, wann immer er konnte.

Zum Beispiel heute abend. Davidge biß in eine Schnecke, dann hielt er Shigan den Bratspieß hin, wobei er genießerisch kaute. »Köstlich! Mmmmmm!« Er klopfte sich auf den Bauch. »Willst du mal kosten, Jerry?«

Shigan starrte ihn an, die Augen groß und rund vor Ekel, dann wandte er sich brüsk ab.

»He, vergiß nicht, wer mich auf den Geschmack gebracht hat!« Davidge grinste und verspeiste den nächsten Bissen, schmatzte geräuschvoll und täuschte höchstes Entzücken vor. In gebratenem Zustand ließen sich die Schnecken mit knackigen, hartgekochten Eiern vergleichen. Aber der Geschmack war immer noch derselbe. Davidge schmatzte noch lauter.

Der Drac krümmte sich zusammen.

»Übrigens, ich werde auch deinen Speisezettel veredeln«, fügte Davidge hinzu.

»Du kannst nicht mit Pfeil und Bogen umgehen, *Irkmann*. Da würden wir eher verhungern.«

»Ich werde meine Leistungen verbessern. Rom ist auch nicht an einem Tag erbaut worden, weißt du...«

»Das spielt keine Rolle. Wir haben euch bald überflügelt – in allen Bereichen.« Shigans Stimme klang ziemlich mürrisch.

Davidge dachte nach, dann schüttelte er den Kopf. »Wozu dann dieser Krieg? Das sehe ich nicht so.«

»Menschen!« Der Drac spuckte auf den Boden. »Wie leicht ihr die Flinte ins Korn werft! Immer pocht ihr auf eure Grenzen. *Shizumaat* sagt...« Shigan machte eine Pause, runzelte die Stirn, suchte nach Worten. »*Shizumaat* sagt – ›Intelligentes Leben – muß Farbe bekennen!‹«

»Laß mich doch in Ruhe!« entgegnete Davidge verärgert. »Ich bekenne Farbe! Ich bin es, der hier die Ideen ausbrütet. Wo zum Teufel wärst du denn jetzt – ohne mich? Und vergiß nicht – keiner von uns beiden würde heute abend hier sitzen, wenn es euch *Shizumaat*-Anhänger nicht gäbe!«

»*Shiz-u-maat*«, korrigierte der Drac Davidges Aussprache.

»Ja, von mir aus!«

»Und diesen Krieg habt ihr angefangen – die Menschen.«

»Was? Hat *Shiz-u-maat*...« Mit Absicht übertrieb Davidge seine Bemühungen, den Namen richtig auszusprechen. »Hat *Shiz-u-maat* das auch behauptet?«

Der Drac gab einen Laut von sich – ein schrilles, pfeifendes Zischen, das Davidge bereits als Ausdruck heftigen Ärgers kennengelernt hatte. Er nannte es Oliver-Hardy-Pfiff. Diese Töne schlug Shigan immer dann an, wenn er eine Bemerkung seines Gefährten zu albern fand, um sie einer Antwort zu würdigen.

»Natürlich hat er's behauptet«, sagte Davidge und fügte boshaft hinzu: »Shizumaat ißt den *Kiz* von Aasfresserschweinen.«

Entsetzt drehte sich Shigan um. Seine Augen waren größer, als Davidge es je zuvor gesehen hatte. Diese Reaktion ging über normalen Ärger weit hinaus. Dieser Blick verriet helle Wut. Zwei Luftblasen zu beiden Seiten seines Gesichts blähten sich zitternd auf.

Davidge schluckte. War er zu weit gegangen...?

Shigan machte drei schnelle Atemzüge, dann stieß er plötzlich hervor: »*Irkmann!* Dein Mickey Mouse ist ein Riesentrottel!«

Davidge starrte ihn verblüfft an. In seiner Kehle stieg ein wilder Lachreiz auf, ein schmerzhafter Schluckauf. Er biß die Zähne zusammen, versuchte das Lachen zu ersticken, blies die Backen auf, um die Luft anzuhalten. Doch der Druck war zu stark, winzige Essensreste quollen zwischen seinen Lippen hervor und flogen über das Lagerfeuer. Davidge spürte, wie seine Augen feucht wurden, wie sich sein Hals zusammenkrampfte. Der Lachreiz ging in einen schlimmen Erstickungsanfall über. Er würgte verzweifelt, doch wagte es nicht, sich gehen zu lassen...

Indem er sich mit einer Faust auf die Brust schlug, gelang es ihm, seine Selbstbeherrschung zurückzugewinnen. Irgendwie schaffte er es, sein Mienenspiel unter Kontrolle zu bringen. Er blickte zu Shigan hinüber. Die Luftblasen an den Wangen des Dracs waren verschwunden, aber er sah immer noch beleidigt aus.

Davidge schämte sich.

Sollte er sich entschuldigen...?

Er wußte es nicht. Vielleicht – vielleicht wäre es am besten, diesen Augenblick zu vergessen und zu übergehen. Er wandte sich ab, suchte nach irgend etwas, womit er sich befassen konnte. Schließlich griff er nach seinem Pfeil und dem Bogen. Er stand auf, stemmte einen Fuß gegen ein Ende des Bogens, den er nach hinten drückte, dann zog er die Sehne straff und prüfte die Spannung mit einem Finger. Sie war starr und fest, wie aus Metall. Gut. Er legte einen Pfeil auf den Bogen und zielte auf einen fernen Baum – *fffwwssst!*

Der Pfeil flog schnurgerade durch die Luft, die Spitze bohrte sich mit einem lauten *Plopp* in den Stamm.

»Ha!« rief er. »Schau dir das an!«

Langsam wandte der Drac den Kopf.

»Siehst du's? Jerry, alter Drac, was würdest du ohne mich anfangen?«

Shigan gab keine Antwort und widmete sich wieder dem Studium seines *Talmans*.

16

Die Sandgrube

Davidge fand bald heraus, daß er sich ziemlich nahe an die Falschen Kröten heranwagen konnte, bevor sie zwischen den Wurzeln der Großvater-Banyan-Bäume verschwanden. Sie schienen sich nicht zu fürchten. Entweder waren sie zu dumm dazu – oder es gab auf diesem Planeten keine Raubtiere, die eine Falsche Kröte bedrohen konnten.

Davidge war nicht so dumm, das erstere zu glauben. Jede Lebensform neigte dazu, sich so groß wie möglich zu entwickeln. Wo sich Jagdwild tummelte, streiften auch Raubtiere umher. Und was sich bewegte, war Jagdwild. Wenn für niemanden sonst, dann eben für Davidge.

Sorgsam zielte er. Es war nicht schwierig, die Pfeile herzustellen – aber ein hartes, langwieriges Stück Arbeit. Jeder Schuß mußte ein Treffer sein. Das fette kleine Krötenschwein trabte langsam an den Baumwurzeln entlang und suchte nach Würmern. Davidge leckte sich über die Lippen und seufzte. »Komm zu Papa, kleiner Braten...«

Die Kreatur hielt zögernd inne, die beiden Rüssel schnüffelten unsicher...

Davidge schoß den Pfeil ab...

...die Spitze drang in den Körper des Tieres, direkt zwischen zwei Panzersegmenten. Die Falsche Kröte kreischte, zuckte, wälzte sich auf dem Boden, versuchte zu fliehen, zuckte noch einmal und sank dann am Rand einer Sandgrube zu einem schlafenden Haufen zusammen.

»Verdammt«, sagte Davidge und stand auf. »Es hat geklappt! Es hat tatsächlich geklappt! Ha!«

Er rannte zu der Falschen Kröte hinüber und tanzte vor Freude um seine tote Beute herum. »Ha! Ha! Jetzt werd' ich's dir zeigen, Jerry Shigan, du ungläubiger Drac-Thomas.«

Dann blieb er stehen und überlegte, wie er das Tier nach Hause tragen sollte. Er könnte es auf die Schultern heben – wenn er es irgendwie zu fassen bekam. Nachdenklich ging er um die Falsche Kröte herum...

Ein Fuß glitt über den Rand der Sandgrube und rutschte ab. Davidge stolperte und schlitterte in die Grube hinab. Der Sand fühlte sich unter seinen Füßen wie Fett an. Er versuchte hinaufzuklettern, doch damit machte er nur neue Sandwellen locker, die von der Grubenwand auf ihn herabstürzten. Er verdoppelte seine Anstrengungen, fiel auf Hände und Knie und versuchte, sich herauszuschaufeln...

Da entdeckte er plötzlich Gebeine – kleine Schädel und Panzersegmente – die rings um den Grubenrand verstreut lagen.

»Uh... Oh...«

Der Sand in der Grubenmitte begann, sich zu bewegen...

»O süßer Jesus...« Die Angst schnellte in Davidges Kehle empor wie ein Korken, der in fünfzig Faden Meerestiefe losgelassen wird. Er warf sich flach auf den Sand und begann, sich mit Schwimmbewegungen nach oben zu kämpfen. Beinahe schaffte er es. Und es wäre ihm gelungen, hätte ihm das seltsame Wesen am Boden der Grube nicht den Sand unter den Füßen weggezogen, so daß er wieder zurückrutschte...

Eine lange, rosa Ranke wand sich aus der Mitte der Sandgrube herauf und schwankte sanft.

»O Scheiße...« Davidge erstarrte. Vielleicht, wenn er mucksmäuschenstill war, würde ihn das Ding nicht finden.

Die Ranke zögerte. Dann fing sie wieder zu schwanken an.

Es könnte funktionieren – für eine Weile. Aber früher oder später würde ihn das Ding entdecken. Davidge begann zu schreien. »JERRRRYYYYY!!!«

Die Ranke bebte aufgeregt. Blindlings stocherte sie im Sand herum und bewegte sich, als würde sie irgend etwas suchen. »JERRRRRYYYYY! HIIIILFE!«

Die rosa Ranke wühlte im Sand – richtete sich zögernd auf. So etwas hatte sie noch nie erlebt. Reglos verharrte sie am anderen Ende der Grube.

Davidge hob den Kopf, ansonsten wagte er sich nicht zu rühren. Das Rankenwesen witterte alle Vibrationen – ob Bewegungen oder Schreie, das spielte keine Rolle. Jetzt erhob es sich wieder.

»JEERRRRYYYYYY!!!! HIIIILFE! HIIIILF MIIIIR!!! Oh, komm doch, bitte, du gottverdammte Eidechse!«

Die Ranke zitterte wütend. Sie schwankte und kreiste und ließ sich nur wenige Zentimeter vor Davidges entsetztem Gesicht fallen. Er erstarrte – die Ranke zauderte...

Zwischen den Bäumen sah er eine Bewegung – Jerry! Der Drac suchte ihn. Er wandte sich ab... »JEERRRYYYY! HIER BIN ICH!«

Der Drac drehte sich um. Als Davidge sich zur Seite warf, schlang die rosa Ranke sich wie eine Peitschenschnur um sein Bein. Sie zog sich immer enger zusammen und fing an seinem Bein, durch das ein brennender Schmerz fuhr, zu zerren an. Der Sand ringsum begann nach unten zu gleiten... Davidge schlug um sich... Da packte eine dreifingrige Klaue seine Hand.

Der Drac lag flach am Rand der Sandgrube und setzte sein ganzes Körpergewicht ein, um der Ranke entgegenzuwirken, die an Davidges Bein zog, mit der anderen Hand richtete er sein Gewehr auf das mörderische Ding. Davidge brüllte vor Schmerzen – und der Drac feuerte!

Der Boden bebte und dröhnte – und dann schnellte ein rosiger, unbehaarter Kopf aus dem aufgewühlten Sand im Grubenzentrum – ein länglicher Kopf mit einem Mund voll zackiger Zähne.

Die rosa Ranke – nun zur Hälfte weggeschossen – war die Zunge der Kreatur und ragte immer noch aus dem gigantischen Maul, schwang hin und her in wilder Qual. Am oberen Ende des Kopfs starrten blutrote Augen auf Davidge und den Drac...

Jerry drückte noch einmal ab. Der fleischige Teil des Monsterkopfs zerriß, und die einzelnen Teile flogen in alle Richtungen davon. Ein langgezogener Seufzer rang sich aus dem Schlund, ein grausiger Gestank stieg empor, und dann begann die Kreatur langsam in ihre Grube zurückzusinken.

Der Drac hielt das Gewehr noch eine Zeitlang im Anschlag, dann – als er sicher sein konnte, daß das Monstrum wirklich tot war – zog er Davidge aus dem Sand heraus, auf festeren Boden.

Keuchend lagen sie nebeneinander und schauten sich an. Davidge war der erste, der wieder zu Atem kam. »Danke, Jerry«, brachte er mühsam hervor. »Ich danke dir. Du hast mir das Leben gerettet.«

Und dann mußte er sich Tränen aus den Augen wischen.

17

Die Feuerrobe

Ein brennender Schmerz erfüllte Davidges Bein. Das Sandgrubenungeheuer hatte anscheinend eine giftige Zunge besessen. Auf dem Rückweg zum Lager mußte er sich auf Jerry stützen.

»Nun habe ich meine Überraschung verdorben...« Kraftlos zeigte Davidge auf die tote Falsche Kröte.

Jerry zischte. »Für heute habe ich genug Überraschungen erlebt, danke, Willy.« Aber der Drac blieb wenigstens lange genug stehen, um Davidges Schießkunst zu bewundern. »Nur ein Pfeil?«

»Ja.« Davidge grinste. »Widerlich, was?«

»Erstaunlich«, verbesserte ihn der Drac, dann stemmte er sich wieder gegen Davidges Gewicht, und sie hinkten und wankten zum Lager. »Ich werde das Tier holen. Aber zuerst muß ich...« Jerry warf Davidge einen seltsamen Blick zu. »*Irkmann*, kannst du einer gottverdammten Eidechse vertrauen?«

»Huh?« Davidge blinzelte verwirrt. *Diesen Ausdruck hat*

er nie von mir gehört. Können die Dracs auch Gedanken lesen? Oder rede ich im Schlaf?

»Nun, kannst du es?« fragte der Drac.

Davidge zuckte mit den Schultern. »Ich habe doch keine andere Wahl, oder? Du schleppst mich ja schon nach Hause. Was versuchst du anzudeuten, Drac?«

»Dein Bein. Die Wunde. Sie muß – ausgebrannt werden. Um einer Krankheit vorzubeugen.«

»O Scheiße... Du hast recht.« Davidge schwieg eine Weile.

»Kannst du einer gottverdammten Eidechse trauen, *Irkmann?*«

Diesmal hätte Davidge die Frage beinahe überhört. Er versuchte immer noch, nicht an sein Bein zu denken. Der Schmerz.

Die Wunde. Sie mußte ausgebrannt werden. Ohne Narkose. Was immer er sich auch ausmalen mochte – die Wirklichkeit würde noch schlimmer sein.

»Hah? Sei nicht albern, Drac«, erwiderte er gedankenverloren. »Du hast mir das Leben gerettet. Natürlich vertraue ich dir.«

»Gut.«

Inzwischen hatten sie das Lager erreicht. Der Drac ließ Davidge vorsichtig zu Boden gleiten und lehnte ihn an den hohlen Baumstamm, dann wandte er sich zu dem schwelenden Lagerfeuer und schürte die Glut mit einem Stock, legte noch etwas Holz nach.

»Jerry...«

Der Drac sah auf.

»...nimm ein Stück Metall aus meinem Schiff. Schau in dem Haufen da drüben nach.«

Der Drac nickte, ging zu den aufeinandergestapelten Gegenständen, die Davidge aus seiner Rettungskapsel geholt hatte, und zog eine gebogene, glänzende Metallstange hervor. Davidge leckte sich nervös über die Lippen. »Damit müßte es gehen...«, krächzte er.

Jerry schüttelte den Kopf. »Nein...« Er wühlte wieder in den Wrackteilen. Davidge sah nicht, was er aussuchte. Der Drac kehrte zu ihm zurück. »Du vertraust mir?«

»Ich vertraue dir.«

»Gut...« Blitzschnell fesselte ihn der Drac an den Baum und band ihm die Hände.

»He!«

Shigans Finger waren stark und flink. Ohne seine Arbeit zu unterbrechen, sagte er: »Es ist gut, daß du mir traust. Und es ist auch gut, daß ich dir *nicht* traue. Es tut sehr weh.« Er schaute in Davidges Augen. »Es *muß* sein. Tut mir leid, Willy.« Sein Gesicht war voller Sorgenfalten.

»Ich verstehe, Jerry. Du bist eine gottverdammte Eidechse – aber du bist keine dumme gottverdammte Eidechse. Gib mir was, in das ich reinbeißen kann. Einen Stock – oder einen Lappen...«

Der Drac nickte, suchte und fand einen sauberen Zweig. Davidge klemmte ihn zwischen die Zähne.

Shigan ging zum Feuer und schürte es mit der gebogenen Metallstange, schob sie in die heißeste Zone der Flammen. Dann kam er zu Davidge zurück, riß das Hosenbein auf und betrachtete die Wunde mit leidenschaftslosen Augen. »Der *Irkmann* ist überall rosa«, bemerkte er. Ein Klauenfinger zeichnete die Wunde an Davidges Wade nach. »Es könnte schlimmer sein.«

Er griff nach einem Wasserbeutel, der an einem Zweig hing. »He? Das ist unser Trinkwasser.«

»Da, wo ich es geholt habe, gibt es noch mehr. *Shizumaat* sagt... Nein, kümmere dich nicht drum, was *Shizumaat* sagt.« Der Drac goß Wasser auf die Wunde, wusch den Sand und den Schmutz ab. »Das ist gut.«

Er rannte wieder zum Feuer, schlang einen Lappen um

die glühend heiße Metallstange und zog sie aus den Flammen. Davidge verankerte den Zweig fest zwischen seinen Zähnen, um mit aller Kraft darauf zu beißen...

Der Drac hockte sich neben dem verletzten Bein auf den Boden und drückte den Metallstab gegen die Wunde.

Zuerst fühlte es sich – kühl an. Dann paßte sich das Gefühl der Realität an – und es brannte. Das Feuer weckte Höllenqualen. Davidge brüllte... biß auf den Zweig, bis er entzweibrach... und verlor die Besinnung...

Als er wieder zu sich kam, schrie er immer noch vor Schmerzen; sein Bein brannte genauso wie zuvor...

Da war irgend etwas Kaltes, Feuchtes auf seiner Stirn, und eine sanfte Stimme sagte: »Es ist vorbei, Willy.«

»Es tut noch weh, Jerry...«

»Ja, ich weiß, Willy.« Davidge spürte die Hand des Dracs auf seinem Bein. »Wo tut es weh...? Hier?«

»Nein, weiter unten...«

»Hier?«

»Autsch! Ja!«

»Willy, schau mal hin! Was für eine Farbe hat der Schmerz?«

»Eh?«

»Was für eine Farbe hat der Schmerz?« wiederholte der Drac.

»Ich verstehe nicht...«

»*Schau mal hin!*« beharrte der Drac. »Was für eine Farbe hat der Schmerz?«

»Er ist...« Davidge *schaute* auf den Schmerz in seinem Bein. »Er ist rot – nicht weiß...«

»Gut. Wie groß ist der Schmerz?«

»Eh? Was machst du da?«

»Beantworte meine Fragen. Wie groß ist der Schmerz?«

Davidge *schaute* wieder hin. »Er – er ist so groß wie – wie ein Baum.«

»Gut. Wie schwer ist der Schmerz?«

»Sehr schwer.«

»Wie schwer?«

»Hundert Pfund.«

»Welche Farbe hat er jetzt?«

Davidge *schaute* hin. »Gelb.«

»Wie groß?«

»Hm – immer noch so groß wie ein Baum. Nein, jetzt ist er so groß wie ein Mensch... Jerry, was tust du? Er wird immer kleiner.«

»Beantworte nur meine Fragen, *Irkmann*. Wie schwer ist der Schmerz?«

»Fünfzig Pfund...« Davidge hätte beinahe gelacht.

»Gut, Willy, gut. Schau dir den Schmerz wieder an. Welche Farbe hat er jetzt?«

»Er ist – eh –, er ist blau.« Davidge *schaute* auf den Schmerz, kroch in den Schmerz hinein. »Nein, er ist grün oder weiß...« Es spielte keine Rolle, welche Farbe es war. Je länger er darauf *schaute*, desto schwächer wurde der Schmerz...

»Wie groß ist er?«

»Nur mehr so groß wie mein Bein...«

»Du machst das sehr gut, Willy. Wie schwer ist er?«

»Ein Pfund – nein! Er wiegt überhaupt nichts mehr. Er ist verschwunden! Ich meine...« Davidge öffnete die Augen und sah Jerry an. Sein Blick glänzte, er lachte in konfusem Entzücken. »Ich meine – ich spüre ihn noch, aber es tut nicht mehr weh. Was hast du gemacht?«

»Ich habe gar nichts getan«, entgegnete der Drac. »Du hast es selber getan.«

»Nein, du hast etwas getan, nicht wahr? Sag mir, was du getan hast.«

»Ich habe nur Fragen gestellt. Und du hast alles allein vollbracht. Nun kann die Heilung beginnen, ohne daß ihr der Schmerz im Weg steht. Die Heilung fängt an, wenn der Schmerz beendet ist. Ich frage dich, du schaust hin. Du beendest den Schmerz. Der Schmerz wird beendet, wenn du ihn anschaust.«

»Ich – ich glaube es nicht...« Davidges Stimme erstarb.

»Ob du es glaubst oder nicht, ist unwichtig. Es funktioniert auch, wenn man nicht daran glaubt.«

»Ist das – steht das im *Talman*, Jerry? Ist es von *Shizumaat*?«

Der Drac stand auf, ohne zu antworten. »Ich hole jetzt unser Abendessen«, verkündete er und verließ die Lichtung.

Davidge starrte ihm verwirrt nach. »Was zum Teufel...? Letzte Woche konnte er gar nicht aufhören, von *Shizumaat* zu reden.«

18

Krötenfleisch

Die Falsche Kröte zischte und knisterte über dem Feuer, spuckte heißes Fett in die Asche und verströmte unglaubliche, köstliche Düfte.

»O Gott, wie das riecht!« stöhnte Davidge. »Ich fühle mich wie im Himmel.«

»Himmel?« fragte der Drac. »Was ist der Himmel...?«

»Dorthin kommt man, wenn man –«, Davidge unterbrach sich. Er hatte beschlossen, keine religiösen Probleme mit dem Drac zu erörtern. Und so sagte er: »Es ist ein schöner Ort – der beste, wo man überhaupt sein kann.«

»Oh.« Der Drac schnitt zwei Scheiben Fleisch ab, eine für Davidge, eine für sich selbst, und legte sie auf Krötenpanzerstücke. Er nannte die Kreatur *Cuca*. Davidge hatte nicht gefragt, warum.

»Danke, Jerry«, sagte Davidge, als ihm der Drac eine Portion reichte, und hob den Teller an die Nase und atmete tief ein. »Ich hätte nicht gedacht, daß ich jemals wieder etwas so Gutes riechen würde.« Er schnitt mit seinem Messer ein Stück Fleisch ab und kaute langsam und genüßlich. Es schmeckte wie Rindfleisch oder wie Lamm, hatte aber noch ein anderes scharfes, fast fettiges Aroma. Wie Butter? Beinahe. Davidge nahm noch einen Bissen. Das Fleisch war nicht so zäh, wie er es erwartet hatte, sondern wunderbar zart und würzig und...

Er hielt dem Drac den Teller hin. »Jerry, würdest du mir bitte noch ein Stück abschneiden?«

Der Drac hatte seine erste Portion noch nicht verspeist, stellte aber seinen Teller beiseite, um noch eine Fleischscheibe für den Menschen abzuschneiden. »Du ißt wie ein Schwein, *Irkmann*.«

»Eh?« Davidge nahm dem Drac den Cucapanzerteller aus der Hand. »Deine Tischmanieren sind auch nicht die besten.«

Der Drac ignorierte diese Antwort. »Das ist gut für ein Schwein – nicht für einen Drac.« Jerry blickte auf. »Ist es gut für die Menschen, wie Schweine zu essen?«

»He! Das ist die erste richtige Mahlzeit, die ich seit meiner Bruchlandung auf dieser Stinkkugel bekomme.« Und dann merkte Davidge, was die Eidechse wissen wollte, und fügte hinzu: »Das ist richtiges Essen, Drac. Ich stamme von unzähligen Allesfressern ab – wenn ich auch glaube, daß mein Familienzweig in erster Linie Fleischfresser hervorgebracht hat. Wir mögen Fleisch sehr gern.«

»Mögen alle Menschen Fleisch?«

Davidge nickte. Er hatte keine Lust, von der vegetarischen Küche zu erzählen. »Das haben wir von unseren

Urahnen übernommen. Früher gingen die Menschen auf die Jagd...«

»Früher? Essen sie jetzt kein Fleisch mehr?«

»Doch, sie essen immer noch Fleisch.«

»Aber sie jagen nicht mehr?« Der Drac schaute verwirrt drein.

»Nein... Jetzt halten wir Herden.«

»Halten... Herden?« Shigan blinzelte. »Erklär mir das, bitte.«

»Wir ziehen Tiere groß – und züchten sie.«

»Oh...« Der Drac atmete erleichtert auf. »Ich habe dich mißverstanden. Und dann laßt ihr die Tiere frei, um sie zu jagen?«

»Nein. Wir gehen nicht auf die Jagd. Wir ziehen sie auf, bis sie groß genug sind, um gegessen zu werden, und dann – essen wir sie.«

Der Drac starrte den Menschen entsetzt an. Seine Miene spiegelte die verschiedenartigsten Gefühle wider. Davidge lernte mit der Zeit, Shigans Mimik zu deuten, aber was sich jetzt auf diesem Gesicht abspielte, geschah so schnell, daß er es nicht erkennen konnte. Eins war jedenfalls offensichtlich – der Drac regte sich maßlos auf.

»Ich *gavey* nicht, Irkmann. Die Menschen ziehen Gefangene groß, um sie zu essen?«

»Nun ja – so ungefähr. Aber, Jerry, das sind nur Tiere...«

»*Nur* Tiere? Das gibt es nicht. Es ist *Leben!* Die Tiere sind unsere Brüder in der Schöpfung.« Angewidert schüttelte der Drac den Kopf. »Ihr verspeist eure Brüder!!«

»Du ißt auch Tiere!« beschuldigte Davidge ihn ärgerlich. »Du ißt das Fleisch dieser Kröte, die ich getötet habe.«

»Das ist etwas anderes, *Irkmann!*«

»Nun, das müßtest du mir erklären. Ich sehe da keinen Unterschied, Drac!«

»Die Jagd respektiert...« Shigan zögerte und suchte nach Worten, »...respektiert die innere Idee eines Wesens.«

»Die innere Idee eines Wesens? Meinst du die Seele?«

»Ist dies das *Irk*-Wort? Die Jagd respektiert die Seele?«

»Ja, ich verstehe, was du mir sagen willst.«

»Wenn man nicht jagt und statt dessen Gefangene verspeist – das ist genauso, als würde man *Sklaven essen!*« Angeekelt verzog der Drac das Gesicht.

Davidge gab keine Antwort. Er wußte nichts zu sagen. Was den moralischen Aspekt dieses Streitgesprächs betraf, so hatte Shigan eindeutig gewonnen. Man konnte ihm nicht erklären, daß Tiere keine Seelen besaßen oder keine Schmerzen verspürten oder...

Ich weiß es nicht. Haben Tiere Seelen? Und – die Dracs?

»He!« Plötzlich blickte Davidge auf.

»Was ist denn los, *Irkmann?*«

»Du hast gesagt, alle Lebewesen seien unsere Brüder.«

»Das habe nicht ich gesagt – *Shizumaat* hat es gesagt«, gestand der Drac mißmutig.

»Gilt das auch für Menschen? Hast du mir deshalb das Leben gerettet?«

»*Du* bist nicht mein Bruder, *Irkmann!* Vielleicht können die Menschen und die Dracs Lebensbrüder sein. Vielleicht werden es eines Tages andere Menschen lernen, und dann wird der Krieg zu Ende gehen. Aber du und ich – nein! Du Sklavenfresser!«

Davidge blickte auf die halbe Fleischschnitte, die noch auf seinem Teller lag. Nachdenklich strich er über die harte Cucapanzerplatte. *Ich würde fünf Cent drauf verwetten, daß ich dir einiges über die Drac-Geschichte erzählen könnte, Jerry*, dachte er. *Und ich frage mich, wie viele im Drac-Holocaust gestorben sind...* »Warum hast du mir das Leben gerettet?«

Jerry Shigan antwortete nicht. Er zuckte nur mit den Schultern und wandte sich ab.

»Wahrscheinlich bist du gern mit mir zusammen – das ist alles. Mein Gesicht gefällt dir, was?«

»Dein Gesicht gefällt mir *nicht*. Ich kann deinen ganzen häßlichen Kopf nicht ausstehen.«

»Aber warum hast du mich dann gerettet, Jerry?« beharrte Davidge.

»Weil ich den häßlichen Kopf dieser Kreatur noch weniger mochte als deinen.«

Davidge verkniff sich die Antwort, die ihm auf der Zunge lag. Würde er die Eidechse als unartiges Kind bezeichnen, würde sie nur noch länger schmollen. »Okay, du hast gewonnen, Jerry«, sagte er resigniert und warf seinen Teller auf einen Felsblock. Klirrend prallte das Panzerstück gegen den Stein. Davidge fuhr herum und starrte es an, dann hob er es auf und trommelte mit den Fingern darauf. »He!«

Jerry sah nicht auf.

»Jerry, schau mal her!«

Der Drac wandte den Kopf zu Davidge. Sein Gesicht war völlig ausdruckslos.

Davidge hob das Panzerstück hoch. »Das ist es! Das ist die Lösung!«

»Um welches Problem geht es?« zischte der Drac.

»Solche Panzerteile liegen in der Sandgrube – unzählige. Nicht einmal dieses unterirdische Monstrum konnte sie zerbeißen. Ich wette, sie würden auch einen Meteor-Hagel überstehen.« Davidge grinste. »Jerry, ich muß es noch einmal sagen. Wo wärst du bloß ohne mich!«

Der Drac kaute noch eine Zeitlang weiter, dann schaute er Davidge mit leerem Blick an, unbeeindruckt von dessen Genie.

»Zu Hause«, sagte er.

19

Der Shizumaat-Student

Sie bauten ein Gerüst aus Zweigen und deckten es mit Cucapanzersegmenten ab. Da aus jedem Panzerstück ein knochiger Auswuchs ragte, konnte man sie aneinander festhaken und mit violetten Ranken an das Gerüst binden. In einem starken Gewittersturm würde die Hütte laut knarren, aber dafür den Regen abhalten – und wahrscheinlich auch die Meteoriten.

Sie würden es bald herausfinden.

Im Zentrum der Hütte errichtete Davidge einen Herd aus Steinen und ließ im Dach eine Öffnung frei, damit der Rauch abziehen konnte. Dann grub er Kanäle an den Außenwänden, so daß kein Wasser in das kleine Haus floß. Wenn er jetzt noch eine Möglichkeit fände, ein Bett zu konstruieren, das sich über den Boden erhob... Aber zuerst wollte er einen Räucherschuppen für Cucafleisch bauen. Ein Tag war viel zu kurz, um alles zu erledigen, was getan werden mußte...

Er hielt in seiner Arbeit inne und blickte zu dem Drac hinüber. Jerry las wieder im *Talman*.

Das ärgerte Davidge – nicht, weil Jerry dieser Lektüre so viel Zeit widmete, sondern weil er selbst nicht daran teilhaben konnte. Das war merkwürdig, und es frustrierte ihn, denn die Eidechse schien gewillt zu sein, alles andere mit ihm zu teilen.

»He, Professor! Willst du mir nicht ein bißchen helfen?«

Der Drac sah ihn an, dann hängte er sich die Kette mit dem *Talman* widerstrebend um den Hals.

»Wird dir dieses Buch niemals langweilig?«

»Nein.« Jerry ging langsam zu Davidge. »Was soll ich tun?«

»Was steht eigentlich da drin? Du sprichst nie mehr darüber.«

»Es ist nicht für dich bestimmt.« Der Drac bückte sich, um ein Krötenpanzersegment aufzuheben.

»Um Himmels willen, Jerry! Hab doch Erbarmen mit mir!«

»Es ist nicht für dich bestimmt«, wiederholte der Drac. »Was soll ich mit den Panzerstücken machen?«

Davidge unterdrückte die naheliegende Antwort. Mit einem Wutanfall konnte man dem Drac nicht beikommen. Das hatte er bereits festgestellt. Sobald man die Eidechse anschrie, versank sie in mürrischem Schweigen. Er holte tief Atem und entgegnete in ruhigem Ton: »Gar nichts. Erzähl mir vom *Talman*.«

Jerry schüttelte stumm den Kopf.

»Ich meine es ernst, und ich möchte lernen, was im *Talman* steht. Deine Sprache lerne ich doch auch. Erklär mir, wie man dein Buch liest.«

Der Drac starrte Davidge an. »Auch ich meine es ernst, Willy. Es ist nicht für dich bestimmt.«

»Ich *gavey* das nicht. Warum? Ist *Shizumaat* zu gut für uns Menschen? Liegt es daran?«

»Nein, nicht zu gut für die Menschen. Zu gut für *dich*.« Jerry wandte sich ab und trug das Cucapanzersegment zum halbfertigen Räucherschuppen hinüber.

»Eh?« Davidge folgte ihm. »Seit wann darfst du dir anmaßen, meinen Charakter zu beurteilen? Wer hat dich zum Gott ernannt?«

Jerry legte das Panzerstück vorsichtig auf den Boden und drehte sich zu Davidge um. »Hast du vergessen, was du über *Shizumaat* gesagt hast?«

»Ich habe kein Wort über *Shizumaat* gesagt!«

»Wer ißt denn dann das *Kiz* von Aasfresserschweinen...?«

»Was...?« Und dann erinnerte sich Davidge. »O Gott – das ist es also? Du hast... Das nimmst du mir übel?!! Du überheblicher, heuchlerischer Einfallspinsel!« Der Drac schaute ihn gleichmütig an, und da fiel Davidge noch etwas ein. »War es vielleicht nett von dir, so über Mickey Mouse zu reden?«

Der Drac blinzelte. Und blinzelte noch einmal. »Auch das war falsch. Ich hätte es nicht sagen dürfen.«

»Allerdings nicht...« Davidge schaute in Jerrys Augen und schämte sich. »Es tut mir leid. Was ich da über *Shizumaat* sagte – das war nicht so gemeint. Ich war wütend, und ich wollte dich kränken. Das war nicht richtig, Jerry. Bitte, verzeih mir.«

Der Drac schüttelte den Kopf. »Nein. Du mußt mir verzeihen. Ich hätte mich besser benehmen müssen. Ich habe das *Talman* studiert. Ich hätte es besser wissen müssen und Zorn nicht mit Zorn vergelten dürfen. Du *mußt* mir verzeihen. Mein Fehler war größer als deiner.«

Davidge musterte den Drac. So hatte sich die Eidechse noch nie verhalten. Sie hatte ihm das Leben gerettet und nie ein Wort darüber verloren. Aber jetzt... Davidge war sehr verlegen und wußte nicht, was er sagen sollte. Und so *schaute* er statt dessen in seine Seele – und sagte, was er fühlte. Er legte die Hände auf die Schultern des Eidechsenmanns. »Jerry, du bist mein Freund...«

Der Drac zog verwirrt die Stirn in Falten. Das Wort *Freund* kannte er nicht. Davidge hatte es ihm nicht beigebracht. *Wie lautete doch gleich der Ausdruck, den der Drac benutzt hatte?*

»...du bist mein Lebensbruder«, fuhr Davidge fort. »Zwischen uns beiden gibt es nichts, was der eine dem anderen verzeihen müßte. Aber wenn du darauf bestehst – ich verzeihe dir gern.«

Jerrys Augen strahlten. »Ich danke dir, Davidge, für

dieses große Geschenk. Du hast mich nie zuvor – Freund genannt. Ich wußte es nicht – und ich dachte, du würdest mir in deiner Seele grollen, weil du deine Mickey Mouse nie mehr erwähnt hast. Und ich bin bereit, *Shizumaat* mit dir zu teilen, wenn du Mickey Mouse mit mir teilst.«

»Ich würde mich – geehrt fühlen.«

Jerry zögerte kurz, dann nahm er die *Talman*-Kette von seinem Hals und hängte sie Davidge um.

»Jerry, was...«

»Der Schüler muß den *Talman* bekommen. Auf diese Weise werde ich Meister. Ich bin es nicht wert – aber es ist niemand anderer da.«

Davidge hob eine Hand und umfaßte das winzige goldene Buch. Er konnte die Auszeichnung, die ihm zuteil wurde, nicht ganz *gavey*, aber die Freude, die ihm der Drac damit machte, spürte er ganz eindeutig.

»Danke, Jerry. Ich danke dir, weil du mir wieder vertraust.«

20

Mittwoch

Das Drac-Alphabet bestand aus 81 Symbolen.

Soviel konnte Davidge begreifen. Danach wurde es schwieriger.

Der Drac versuchte, ihm zu erklären, was die einzelnen Schriftzeichen ausdrückten, aber Davidge sah keinen Sinn darin. Warum bedeutet das *aa* auch *sehr interessiert?* Und warum war es so wichtig, das zu wissen? Konnte er nicht zuerst einfach nur die Wörter lernen?

Der Drac schüttelte ärgerlich den Kopf. »Nein, nein,

nein! Willy – warum geht das nicht in deinen häßlichen Kopf? *Gavey* heißt ›verstehen‹, weil *aa* das bedeutet, was es nun mal bedeutet. Du könntest nicht *gava*, wenn du *gavey* willst, oder??«

»Nein – natürlich nicht«, stimmte Davidge zu und fragte sich, was *gava* heißen mochte. »Aber ich verstehe es noch immer nicht... Ich kann nicht *gavey*, warum ich wissen muß, daß *aa* ›sehr interessiert‹ und *ee* ›furchtsam‹ bedeutet – und all die anderen Zusammenhänge... Warum haben die Vokale und Konsonanten eigene Bedeutungen...? Bitte, Jerry – bring mir zuerst die Wörter bei, und zeig mir, wie man sie im *Talman* liest...«

Da warf der Drac angewidert die Arme hoch und begann, sich selbst zu beschimpfen wie ein unglücklicher kubanischer Bandleader, dann schüttelte er den Kopf und stapfte in den Wald.

»Jerry, warte...«

»Es ist nicht deine Schuld, *Irkmann!*« rief Jerry über die Schulter. »*Shizumaat* sagt: ›Es gibt keine schlechten Schüler, nur schlechte Lehrer!‹«

Davidge verstand es nicht.

Aber er gab nicht auf. Der Drac hatte sich verzweifelt bemüht, ihm klarzumachen, daß jeder Buchstabe seine eigene ›innere Idee‹ hatte. Eine innere Eigenschaft? Eine Seele? Davidge war sich nicht sicher. Nicht einmal Jerrys ungeschickte pantomimische Versuche konnten ihm gewisse Begriffe verdeutlichen.

Warum stellten die einzelnen Buchstaben nicht nur Laute, sondern auch noch geistige Qualitäten dar? Was hatte das mit den Wörtern zu tun?

Er konnte sich das nur so erklären, daß die Vokale die emotionalen Aspekte der Begriffe und deren innere Kräfte repräsentierten, und die Konsonanten die physikalischen Eigenschaften bestimmten.

Hm ...

Das eröffnete interessante Möglichkeiten. Bei dieser Erkenntnis setzte sich Davidge kerzengerade auf. Wenn das stimmte, dann würden die Drac-Gelehrten genauso, wie die menschlichen Gelehrten neue Wörter aus griechischen und lateinischen Grundformen schufen, neue Wörter bilden, indem sie die emotionalen und physikalischen Qualitäten der Dinge abgrenzten, die mit den jeweiligen Wörtern bezeichnet wurden.

Okay – das ergab einen Sinn. Einigermaßen. Aber die andere Frage war noch immer nicht beantwortet. Warum durfte man sich anfangs nicht damit begnügen, einfach nur die Wörter zu lernen? Bei diesem Problem schieden sich die Geister. Und er konnte keine Fragen mehr stellen, ohne Jerrys Zorn heraufzubeschwören.

Davidge blieb nichts weiter zu tun übrig, als seine Aussprache mit Hilfe mehrerer Tabellen zu verbessern, Vokale und Konsonanten zu üben. Immer und immer wieder. Wenigstens hatten die Wörter einen natürlichen Rhythmus. Er konnte seine Aussprache vervollkommnen, indem er seinen ›Drakonischen Knatter-Blues‹ sang, wie er es nannte.

Aber er verstand nicht, wie eine solche Sprache entstanden war. Wer hatte die ersten Wörter gebildet? Wer hatte den Vokalen und Konsonanten ihre Bedeutungen zugeteilt? Woher kam das alles?

Während er die Drac-Vokale vor sich hin trällerte, merkte er, was er die ganze Zeit vermißt hatte ... Er unterbrach sein Studium und machte sich auf die Suche nach Jerry. »He, Drac!«

Shigan sah von seiner Arbeit auf. Er kochte gerade Fett, um es in Lampenöl umzuwandeln. »Was ist los, *Irkmann?*«

»Die Drac-Sprache muß *gesungen* werden, nicht wahr?«

»Gesungen? Ich *gavey* nicht. Was ist ›gesungen‹?«

»Hm – man *singt* ein *Lied*. Hm – etwa so: ›*Als Junge war ich in Venusport und lernte dort den Nationalsport...!*« Davidges Baßstimme dröhnte über die Lichtung.

Der Drac starrte ihn verblüfft an.

»Stimmt das?« fragte Davidge. »Ihr sprecht nicht – ihr singt.«

»Willy – willst du mir erzählen, daß die Menschen verschiedene Wörter für ›reden‹ und ›singen‹ haben?«

»In der Drac-Sprache ist das ein und dasselbe, nicht wahr?«

»In Engliiisch nicht?!«

Sekundenlang schauten sie sich an – dann brachen beide gleichzeitig in fröhliches Gelächter aus. Ein herzhaftes Wiehern drang aus Davidges Kehle, während der Drac Grimassen schnitt und sich zischend auf die Knie schlug.

»Irgendwann werde ich dir von – Vammas Vermutung erzählen, Willy. Eine uralte Geschichte. Sehr komisch. Vamma war fast so dumm wie wir beide. Wir haben Vermutungen angestellt, in...« Der Drac klopfte sich auf die Stirn. »...in unseren eigenen Köpfen.«

»Gut, Jerry, dann werde ich dir auch von den Gnomen und dem Pinguin erzählen. Das ist auch eine sehr alte Geschichte. Aber...« Davidge fuhr aufgeregt mit beiden Händen durch die Luft. »Ich glaube, jetzt kann ich es *gavey*. Du singst die Wörter, weil es nicht auf das Wort ankommt, sondern auf seine innere Bedeutung, nicht wahr? Und wenn man die Bedeutungen der Buchstaben nicht kennt, kann man ihre innere Bedeutung nicht hören.«

»*Irkmann*, du bist nicht so dumm, wie du häßlich bist.«

»Doch, das bin ich, denn ich hätte viel früher draufkommen müssen. Jetzt verstehe ich's. Es genügt nicht, einfach *Shizumaat* zu sagen – man muß es singen, etwa so – *Shiz-u-maat!*« Davidge grinste den Drac an. »Hab' ich recht?!!«

»Irkmann«, sagte der Drac, »jetzt hast du den Namen

zum erstenmal so ausgesprochen, daß er nicht wie ein Fluch klingt.«

»Danke, Jerry.«

»Ich danke *dir*, Willy!« Shigan strahlte über das ganze Gesicht. »Und nun könntest du mir etwas von Mickey Mouse berichten – bitte!«

»Jetzt?!!«

»Jetzt – bitte. So war es doch abgemacht. Ich bringe dir die Lehre *Shizumaats* bei, und du erzählst mir von Mickey Mouse.«

O Scheiße. Davidge schluckte verlegen und nickte. Wie sollte er es dem Drac erklären? Wenn er ihm die Wahrheit über Mickey Mouse gestand, könnte er ihn so beleidigen, daß die Freundschaft ein für allemal beendet wäre. Allein schon der Gedanke, ein vermenschlichtes Nagetier auf eine Ebene mit *Shizumaat* zu stellen...

»Okay, Jerry – aber dazu müssen wir uns setzen. Mickey Mouse wurde vor langer Zeit geboren. Er war – nun, ich will es mal folgendermaßen ausdrücken. Er hat niemals in seinem ganzen Leben irgendwelche Lehren verkündet – er hat den Menschen nur ein Beispiel gegeben.«

»Sehr klug«, meinte Jerry.

»Ja, nicht wahr?« erwiderte Davidge und wünschte sich sehnlichst, er wäre weit weg. »Also – eh – die Leute gingen zu Mickey Mouse, weil sie krank waren – nicht im Körper, sondern in der Seele. Und sie waren auch gar nicht richtig krank, nur müde und *gelangweilt*. Sie kamen also zu Mickey Mouse, weil sie sich langweilten, und sie wußten nicht einmal, daß sie sich langweilten. *Gavey?*«

»*Ae!*«

»Gut. Und Mickey Mouse – eh – tanzte oder machte Unsinn...« Davidge kam sich wie ein Narr vor, sprach aber weiter. »...und die Leute schauten zu. Und manchmal lachten sie sogar...«

»Sie lachten?« fragte der Drac. »Sie lachten über Mickey Mouse?«

»Eh – ja – das sollten sie auch, denn die Tänze waren sehr komisch.«

»Gut!« rief Jerry. »*Shizumaat* sagt: ›Lachen ist die beste Medizin.‹ Auch *Shizumaat* erzählt komische Geschichten.«

»Oh, wirklich?« Davidge atmete auf. »Mickey Mouse brachte die Leute also zum Lachen, und sie vergaßen, daß sie müde waren und sich langweilten. Danach gingen sie nach Hause und erkannten, daß Mickey Mouse – eh – Glück und Freude und Liebe und Begeisterung verkörperte – und ihnen beibrachte, Farbe zu bekennen und niemals aufzugeben...« Davidge kaute nachdenklich an seinen Fingerknöcheln. Bis jetzt hatte er nicht gelogen – doch er hätte seine Aussage nur ungern vor einem Richter beschworen.

»Sprich weiter, *Irkmann!*« beharrte Jerry.

»Nun – es gab viele Leute, die für Mickey Mouse arbeiteten – sehr viele. Es war ihre Pflicht, eh – Mickeys Tänze und komische Possen nachzumachen, für andere Leute... Und das taten sie, indem sie – eh – Filme über Mickey Mouse drehten, damit man ihn überall sehen konnte. Und – anfangs merkte niemand, was Mickey Mouse in Wirklichkeit tat. Die Leute dachten, er wäre nur ein Clown – ein Spaßmacher. Aber die Filme gefielen ihnen, und sie erkannten erst später, daß sie seine Possen nicht nur deshalb so gern sahen, weil sie dabei fröhlich wurden, sondern weil sie sich daran erinnerten, daß man Liebe und Begeisterung empfinden muß und nicht aufgeben darf. Und auf diese Weise brachte Mickey Mouse den Menschen die wichtigsten Dinge des Lebens bei und machte ihnen klar, wie das Leben sein könnte – aber er sagte niemals, wie es sein muß. Der Zuschauer hatte immer die Wahl.« Davidge wischte sich über die Stirn. O Mann, jetzt hatte er's ganz schön übertrieben...

Der Drac nickte. »Er ist ein wahrhaft weiser Lehrer, euer Mickey Mouse. Bitte, sag mir einen *Ko-ahn* von Mickey Mouse, damit ich darüber nachdenken kann.«

»Einen Ko-ahn?«

»Einen Denksatz... Irgendwas Verwirrendes – das ein Licht im Denken erzeugt, wenn man sich damit befaßt.«

»Du meinst ein Rätsel. Ein Paradoxon? Ein Paradoxon, das den Geist erleuchtet...?«

»*Ae!* Er-leuch-tung. Die Befreiung von der Bürde einer großen Verwirrung. Bitte, sag mir einen Denksatz von Mickey Mouse.«

»Hm...«, sagte Davidge. In seinem Gehirn herrschte plötzlich gähnende Leere. Und dann fiel ihm etwas ein. »Eh... ›Heute ist Mittwoch. Weißt du, was das bedeutet! Der Tag, an dem alles geschehen kann!‹«

»Der Tag, an dem alles geschehen kann?« Der Drac blinzelte verwirrt, aber glücklich.

»Eh – genau.«

»*Ae!* Gut! Das ist sehr verwirrend. Sehr gut. Ich werde darüber nachdenken. ›Heute ist Mittwoch. Weißt du, was das bedeutet? Der Tag, an dem alles geschehen kann!‹«

Auf einmal mußte Davidge aufstehen und davonlaufen. Er hatte einen Erstickungsanfall.

21

Lebensbrüder

Die Tage entwickelten sich zu Ritualen. Vormittags erledigten sie die alltäglichen Aufgaben, gingen zur Jagd, reparierten Werkzeuge, errichteten neue Gebäude. Dann legten sie eine Pause ein, um die wichtigste Mahlzeit des Tages einzunehmen. Danach wanderten sie auf die Felsen, um auf das Ödland zu blicken, und Jerry erklärte Willy das *Talman*. Oder Willy machte Jerry mit ein paar Erdenlegenden vertraut.

Jerry erzählte Willy von Vammas Vermutung.

Willy erzählte Jerry von Wil. E. Coyote, der ungewöhnliche Anstrengungen unternommen hatte, um sich selbst zu vernichten.

Jerry erzählte Willy vom Geschenk des Feindes.

Willy erzählte Jerry von Bunnys Rache, und warum man am besten auf komische Weise Rache übte.

Jerry erzählte Willy von der Nachsicht des Kindes.

Und Willy erzählte Jerry von Donald Ducks Wutanfällen.

Was Davidge in erster Linie überraschte, war nicht die Tatsache, daß er wie ein Drac zu sprechen und zu denken lernte – genau das war seine Absicht –, sondern daß er alle möglichen Wahrheiten an den unwahrscheinlichsten Orten entdeckte.

Eines Nachmittags erwähnte er es Jerry gegenüber, in verschleierter Form. »Ich beginne die Dinge anders zu sehen, Jerry. Ich sehe das *Innere* der Dinge. Gavey?«

»Bitte, sag mir noch mehr darüber.«

»Wenn ein Stein runterfällt... Früher sah ich nur einen Stein, der runterfiel. Jetzt sehe ich – die Schwerkraft. Wenn du mich anschreist... Früher sah ich nur deinen

Zorn, jetzt sehe ich dein – Interesse. Du kannst deinem Gefährten nicht böse sein, wenn du dir nichts aus ihm machst.«

»*Ae!* Sehr gut. Erstaunlich, nicht wahr? Dieser *Irkmann* ist in der Tat imstande, nach innen zu blicken...« Jerry zischte vor Freude. »Ich wußte, daß Shizumaats Lehren viel bewirken – aber ich hätte nie gedacht, daß sie *soviel* bewirken. Aber diese Geschichte werde ich niemals erzählen können.«

»Warum nicht?«

»Wer würde mir glauben?«

»Wieso? Wer würde mir glauben, daß ich einer gottverdammten Eidechse von Mickey Mouse erzählt habe?«

»*Ae!*« Jerry nickte. »Und jetzt muß ich etwas eingestehen. Du bist ein viel besserer Schüler als ich. Und ich glaube, du lernst *Shizumaat* viel eher begreifen als ich Mikkey Mouse. Ich habe noch immer nicht herausgefunden, was das Rätsel ›der Tag, an dem alles geschehen kann‹ bedeutet.«

»Hm – nun ja – das tut mir leid, Jerry...«

»Nein, nein, erklär es mir nicht... Ich will mich selbst erleuchten.«

»Gut. Ich weiß ohnehin nicht, ob ich es dir erklären könnte. Das ist so wie beim Jazz – wenn man sich den erklären lassen muß, begreift man ihn nie.«

»Jazz?«

»Lassen wir das.« Davidge schlug das *Talman* auf und begann zu singen. Die Worte fluteten über die rauhen Felsen. Die riesige rote Sonne von Fyrine tauchte die öde Landschaft in Wellen aus karmesinrotem Licht.

»*Yesli raz dzram va delo, pust raz va dzram ohi del. Da pust va protanyat buly ot va, lubo ix dzodini.*«

Jerry nickte. »Und jetzt übersetz das, bitte.«

»Hm... Ich *gavey*. Aber ich bin nicht sicher, ob ich es erklären kann. Auf englisch werde ich es nur annähernd erklären können.«

Der Drac wartete geduldig.

»Also gut, ich will es versuchen. ›Wenn man aus den Händen eines anderen Böses empfängt, soll man ihm das Böse nicht zurückgeben. Statt dessen soll man dem Feind Liebe schenken...‹ ›Liebe‹ ist das englische Wort, das noch am ehesten zutrifft, aber es stimmt nicht ganz, denn in diesem Fall bedeutet es Kameradschaft zwischen Lebensbrüdern – aber manchmal bedeutet ›Liebe‹...«

»Sprich weiter.«

»Also gut. Statt dessen soll man dem Feind Liebe schenken, damit man durch Liebe mit ihm verbunden wird.« Davidge schaute Jerry an. »Das steht auch im Menschen-*Talman*.«

»Natürlich. Wahrheit ist Wahrheit. Nicht einmal der häßliche *Irkmann* ist zu dumm, um die Wahrheit zu erkennen, wenn sie auftaucht und ihn in den Arsch beißt wie ein Sandteufel.«

»Ich hätte dir niemals beibringen sollen, wie man auf englisch flucht und schimpft«, murmelte Davidge.

»Das ist sehr nützlich, wenn man einen Scheißkopf unterrichtet«, zischte Jerry hämisch. »So wie du jetzt einer bist...«

»Eh?«

»Dein *Talman*-Gesang war – nicht gut.«

»Nicht gut...? Ich war noch nie besser!«

»Das stimmt unglücklicherweise, *Irkmann*. Du warst noch nie besser – aber das genügt nicht. Du beleidigst die Ohren und die Seele.«

»Ich beleidige...« Davidge war ernsthaft gekränkt.

»Die Wahrheit ist immer schmerzlich. Eine solche Darbietung in den Hohen Hallen, und man würde dich – wie lautet die Erdenbezeichnung für dieses Vergehen? – wegen Gotteslästerung auf einem Ameisenhaufen an einen Pfahl binden.« Der Drac legte eine Hand auf Davidges Arm. »Hör mal zu...«

Jerry schloß die Augen und begann denselben Vers zu singen. Der Erdenmann bemerkte den Unterschied sofort. In diesem Gesang klang tiefe Trauer mit, eine seltsam süße Klage – als würde jemand, der hinter Jerry stand, durch dieses Lied zu Davidge sprechen und sagen: »Es tut mir leid, dir erklären zu müssen, daß vielen Geschöpfen in diesem Universum mit Absicht Leid zugefügt wird. Aber du mußt wissen – es gibt das Böse, und es ist verführerisch. Es wird dich in Versuchung führen, und wenn du dich verlocken läßt, wirst du dem Bösen gehören. Deshalb mußt du das Böse mit Liebe vergelten – dies ist der härtere Weg, doch du wirst niemals ein Sklave der tierischen Gefühle werden, die dem Bösen innewohnen.«

Die Worte verhallten in Stille und Verzweiflung und ließen die Frage in der Luft hängen.

Der nächste Vers enthielt die Antwort. Jerry hatte noch gar nicht zu singen begonnen, als Davidge plötzlich wußte, wie diese Worte gesungen werden mußten. Es war ein heiterer Vers. Und er besagte, daß das Böse die dümmsten aller Taten bewirkt, denn sie führen zu den unsinnigsten Resultaten des Universums. Das Böse hat nur einen einzigen Sinn – man kann darüber lachen. Wie Mickey Mouse! Irgendwie – paradoxerweise – paßt alles zusammen, in einem verrückten, wundervollen System! Wahrheit ist Wahrheit, und sogar ein häßlicher Erdenmann wird die Wahrheit begreifen, wenn sie sich plötzlich heranschleicht und ihn in den Arsch beißt!

Davidge öffnete den Mund und stimmte in Jerrys Gesang ein, als ihm plötzlich etwas in die Augen sprang – funkelnde Lichter am Himmel.

»O Scheiße! JERRY!«

Der Drac schlug verwirrt die Augen auf – empört über die unhöfliche Unterbrechung...

»*Zeerki!*« schrie Davidge und packte Jerrys Arm.

Erschrocken blickte der Drac zum Himmel auf...

22

Der Tag, an dem alles geschehen kann

...und die beiden rannten, so schnell sie konnten, den Hang hinauf und zu den Bäumen. Doch mit Jerrys Beinen schien irgend etwas nicht zu stimmen. Davidge mußte dem Drac über mehrere Felsblöcke hinweghelfen.

Der erste Meteorit prallte vor ihnen auf den Boden, noch bevor sie den schützenden Wald erreichten. Und als sie zwischen den massiven Baumstämmen angekommen waren, explodierte ringsum das Erdreich. Es klang wie ein Artillerie-Sperrfeuer. Die alten Bäume krachten und barsten, spuckten scharfkantige Holzsplitter in alle Richtungen. Zweige fielen aus dem dunklen Baldachin herab und zerbrachen am Boden. Schutt und Staubwolken stiegen empor. Zahllose fliegende Objekte füllten die Luft – Blätter, Moosfetzen und stechende schwarze Partikel.

Davidge und der Drac rannten, krochen, duckten sich – entrannen nur um Haaresbreite einer Explosion, deren Gewalt ein riesiges Haus hätte zerstören können, und flüchteten weiter.

O Gott! Würde die Hütte diesem Inferno standhalten?!!

»Komm, Jerry! Beweg endlich deinen Schuppenarsch! Was ist eigentlich los mit dir?«

»Eh – mein Arsch ist nicht...« Der Drac verlangsamte seine Schritte, um über einen umgestürzten Baumstamm zu klettern, über den Davidge ihn erst vor zwei Wochen springen gesehen hat. ». . . schuppig.«

Ein Meteor fiel hinter ihnen zwischen die Bäume, Holzsplitter rieselten auf ihre Köpfe herab. Sie warfen sich flach zu Boden. Davidge war der erste, der wieder aufsprang und weiterrannte, ohne zurückzublicken.

Die Hütte tauchte vor ihm auf. Die Lichtung ringsum sah aus, als würde sie unzählige Popcorns ausspeien. Davidge stürmte auf die Hütte zu, sprang und schlitterte hinein. Sie dröhnte wie das Innere einer Kesselpauke. Meteoriten prallten von den Wänden ab und schlugen in den Boden und in Baumstämme wie Pistolenkugeln.

»Komm, Jerry!«

Davidge drehte sich um. Der Drac war nirgends zu sehen. Sein Magen verkrampfte sich. »O Gott, nein . . .« Er lief wieder aus der Hütte und schrie: »JERRY!! Verdammt! Wo steckst du, zum Teufel?«

Da! Der Drac war immer noch auf den Beinen und rannte durch die Hölle. Aber zu langsam, mit schwerfälligen Schritten.

Davidge rannte ihm entgegen, packte ihn am Arm und zerrte ihn unsanft zur Hütte. »Jesus Christus, du Sohn einer Eidechsenhure! Was ist los, verdammt noch mal?!!«

Auf den letzten Metern mußte er Jerry praktisch tragen. Mit letzter Kraft schleppte er ihn in die Hütte. Keuchend brachen sie auf dem Boden zusammen, rangen mühsam nach Luft, während die Welt ringsum krachte und aus den Nähten platzte. Die Meteoriten prasselten und hämmerten gnadenlos auf die Cucapanzersegmente.

Davidge drehte sich auf die Seite und starrte Jerry an. »Warum mußte ich dich tragen?«

»Tut mir leid, Willy.«

Davidge war zu wütend, um ihm zu verzeihen. Und die einzige Antwort, die ihm einfiel, lautete: »Hier leben wir wie die Tiere, und du wirst so fett, daß du dich kaum noch bewegen kannst. In dieser Verfassung wirst du das Universum niemals erobern, Jerry.«

Die Augen des Dracs verengten sich. »Das Universum erobern? Mein Volk war schon tausend Jahre vor deinem hier.«

Plötzlich verdoppelte das Sperrfeuer draußen im Wald seine Intensität. Shigan hielt sich die Ohren zu.

Davidge folgte seinem Beispiel. Er mußte brüllen, um den Lärm zu übertönen. »Falls dir das entgangen ist – wir haben dieses Sternensystem rechtmäßig annektiert!«

»Ihr habt dieses Sternensystem *überfallen!*«

»Scheiße! Ihr seid die Angreifer!«

»Nein! Wir sind Forscher! Wir sind Weltenbegründer!«

Irgend etwas krachte draußen und schüttelte die Hütte heftig umher. Mehrere Panzersegmente brachen von einer Wand und hinterließen gähnende Löcher.

Davidge achtete nicht darauf, er war zu wütend. »Und wofür hältst du uns, Krötenfratze?« schrie er. »Für Stubenhocker? Wir haben zweimal so viele Welten besiedelt wie ihr!«

»Genau!« kreischte Jerry. »Ihr breitet euch aus wie eine Seuche!«

»So? Nun, dann würde es mich interessieren, was ihr dagegen tun wollt!«

»Du siehst doch, was wir tun, *Irkmann!* Wir kämpfen!«

»Ach... Auf diese Weise befolgt ihr die Lehren eures *Shizumaats?* So vergeltet ihr Böses mit Liebe?«

»Wann wirst du endlich begreifen, daß du dich irrst? Wir kämpfen, weil uns nichts anderes übrigbleibt!«

»Oh, wer redet denn da so groß daher? Schau dich doch mal an, Jerry! Du bist kein Kämpfer! Ohne mich hättest du hier nicht mal eine Woche überlebt!«

»Ha! Ich bin es, der dein Leben gerettet hat, *Irkmann!*

Das vergißt du! Deine blödsinnige, häßliche Existenz hast du nur mir zu verdanken, erinnerst du dich?«

Weitere Cucapanzerstücke flogen davon. Der Boden zitterte wie bei einem Erdbeben, die Hütte drohte zusammenzubrechen.

»Ja, okay – Drac! Dann wollen wir mal sehen, wie du ohne mich zurechtkommst. Verschwinde aus meiner Hütte!«

»Aus *deiner* Hütte?«

»Ja! Ich habe sie gebaut! Mach, daß du rauskommst!«

Davidge sprang zu Jerry hinüber, packte ihn und versuchte, die gottverdammte Eidechse – und diesmal meinte er es ernst – zum Ausgang zu schleifen. Draußen pfiffen und kreischten die Meteore immer noch und schlugen wie Raketen in die Lichtung ein.

Jerry versetzte Davidge eine kräftige Ohrfeige mit der flachen Hand und warf ihn gegen die Rückwand der Hütte. Der Kopf des Erdenmanns stieß gegen einen der Steine, mit denen sie die Grundmauern errichtet hatten. Er zog sich eine tiefe Schnittwunde zu. Kurz hielt er inne, um seinen Kopf zu betasten, dann sprang er auf und stürzte sich auf Jerry. Sie gingen gemeinsam zu Boden, wälzten sich umher, schlugen und traten einander. Davidge war außer sich vor Zorn – er wollte *töten*.

... und dann herrschte plötzlich Stille.

Der Meteorhagel war vorbei.

Davidge und Jerry starrten sich an. Sie hörten zu kämpfen auf und lagen erschöpft in einer reglosen Umarmung, die Gesichter zueinander gewandt, da – wie das letztemal, als sie den Meteoren entronnen waren. Davidge wollte sich nicht daran erinnern.

Er kam sich wie ein Narr vor, brennende Scham erfüllte ihn. Er hatte Dinge gesagt, die er nicht meinte – hatte sie absichtlich ausgesprochen, um dem Drac weh zu tun. Behutsam befreite er sich aus Jerrys Armen, stand auf, ging zur gegenüberliegenden Wand und lehnte sich dagegen.

Er verbarg das Gesicht in den Händen und *trauerte*. Wie sollte er sich *dafür* entschuldigen? Er griff nach dem *Talman*, der an seinem Hals hing, und wünschte, er hätte dessen Lehren gründlicher studiert. Irgend etwas mußte in dem kleinen goldenen Buch enthalten sein...

Langsam setzte sich Jerry auf.

»Bist du okay...?« fragte Davidge.

»Ich werde nicht sterben«, erwiderte Jerry zögernd. »Zumindest nicht heute.« Seine Stimme war tonlos, und Davidge konnte nicht erraten, was der Drac dachte. »Ich glaube, jetzt verstehe ich es, Willy.«

»Eh? Was verstehst du?«

»Heute ist Mittwoch, nicht wahr? Der Tag, wo alles geschehen kann. *Ae gavey!*«

Erleichtert begann Davidge zu lachen – und gleichzeitig zu weinen.

23

Die Entscheidung

Davidge wollte sich entschuldigen – um Verzeihung bitten. Aber der Drac fiel ihm ins Wort.

»Nein, Willy. *Ich* muß mich entschuldigen. Du hast mir das beigebracht.« Jerry legte die Hände auf Davidges Schultern und fuhr feierlich fort: »Du bist mein Freund. Zwischen uns beiden gibt es nichts, was der eine dem anderen verzeihen müßte. Aber wenn du darauf bestehst – ich verzeihe dir gern.«

»Danke, Jerry, du verdammter blöder Drac.«

»Nichts zu danken – du häßlicher *Irkmann*«, entgegnete Jerry und fügte hinzu: »Ich gebe nur das Geschenk zurück. Ich gebe Liebe für...« Er hielt inne, um seine nächsten Worte zu bedenken. »Nein, du bist nicht böse, Willy. Taten sind böse – manchmal – aber du bist nicht böse, und so kann ich dir nur Liebe für deine Liebe geben.«

»*Ae. Gavey.*«

Nach einem langen glücklichen Augenblick wandten sich die beiden voneinander ab. Davidge sah sich in der stark beschädigten Hütte um. »Offensichtlich bin ich doch kein so großartiger Baumeister, wie ich dachte.«

»Gut genug, um unser Leben zu retten.«

Davidge nickte. »Ja. Wahrscheinlich.« Er schaute Jerry an. »Gibt es ein Wort – für Zorn? Für sinnlose, wahnsinnige Wut?«

»*Ae*, viele Wörter, zu viele«, gab Shigan bekümmert zu. »Die Dracs wissen viel zuviel über böse Taten.«

»Wie die Sklavenfresser?«

Jerry schaute beschämt zu Boden. »Ich hätte dich nicht so nennen dürfen. Es ist sehr schlimm, wenn man jemanden so nennt.«

»Dein Volk hat mal einen Krieg geführt, nicht wahr – und danach die Verlierer verspeist, hab' ich recht?«

Jerry nickte verlegen.

»Das hat mein Volk auch getan«, gestand Davidge. »Viel zu oft.«

»Haben die Menschen wirklich Sklaven gegessen?«

»Nicht ganz – aber es war genauso schlimm. Ganze Völker wurden umgebracht, nur weil sie andere Gebete sprachen.«

»Andere Gebete?«

»*Aah*. Andere Interpretationen der Wahrheit.«

»Ich verstehe nicht, Willy... Die Wahrheit braucht keine – Interpretation.«

»Stimmt. Versuchen wir's mal so – es ist genauso, als würden Dracs gegen Dracs kämpfen, weil sie sich über *Shizumaats* Lehren gestritten haben.«

»Ein Streit über *Shizumaat*...« Jerry dachte eine Weile nach. »Ich glaube, da wäre ich lieber ein Sklavenfresser.«

»Ja, ich auch.« Davidge grinste schief. »Da kriegt man wenigstens regelmäßig was in den Magen.«

Der Drac verzog angewidert die Lippen.

»Tut mir leid, Jerry – wirklich. Ich fürchte, langsam werde ich hier verrückt. Vielleicht verlieren wir beide den Verstand – ich weiß es nicht. Ich habe keine Ahnung, wie sich ein *vernünftiger* Drac benimmt.«

Jerry gab keine Antwort.

»Was denkst du?« fragte Davidge.

»Ich bin kein vernünftiger Drac, Willy. Was ich denke, spielt keine Rolle.«

»Nicht vernünftig... Natürlich bist du vernünftig!«

Der Drac schüttelte den Kopf. »Jetzt nicht.« Nach einer kurzen Pause fügte er hinzu: »Du *glaubst* nur, daß du unvernünftig bist. Ich weiß, daß ich es bin.«

»Okay, wie du willst... Aber was du denkst, ist trotzdem wichtig.«

»Nein. Jetzt nicht.«

»Jetzt nicht? Wie meinst du das?«

Der Drac antwortete nicht.

»Jerry...? Ich dachte, wir hätten uns verziehen.«

»Ja. Das hat nichts mit unserer Versöhnung zu tun. Was ich denke, spielt keine Rolle.«

»Doch.«

Der Drac schüttelte wieder den Kopf.

»Nun, ich finde, wir sollten von hier verschwinden«, sagte Davidge. »Wir waren viel zu lange da. Es wird immer schwieriger, Cucas aufzustöbern, und außerdem...«

»*Aaeh?*«

»Ich nehme an, wir sind nicht allein hier draußen.«
»Natürlich sind wir allein.«

Davidge schüttelte den Kopf. »Nein, Jerry... Ich glaube, immer wieder Schiffe zu hören. Vielleicht kannst du so hohe Töne nicht wahrnehmen. Ich kann es. Es ist wie ein Zischen in meinen Ohren. Auf der Erde hört man es, wenn sich ein Raumschiff nähert – falls man gerade in einer stillen Gegend ist. Ich höre es im Schlaf, Jerry – und wenn ich aufwache, höre ich es immer noch, und da weiß ich, daß es kein Traum war.«

»Dann träumst du im Wachen.«

»Nein, ich weiß, was ich gehört habe – das Zischen eines Schiffs in der Atmosphäre. Aber selbst wenn du recht hättest und wenn ich im Wachen träumte, wir können nicht hierbleiben, Jerry. Wir würden verrückt werden. Falls uns dieser Planet nicht umbringt, werden wir einander umbringen.«

Der Drac gab keine Antwort.

»Wir müssen Hilfe holen«, erklärte Davidge. Er wußte, daß er recht hatte, und sprach mit wachsender Eindringlichkeit weiter. »Hör mich an, Jerry. Hier versinken wir im täglichen Einerlei – und das ist wie ein Sterben ohne Ende. Wir müssen unserem Leben wieder einen Sinn geben.«

Jerry schüttelte den Kopf. »Mein Leben hat einen Sinn.«

»Welchen Sinn? Einfach hier zu sitzen und immer fetter zu werden?«

»Wenn du das glaubst, dann glaubst du es eben.« Jerry stand auf und ging zur Hüttentür. »Es gibt immer noch Dinge, die der *Irkmann* nicht weiß.«

24

Die Entdeckung

Davidge redete eine Woche lang auf Jerry ein – ohne Erfolg. Der Drac beharrte auf seinem Standpunkt. Davidge könnte gehen, wenn er das wollte, Jerry würde in der Hütte bleiben. Nichts, was Davidge sagte, würde den Drac umstimmen. Und er wollte auch nicht erklären, warum er sich weigerte, den Wald zu verlassen.

Wann immer Davidge das Thema zur Sprache brachte und ihn bedrängte, wiederholte Jerry mit ruhiger Stimme: »Was ist, das ist. Und was nicht ist, das ist nicht. Steine sind hart, Wasser ist naß, und ich rühre mich nicht von der Stelle.«

Davidge seufzte verärgert, gab es auf und konzentrierte sich darauf, die Hütte wieder instand zu setzen und zu befestigen. Jerry saß in der Hütte und nähte ihm eine Jacke und eine Tasche aus Cucahaut. Diese Vorbereitungen für Davidges Aufbruch dauerten länger als erwartet, über zwei Wochen.

Am Morgen der Abreise schaute Davidge den Drac nachdenklich an und fragte: »Jerry – ist alles in Ordnung? Gibt es da irgend etwas, das du mir noch sagen willst?«

»Alles in Ordnung«, erwiderte der Drac. »Es ist nur – eine schwere Zeit.«

Warum glaube ich ihm nicht, fragte sich Davidge. »Bist du sicher, daß du dich nicht doch noch anders besinnen und mit mir kommen willst?«

Jerry schüttelte den Kopf.

»Eine kleine Chance ist besser als gar keine«, meinte Davidge.

Der Drac sah ihn mit traurigen Augen an.

»Irgendwas stimmt hier nicht, oder?« fragte Davidge.

»Alles in Ordnung. Ich sage es dir immer wieder. Geh doch, häßlicher *Irkmann!* Geh endlich!«

»Wenn ich jemanden finde, der mir hilft, komme ich dich holen.«

»Und wenn nicht?«

»Dann wird wahrscheinlich jeder von uns allein sterben.«

Der Drac nickte.

»Nun, dann...« Davidge winkte ihm halbherzig zu. »Auf bald, Jerry.«

Der Drac gab keine Antwort und starrte düster in die Ferne.

Davidge blieb stehen, als wollte er noch etwas sagen – als wollte er Jerry eine Gelegenheit geben, zu antworten. Und als der Drac das Schweigen noch immer nicht brach, wandte sich der Erdenmann ärgerlich ab und stapfte in den Wald. Irgendwie fühlte er sich unvollständig.

Verdammt!

Aber da er nichts anderes tun konnte, ging er weiter.

Zum Teufel mit der gottverdammten Eidechse! Wer brauchte schon einen Freund? Davidge schulterte seine Tasche und wanderte durch den Todeswald, einen steinigen Hang hinauf und in den kalten Wind, der ihm in die Augen stach und über seine Haut kratzte. Er klappte den Kragen seiner Cucajacke hoch, drehte sich um und schaute zurück. In weiter Ferne, zwischen den Bäumen, stand die Hütte, die er so lange als sein Heim betrachtet hatte. Sie sah sehr klein und verwundbar aus. Jerry ließ sich nicht blicken. Nicht einmal Rauch stieg auf. Davidge zögerte. Irgend etwas sagte ihm...

»Nein! Ich bin sicher, daß irgendwo auf diesem Planeten Leute wohnen – Menschen oder Dracs! Sie suchen uns nicht – also müssen wir nach ihnen suchen. Und wenn sich die gottverdammte Eidechse nicht von ihrem fetten

Schuppenarsch erheben will, dann ist es eben meine Aufgabe, unser beider Leben zu retten.«

Er ging weiter.

Aus reiner Langeweile öffnete er das *Talman* und suchte sich aufs Geratewohl eine Seite heraus. Er begann den Vers auf dieser Seite zu memorieren, übte nicht nur die Aussprache, sondern auch seinen Gesang. Er würde es Jerry schon noch zeigen.

Der Hang führte zu einer schwarzen vulkanischen Wüste – einem starren Meer aus brüchigem Gestein. Davidge blieb stehen und blickte sich um. Seit wie vielen Äonen dauerte der Gestaltungsprozeß dieses Gebiets schon an? Es sah aus, als entstammte es einem von Dantes Alpträumen. An manchen Stellen hatte die Lava gekocht, war dahingeflossen und hatte sich verfestigt, um ein zweites Mal zu kochen, dahinzufließen und wieder fest zu werden, dann ein drittes Mal... Die Erde hatte gebebt und sich gespalten und die Felsen in riesige Blöcke mit glatten Wänden zerbrochen. Einige waren glasig wie Spiegel und fingen wie helle, schimmernde Teiche das Tageslicht ein. An anderen Stellen schienen die Steine sogar Farben auszustrahlen.

Als hätten die kochenden Felsen nicht genügt, war das Land auch von Meteoren angegriffen worden und von Kratern in allen Größen durchzogen. Da gab es Krater innerhalb von Kratern. Sie schienen einander zu überspülen, wie riesige Regentropfen, die auf den Boden prallten. Doch das war kein Regen, sondern das geschmolzene Herz des Planeten, das sich über den Boden ergossen hatte.

Immer neue Meteore waren herabgestürzt, und die Lava mußte öfters dahingeströmt und von Erdbeben wieder aufgerissen worden sein. Der Planet war voller Narben wie ein Krieger...

...aber er stöhnte wie ein Geist.

Und der Wind jagte über die Lava hinweg wie eine Armee gepeinigter Seelen, die vor der Hölle zu fliehen suchten.

Davidge erschauerte und ging weiter. Wenn er in der Wärme eines Lagerfeuers schlafen wollte, mußte er vor dem Einbruch der Nacht das Ende dieser Lavawüste erreichen.

Die Lavafelder gingen in ein ödes Plateau über.

Davidge fand ein trockenes Gebüsch und zündete ein kleines Feuer an. Er legte sich so nahe daneben, wie er es wagte, und fragte sich, wo er sich befinden mochte und warum er allein war. Warum mache ich mir die Mühe, zu existieren, wenn dies die ganze Existenz ist, wunderte er sich.

Der Wind heulte in der Ferne. Es klang wie ein Klagelied von Wölfen oder Witwen und einmal sogar wie der Anflug eines verschwindenden Schiffes. Er setzte sich auf, um zu lauschen, doch da war das Geräusch schon wieder verstummt.

Am nächsten Tag ging er weiter, und das Plateau mündete in ein ausgetrocknetes Delta. Viele hundert trockene Flußbetten wanden sich durch die rissige Erde wie leere Adern. Auf der anderen Seite des Deltas zeichnete sich ein riesiger, unheimlicher Krater am Horizont vor einem dunklen Himmel ab.

Davidge schlug das *Talman* wieder auf und suchte sich einen neuen Vers aus. Bei dem Gedanken, daß er mittlerweile mehr über die Drac-Kultur wußte als alle übrigen Menschen, empfand er eine merkwürdige Befriedigung. Was für ein grausiger Witz! Lieutenant Willies Davidge war jetzt der bedeutendste lebende menschliche Experte auf dem Gebiet der Drac-Kultur.

Das einzige Problem war nur – die Menschheit wußte es nicht – wußte nicht einmal, wo sie ihn finden konnte.

Verdammt, es war so kalt.

Davidge wanderte und sang, sang und wanderte. Nach mehreren Stunden erreichte er den Fuß des gewaltigen Kraterbergs. Das Gelände vor ihm war durchsetzt von dampfenden, rauchenden, blubbernden Schlammteichen, und er mußte sich vorsichtig einen Weg suchen.

Schließlich sah er direkt vor sich eine Öffnung – eine Schlucht, die sich in die Bergwand hineingefressen und einen breiten Pfad zur Kratermitte gebildet hatte.

Davidge überlegte, ob er versuchen sollte, den Krater zu durchqueren. Wenn er um ihn herumginge, würde er viel länger brauchen. Aber er wußte nicht, ob ein Weg durch die gegenüberliegende Bergwand führte. Vielleicht gab es nur auf dieser Seite eine Schlucht...

Zumindest würde es sich lohnen, das Terrain zu erkunden.

Er stieg in den Krater hinab. Vor sich sah er Dampfsäulen in die Luft steigen – und er hörte ein Geräusch. Ein leises Klopfen. Ein *metallisches* Pochen.

Was zum Teufel... Davidge beschleunigte seine Schritte.

Das Kraterzentrum sah aus wie ein geschmolzener See und blubberte und wogte und rauchte. Und es roch nach faulen Eiern... Oder noch schlimmer. Vorsichtig kletterte er hinab und lauschte auf das metallische Geräusch, das immer wieder verstummte. Es klopfte direkt vor ihm. Der Kraterboden war unangenehm warm, aber Davidge setzte unbeirrt seinen Weg fort.

Da schimmerte etwas Helles im Krater.

Ungläubig ging Davidge darauf zu.

Ein kleiner Metallzylinder.

Rot und weiß.

Und in schwungvoller Schrift waren die Worte NEU! und COCA-COLA eingraviert.

Verblüfft hob er den Zylinder auf und starrte ihn an. Neu? Hatten die den Geschmack schon wieder geändert?

Davidge schüttelte die Dose. Sie war leer.

Er hielt sie an die Nase und schnüffelte, nahm nur die schwache Ahnung eines fast vergessenen, vertrauten süßen Geruchs wahr.

»Verdammt! Verdammt! Verdammt!« Mit aller Kraft schleuderte er die Dose von sich. Der glänzende Aluminiumbehälter tanzte und hüpfte über die Felsen und verschwand in rauchiger Ferne. »Wir haben sie verpaßt! Zum Teufel mit dir, Jerry! Sie hätten uns gerettet – und wir haben sie verpaßt!«

Während er weiterwanderte, stieß er auf anderen Unrat: eine Aluminiumdose, den abgerissenen Teil eines Magazins. – Davidge hob ihn begierig auf und stopfte ihn in die Innentasche seiner Jacke –, einen öligen Lappen, einen alten Schuh. Die Dinge waren in dem dampfenden Nebel über dem Kraterboden kaum zu sehen, bewiesen aber, daß hier menschliche Wesen gestanden hatten – irgendwann.

Davidges Gesicht war blaß geworden. Er wußte nicht, ob er weinen oder lachen, ob er sich über diese Beweise freuen oder ärgern sollte, weil er seinen Mitmenschen nicht begegnet war.

Vor ihm ragte ein etwa anderthalb Meter hoher Metallpfeiler aus dem Boden, an dem ein mit Draht befestigtes Metallschild hing. Es bewegte sich im Wind und schlug gegen die Metallstange. Dies war die Ursache des geheimnisvollen pochenden Lärms, den er gehört hatte.

Mehrere Löcher umgaben die Stange, etwa anderthalb Meter im Durchmesser und vollkommen rund.

Davidge sank auf die Knie und tastete über den Rand eines Lochs. »Gesteinsproben«, flüsterte er ungläubig. »Verdammte, beschissene Gesteinsproben!«

Er stand wieder auf und starrte in den Himmel. Wo waren sie? Würden sie zurückkommen? Er blickte auf das Metallschild. Was hatte diese Nummer zu bedeuten? Und wer war Ackerman? Und was hieß 4S-J? War das eine erfolglose Forschungsaktion, die man aufgegeben hatte, oder...?

Hinter der Stange erhob sich ein Hügel, teilweise im Dampf verborgen. Davidge ließ das Metallschild los und ging langsam zu dem kleinen Berg. Nur Müll – Bierdosen, verblichenes Papier, alle möglichen Gegenstände, benutzt und dann weggeworfen. Ein Abfallhaufen.

Insekten und Würmer krochen durch den Unrat – einige sahen wie Tausendfüßler aus, andere wie Skorpione. Davidge wollte sich gerade angeekelt abwenden, als sein Blick auf etwas Weißes fiel. Vorsichtig schob er einen Teil des Abfalls beiseite und griff danach...

Zwei große leere Augenhöhlen starrten ihn an.

Der Schädel hatte eine hohe, glatte Stirn. Der untere Teil fehlte, aber die obere Hälfte eines schildkrötenartigen Kiefers war deutlich zu erkennen. Ein rundes Loch klaffte in der Stirnmitte, groß genug, so daß Davidge einen Finger hineinstecken konnte.

Es war der Schädel eines Dracs, getötet von einer Kugel, die sein Gehirn durchbohrt hatte.

25

Die schwere Zeit

Weiche Flocken segelten durch die Luft herab, nicht kalt genug, um in die Haut zu stechen – aber so kalt, daß man fröstelte, wenn man durch das Schneetreiben ging.

Der Boden war bereits hart und gefroren. Davidges Schritte knirschten auf toten Blättern und anderem Abfall, der sich auf dem Waldboden gesammelt hatte. Die Bäume trugen Eiskleider.

Davidge begann nach Jerry zu rufen, sobald er nahe genug an die Hütte herangekommen war. Doch als er darauf zuging, sah er, daß sie leer und verlassen wirkte. Kein Feuer verströmte Rauchwolken. Sekundenlang blieb Davidges Herz stehen, und für einen beklemmenden Augenblick dachte er, daß...

Er stürmte zu der Hütte und schrie: »Jerry! JEERRRYY!« Matsch spritzte in allen Richtungen davon, als seine Füße hart auf den Boden aufschlugen.

Und dann kam der Drac schwerfällig aus der Hütte und hob den Kopf, um ihm entgegenzuschauen. Er sah nicht gut aus; er wirkte *aufgedunsen*.

Davidge blieb stehen. Er wollte zu Jerry laufen und die gottverdammte Eidechse umarmen, aber er zögerte. »Jerry? Da war kein Rauch – und ich dachte...«

»Du dachtest, ich wäre vielleicht gestorben, ohne auf dich zu warten?« Der Drac zischte und verzog hämisch die Lippen, aber nur halbherzig. »Diese Freude mache ich dir vorerst noch nicht, häßlicher *Irkmann*.«

»Nun – das freut mich zu hören. Weil ich dein Gesicht wiedersehen wollte.«

»Mein Gesicht? Warum?«

»Ich wollte sehen, was damit passiert, wenn du das

hörst...« Davidge begann übergangslos einen *Talman*-Vers zu singen.

Jerry riß erstaunt die Augen auf.

Davidge sang weiter, bis der Vers beendet war.

»Der Weg des Wanderers hat nur ein Ende«, übersetzte der Drac. »...denn es gibt nur eine einzige Reise. Sie ist gewöhnlich und doch einzigartig. Alle Reisen sind gleich und doch verschieden. Und jede Reise endet dort, wo sie angefangen hat. In Allem und im Nichts. Was wir unterwegs erkennen und was wir daraus lernen und wen wir es lehren – das ist die einzige Wahl, die wir haben.« Jerrys Augen leuchteten. »Du singst gut – obwohl du ein *Irkmann* bist.«

Davidge nickte, erfreut über das Lob. Aus irgendeinem Grund hätte das schlichte Wort ›Danke‹ nicht genügt, und so brachte er mühsam hervor: »Du bist ein guter Lehrer, Jerry.«

Shigan schüttelte den Kopf. »Der Schüler leistet die Arbeit. Der Lehrer trifft nur die Vorbereitungen.« Abrupt fügte er hinzu: »Du mußt Feuer machen, Willy. Mir ist kalt.«

»O Gott – natürlich! Komm, gehen wir hinein.« Davidge folgte dem Drac in die Hütte. »Wann ist das Feuer erloschen?«

»Vor drei Tagen.«

»Und du hast kein neues angezündet?«

»Es – es war mir nicht möglich, Brennholz zu sammeln.«

Davidge sah sich in der Hütte um, wo ein wüstes Durcheinander herrschte, als hätte jemand darin getobt, vielleicht im Delirium. Der Raum roch nach Krankheit, und der Holzvorrat war kläglich zusammengeschmolzen.

»Es wird eine Weile dauern, Drac. Ich muß Holz holen

und dann warten, bis es getrocknet ist. Hier, zieh meine Jacke an – die wird dich warmhalten. Ich bin gleich wieder da.«

Jerry protestierte nicht. Er schlüpfte in Davidges dicke Cucajacke, dann wickelte er sich noch in seine eigene Decke aus Cucahaut. »Ich bin froh, daß du zurückgekommen bist. Davidge – was glaubst du, wie kalt es werden wird?«

»Das weiß ich nicht, Jerry. Aber wir werden es sicher bald herausfinden.« Davidge wandte sich noch immer nicht zur Tür, um die Hütte zu verlassen und Holz zu sammeln. »Jerry, was stimmt denn nicht mit dir?«

Der Drac schaute ihn an. »Alles ist in Ordnung – und so, wie es sein muß. Es ist nur verdammt unbequem, das ist alles.«

»Was ist...«

»Ich konnte dich nicht begleiten«, erklärte der Drac, »weil es nicht nur mein eigenes Leben ist, für das ich die Verantwortung trage. Ich bin nicht fett – und ich bin nicht faul. Davidge...« Der Drac zögerte und suchte nach Worten. »...ich erwarte ein neues Leben. Ein Kind.« Er imitierte eine Pantomime, die er dem Erdenmann abgeschaut hatte. »Ein – kleines Wesen...«

»Eh?« Davidge hörte die Worte, aber er verstand ihre Bedeutung nicht.

Langsam richtete sich der Drac auf. Sein Bauch wölbte sich in einer sanften Rundung nach vorn. Plötzlich ging Davidge ein Licht auf.

»O Jesus – soll das heißen, daß du...? Du bist schwanger! Du bekommst ein Baby!«

Der Drac nickte.

»O Jesus Christus!« Davidge wußte nicht, ob er lachen oder schreien oder Jerry gratulieren sollte – oder sonst was – und dann erkannte er, wie ernst das Problem war. »Aber

– wie?!! Wer...!!! Schau mich nicht so an! An diesem Bastard bin ich nicht schuld.«

»Nein«, bestätigte Jerry kühl. »Es ist mein Bastard.«

»Aber, Jerry – das geht nicht! Ich meine, nicht hier! Wir sind nicht – wir haben nicht – ich kann nicht... Das ist verrückt!«

»Ich habe dir doch gesagt, daß ich unvernünftig war, du häßlicher *Irkmann*. Damals hast du das nicht begriffen. Jetzt weißt du Bescheid. Es ist die schwere Zeit – meine schwere Zeit. Ihr Menschen könnt bestimmen, wann ihr neues Leben zeugen wollt. Bei den Dracs geschieht es, wenn die Zeit der Geburt anbricht. Es passiert, wenn es passiert. Vielleicht hast du den Vers über den Erzeuger und das Kind noch nicht gelesen...?«

»Doch, aber ich habe ihn nicht verstanden, und ich wollte dich danach fragen.«

»Nun, jetzt brauchst du mich nicht mehr zu fragen. Du wirst es so lernen, wie es ein Drac lernt.«

»Scheiße!« sagte Davidge, mehr zu sich selbst. »Tut mir leid, Jerry. Damit hatte ich wirklich nicht gerechnet. Ich weiß nicht, wie ich damit fertig werden soll. Das kommt jetzt auch noch dazu – zu allem anderen...«

Jerry runzelte die Stirn. »Zu allem anderen? Was hast du herausgefunden, Willy?«

»Nichts – gar nichts.« Davidge erschauerte. »Ich werde jetzt Brennholz holen.« Hastig verließ er die Hütte, damit Jerry nicht merkte, was für ein schlechter Lügner er war.

26

Das Wunder

Ein unbarmherziger Winter zog ins Land. Wilde Stürme fegten durch den Wald, grausam wie Hurrikane, und trieben dichte Flocken- und Hagelschleier vor sich her. Die Bäume ächzten unter dem gewaltigen Angriff, Äste brachen und warfen Schneelawinen auf den Waldboden.

Die winzige Hütte verschwand beinahe im Schnee, ein gefrorener Hügel, aus dessen Gipfel durch den Abzug im Dach Rauch quoll.

Die Temperaturen sanken immer tiefer.

Davidge hatte die Hüttenwände mit blauem Moos ausgekleidet. Es eignete sich hervorragend als Isolator und sorgte sogar für gute Luft, weil es einen schwachen, würzigen Duft verströmte. Wenn das Moos getrocknet war, konnte man es benutzen, um ein Feuer zu entfachen – falls Brennholz vorhanden war. Doch davon besaßen sie zuwenig.

Er mußte sich mit jedem Tag weiter von der Hütte entfernen, um herabgefallene Zweige zu sammeln. Und wenn der Wind so laut heulte wie jetzt, wagte er sich nicht hinaus, aus Angst, er könnte nicht mehr zurückfinden. Das Kreischen der Stürme klang beinahe wie ein Meteorregen.

Aber in der Hütte herrschte friedliche Ruhe.

Es blieb sogar Zeit für Studien.

Davidge senkte das *Talman* und schaute Jerry an. Der Drac nähte ein kleines Kleid aus Cucahaut. Davidge bewunderte die schlichte pastorale Würde dieser Szene – ein Drac nähte ein Kinderkleid aus der Haut einer Falschen Kröte – wie schön...

»*Kos son dedu*, Jerry?«
»*Shalpu g'dla Zammis.*«

»*Zammis?*« fragte Davidge.

Jerry legte eine Hand auf seine schwellende Mitte. »*Ae. Zammis.*«

»*Koda miy zhdhom da Zammis?*«

Jerry lächelte. »Bald.«

Davidge nickte und griff nach einem Zweig, um ihn ins Feuer zu werfen. Doch dann begnügte er sich damit, die Glut zu schüren, und legte das Brennholz wieder beiseite. Noch nicht...

»Es ist kalt, Willy.« Jerry hatte ihn beobachtet. »Und das Holz ist dazu da, um Wärme zu spenden.«

»Jerry, ich fürchte, wir haben zuwenig.«

»Lies das Kapitel 42, den Vers 69.«

»Nein...« Davidge legte den *Talman* aus der Hand und sah Jerry an. »Dieser Vers hat nichts mit dem Kummer in meiner Seele zu tun. Unsere Holzvorräte gehen zur Neige, und das macht mir Sorgen. Vielleicht dauert der Sturm noch zwei oder drei Tage. So lange werden wir nicht durchhalten.«

»Kapitel 42, Vers 69. Übersetz ihn, bitte.«

Davidge blätterte im *Talman* und fand den gewünschten Vers. »Wenn du nicht an Wunder glaubst, wirst du sie nicht wahrnehmen, wenn sie rings um dich geschehen. Und wenn du an Wunder glaubst, wirst du sie überall sehen, jeden Tag.«

Jerry nickte. »Lies weiter. Was steht im nächsten Vers?«

Davidge seufzte. »Deshalb kann jeder, der fähig ist, den Überfluß des Universums zu erkennen, nicht nur ein Wunder erwarten – er kann darauf bauen.« Davidge klappte das Buch zu. »Jerry, das ist alles schön und gut, aber ich bezweifle, daß uns diese Verse Brennholz beschaffen werden.«

»Nicht die Verse«, entgegnete Jerry. »Das wirst du tun.«

»Und wo zum Teufel soll ich Holz auftreiben...?« Wie um diese Frage zu unterstreichen, erzitterte die Hütte wieder unter dem heftigen Ansturm kreischender Windstöße. Die Bäume stöhnten. »Wenn ich bei diesem Wetter hinausgehe, würde ich mich nach wenigen Minuten verirren – wenn ich nicht vorher erfriere.«

Lächelnd blickte der Drac auf. »Das ist ja das Problem mit dir, du häßlicher *Irkmann*. Du bist einfach nicht bereit zu warten. Wenn es Zeit ist für ein *Aelova*, dann geschieht ein *Aelova*. Vorher nicht. Und bestimmt nicht, weil es ein häßlicher *Irkmann* verlangt.«

Davidge breitete frustriert die Arme aus. »Okay, vielleicht habe ich semantische Schwierigkeiten, vielleicht ist ›Wunder‹ nicht das richtige Wort. Für mich ist ein Wunder ein Ereignis, das ohne ersichtlichen Grund eintritt – etwas, das einen sehr glücklich macht. Und was versteht *Shizumaat* unter einem *Aelova?*«

Jerry betrachtete mit gerunzelter Stirn die Naht, an der er stichelte, dann antwortete er: »Ein *Aelova* ist ein Geschehnis, das unser Leben erleichtert. Das heißt, es ist weniger ein Vorgang als eine – Gelegenheit. Es liegt beim Beobachter, die Gelegenheit in ein Ereignis umzuwandeln. Wunder erleben nur jene, die bereit sind, Wunder zu schaffen. Ich glaube, so habe ich es richtig ausgedrückt. Besser kann ich es nicht.«

»Schon gut, ich *gavey*.« Davidge zog seine Jacke enger um die Schultern. »Aber ich glaube weder an Wunder noch an *Aelovas*, bevor irgend jemand eine Ladung Brennholz vor unsere Tür legt...«

»Du solltest dir besser überlegen, was du dir wünschst, du häßlicher *Irkmann*. Vergiß nicht – das Universum wird von praktischen Mächten regiert. Immerhin hat es dich hierhergeführt, damit du die Patenschaft für mein Kind übernimmst.«

»Bitte, erinnere mich nicht daran.«

Plötzlich knackte es vor der Hütte, irgend etwas begann zu ächzen, etwas Großes...

»Was zum Teufel...?«

Der Lärm schwoll an, schien immer näher zu kommen – das Ächzen ging in gellendes Kreischen über – und dann erschütterte ein gewaltiger Donnerschlag die ganze Hütte.

Jerry und Davidge sprangen auf. Davidge rannte als erster vor die Tür – blieb stehen und starrte in den Schnee. Jerry folgte ihm und hob die Arme, um sich vor dem Wind zu schützen.

Ein Baum war umgestürzt.

Nicht nur ein Baum – es war einer von den riesigen Großvater-Banyans. Morsche Zweige waren abgebrochen und lagen in allen Richtungen verstreut. Der Wind heulte hysterisch, fegte durch den Wald, der einen so reichen Vorrat an Brennholz bot, und schleuderte spöttisch wirbelnde Flocken in Davidges Gesicht.

»Hier hast du dein Brennholz«, sagte Jerry.

Davidge wandte sich um und schaute den Drac an. »Ich weiß nicht, wie du das geschafft hast, du gottverdammte Eidechse – aber ich bin schwer beeindruckt, weil du dir so viel Mühe gibst, um mich zu überzeugen.« Er klopfte auf Jerrys Schulter. »Geh wieder hinein, sonst frierst du dir noch die Eier ab. Falls du überhaupt welche hast. Was ich bezweifle.«

Jerry kehrte zu seiner Näharbeit zurück, während Davidge die letzten Zweige ins Feuer warf. Bald würde es wieder warm in der Hütte sein.

»Ich habe dir doch gesagt, du sollst dir genau überlegen, was du dir wünschst, du häßlicher *Irkmann*«, bemerkte Jerry. »Vielleicht glaubst du mir jetzt.«

»Vielleicht«, erwiderte Davidge. »Zumindest werde ich auf alles gefaßt sein.«

27

Bettgeflüster

Im Lauf des Tages ließ der Sturm nach, so daß Davidge genügend Brennholz für eine ganze Woche sammeln konnte. Zur Sicherheit schleppte er auch noch zwei größere Äste zur Außenmauer, um einen leicht zugänglichen Vorrat anzuschaffen.

Glücklicherweise besaßen sie Wasser, und sie hatten Fleisch und Knollenfrüchte getrocknet. Außerdem hatten sie immer noch eine kleine Menge von Jerrys gräßlichem Proviant übrig, ein paar schleimige Wurzeln.

Sie würden also noch eine Weile am Leben bleiben. Davidge kehrte in die Hütte zurück und schürte das Feuer für die Nacht. »Nein, ich werde mich nicht mehr an eine gottverdammte Eidechse kuscheln, um mich zu wärmen.«

Aber zur Schlafenszeit bereitete er sein Lager wieder an der Seite des Dracs. Sie rückten eng zusammen und deckten sich mit warmen Cucahäuten zu. Davidge schmiegte sich an Jerry und legte sogar einen schützenden Arm um seinen Freund.

»Du sagtest doch, du würdest dich nicht mehr an eine gottverdammte Eidechse kuscheln«, wandte der Drac ein.

»Das war die reine Wahrheit«, entgegnete Davidge. »Ich sagte, ich würde mich nicht mehr an eine gottverdammte Eidechse kuscheln, um mich zu wärmen.«

»Oh«, murmelte Jerry.

Eine Zeitlang lagen sie still beieinander, aber sie schliefen noch nicht. Schließlich brach Davidge das Schweigen: »Jerry?«

»Ja, Willy?«

»Darf ich dich das fragen?«

»Was?«

»Gibt's bei den Dracs – Liebespaare?«

»*Nae gavey*. Was sind ›Liebespaare‹?«

»Hm – nun ja – du weißt doch, daß die Menschen nur zu zweit ein Baby machen können. Ein Mann und eine Frau müssen sich zusammentun, und die sind dann – ein Liebespaar. Aber die Dracs haben nur ein einziges Geschlecht, nicht wahr?«

»Das stimmt.«

»Also – worauf ich hinaus will...« Davidge geriet in tödliche Verlegenheit und wünschte, er hätte das Thema nicht angeschnitten. Aber er wollte es genau wissen. »Heiraten die Dracs – oder so?«

»Ich verstehe nicht. Was ist ›Heiraten‹?«

»Nun – wenn sich ein Mann und eine Frau lieben, wenn sich der eine für den anderen entscheidet, dann schließen sie einen Vertrag und leben zusammen – wie eine Familie. Dieser Vertrag heißt Ehe, und wenn eine Ehe beginnt, feiert man ein zeremonielles Fest. Und nach einer Weile – falls sie das wollen – beginnen der Mann und die Frau Kinder zu zeugen. Auf diese Weise vergrößern sie ihre Familie. Aber jede Familie fängt mit einem Liebespaar an.«

»Wir leben auch zusammen«, sagte Drac verwirrt. »Und bald werden wir *Zammis* haben. Wolltest du das wissen? Sind wir damit ein Liebespaar?«

»Hm – nein... Was ich fragen wollte...« Davidge richtete sich auf einem Ellbogen auf.

Jerry drehte sich auf den Rücken, um ihn anzusehen. »Fällt es dir schwer, die passenden Worte zu finden?«

»Nein. Ich versuche mir Mut zu machen... Wenn ich dich etwas fragen sollte, was dir peinlich ist, dann bitte ich dich schon im voraus um Entschuldigung. Ich meine – ein Liebespaar im *körperlichen* Sinn.«

»Ein Liebespaar im *körperlichen* Sinn«, wiederholte der Drac verständnislos. »Tut mir leid, Willy. *Nae gavey*.«

»Hm – okay.« Davidge schluckte krampfhaft. »Was ich dich zu fragen versuche – wann oder wie treiben es die Dracs? Oder gibt's bei euch keinen Sex?«

»Sex?«

»Lieben sich die Dracs? Ich meine – paaren sie sich? Tauschen sie genetisches Material aus?« Davidge kam sich wie ein Idiot vor. Jerry runzelte die Stirn.

»Du willst wissen, ob wir genetisches Material austauschen!« Er überdachte die Worte eine ganze Weile, dann begriff er, was Davidge gesagt hatte, und fing zu kichern an – gab alberne, schrille Zischlaute von sich.

Davidge wollte sich abwenden, aber Jerry streckte eine Hand aus und berührte ihn am Arm. »Ich lache nicht über dich, Willy, sondern über die Unterschiede zwischen uns. Ich stelle Vermutungen an, du stellst Vermutungen an. Wir sind beide sehr dumm.« Er machte eine kleine Pause und sah seinem Freund in die Augen. »Auch die Dracs feiern Paarungsfeste. Dabei werden der Erzeuger, das Kind und die ungeborene Generation gefeiert. Das ist sehr schön. Dabei lehren wir die Kinder, genetisches Material auszutauschen, um der nächsten Generation Kraft zu geben. Also – könnte man sagen, daß sich auch die Dracs paaren – aber nicht so wie ihr. Die Dracs bilden keine Liebespaare, um Familien zu gründen. Die Drac-Familien basieren auf der Liebe der Erzeuger.«

Davidge nickte. »Also gibt's bei euch keine Liebespaare?«

»*Nae.*«

»Oh...« Davidge legte sich wieder hin, schlang seinen Arm aber nicht mehr um Jerry.

Er konnte sich das nicht vorstellen.

Wie einsam mußten sich die Dracs sich fühlen...

Aber Jerry hatte das alles akzeptiert, weil die Dinge nun mal so und nicht anders waren.

Davidge wußte nicht, welche Fragen er nun stellen sollte. Wie ersetzen die Dracs ihre fehlenden Liebespartner? Was taten sie, um Beziehungen zu pflegen? Wenn die Dracs keine ständigen Paarungspartner hatten, war es doch offensichtlich, daß sie nicht paarweise zusammenlebten, daß solche Verbindungen für sie nicht existierten. Also gab es für die Dracs nur eine einzige Art von enger Beziehung: zwischen Erzeuger und Kind.

Und das bedeutete...

Davidge lag reglos da und dachte über die Voraussetzung nach, von der er ausgegangen war – auch wenn ihm das erst jetzt allmählich zu Besußtsein kam. Was hatte er sich bloß eingebildet?

Verdammt, wie dumm ich war!

Er hatte geglaubt, Jerry würde etwas für ihn *empfinden*. Trotz des ganzen Unsinns von der ›gottverdammten Eidechse‹ und dem ›häßlichen *Irkman*‹ hatte er gedacht, Jerry würde sich etwas aus ihm machen.

Nun wußte er, daß die Eidechse zu solchen Emotionen unfähig war. Die gottverdammte Eidechse liebte ihn nicht, weil sie nicht wußte, wie man liebte. Sie *konnte* nicht lieben. Verdammt, das tat weh.

Nicht so schlimm... Ein Glück, daß er es schon jetzt merkte und nicht erst später, wenn...

Davidge wußte, daß er Jerry nicht mehr als menschliches Geschöpf in Eidechsengestalt betrachten durfte. Trotz gewisser Ähnlichkeiten war der Drac ein *fremdes* Wesen. Und disse Ähnlichkeiten dienten nur dazu, ihn von den Unterschieden abzulenken.

Der Drac war kein Säugetier. Im Gegensatz zu den Menschen fühlte er sich nicht allzu eng mit seinen Erzeugern – nein, mit seinem *Erzeuger* – verbunden. Singular. Auch zu seinem Kind würde er eine andersartige Beziehung entwickeln. Die Dracs waren Eidechsen. Sie bildeten keine

Paare. Sie hatten keine Liebhaber. Sie hatten keine Freunde, und das hieß – sie kannten auch keine Treue.

Und wenn es darauf ankam, wenn es ums Überleben ging, würde sich der Drac für sein Kind entscheiden müssen und nicht für Davidge. Er könnte nicht anders handeln. So war sein System programmiert.

Davidge hatte sich einer Selbsttäuschung hingegeben – und väterliche Gefühle verspürt.

Verdammter, blöder, häßlicher *Irkmann*, sagte er sich. Jetzt weißt du endlich, wie verzweifelt und liebeshungrig und einsam du bist. Du findest sogar einen Drac attraktiv.

Er drehte sich auf die andere Seite. Still lagen sie nebeneinander, Rücken an Rücken. Jerrys leise, gleichmäßige Atemzüge verrieten Davidge, daß der Drac bereits eingeschlafen war. Die gottverdammte Eidechse...Zum Teufel mit diesem Biest!

28

Das gierige Monstrum

Davidge hatte Jerry nie als unruhigen Schläfer empfunden. Aber heute nacht schlug der Drac ziemlich wild um sich. Davidge rückte von ihm weg und wickelte sich noch fester in seine Decke. »Mmmmhhmmmmpphff.«

Der Drac trat nach ihm.

»Hör auf, Jerry! Laß mich schlafen, ja?«

Der Drac schlug immer noch um sich und trat wieder nach ihm.

»Willst du wohl aufhören?« Davidge wandte sich zu ihm...

...der Drac kämpfte mit einem langen, rosigen Ding,

das ihm die Kehle zuschnürte. Jerrys Augen quollen aus den Höhlen, ein lautloser Schrei schien aus dem weitgeöffneten Mund zu dringen. Sein Körper wurde zu einer Grube an der Mauer gezerrt – zu einer Grube, die am Abend noch nicht dagewesen war. Mit aller Kraft versuchte er sich loszureißen.

»O Scheiße!« Davidge sprang auf und wollte nach dem Gewehr greifen. Doch es war zu spät, um zu schießen – die Kiefer des Raubtiers klappten bereits auseinander, um den hilflosen Drac zu verschlingen.

Ohne zu zögern, beugte er sich zum Feuer hinab, packte eine Handvoll glühender Asche und schob sie in den Schlund des Ungeheuers.

Die Kreatur schrie, gurgelte und rauchte und schlängelte sich aus der Grube. Drei Meter lang, rosa und unbehaart! Sie wand sich und zuckte in qualvollen Schmerzen, schlug mit dem Schwanz um sich, peitschte die Flammen und füllte den Raum mit fliegendem Aschenstaub. Und dann schleuderte sie den Drac zur Seite, gegen eine Wand.

Davidge packte Jerry am Arm und befreite ihn von dem Ungeheuer. Schwarze Rauchwolken ballten sich in der Hütte zusammen. Er kroch zur Tür und schleifte den schlaffen Drac hinter sich her. »Komm, Jerry!«

Plötzlich waren sie draußen im Morgengrauen – im kalten Schnee. Davidge hustete, Jerry würgte und schnappte immer noch nach Luft. Davidge stand auf, zog den Drac auf die Beine und begann zu laufen, Jerry hinter sich herzerrend.

Der Sturm riß sie auseinander. »Jerry!« Davidge schaute sich verwirrt um.

In der Hütte schrie das tödlich verwundete Raubtier und schlug nach allen Seiten, zertrümmerte einzelne Mauerteile, warf brennendes Holz und Asche in die eisige Luft.

Und als wollte der Wald darauf antworten, knarrten die Bäume und stöhnten unheilvoll – vom Wind geschüttelt.

»Jerry!« brüllte Davidge.

... und da war der Drac, taumelte blindlings durch den Schnee. Davidge kämpfte sich durch den wilden Sturm zu ihm...

Irgend etwas krachte. Davidge sprang zur Seite und riß Jerry mit sich. Kreischend begann ein Baum zu fallen – die großen Äste beugten sich herab, verfingen sich in den Zweigen der umstehenden Bäume und zerrten daran. Davidge riß Jerry nach hinten. Mit ohrenbetäubendem Getöse schlug der Baum auf dem Boden auf.

Doch das Knarren und Kreischen verstummte nicht. Davidge wirbelte herum. Ein zweiter Baum bewegte sich – der erste hatte ihn entwurzelt. Er neigte sich nach unten, zunächst langsam, dann immer schneller, bis er krachend auf dem Hüttendach landete und die restlichen Wände in tausend Stücke schlug und das schrille Gebrüll des Raubtiers abwürgte.

... und dann nichts. Nur das Heulen des Windes.

Sie sanken zu Boden, neben einem der umgestürzten Bäume. Davidge nahm Jerrys Gesicht in beide Hände, hob es hoch, blickte auf den geschundenen Hals. Es sah schlimm aus. Der Drac umfaßte Davidges Handgelenke, umfaßte die Unterarme, betrachtete die verbrannten, mit Blasen bedeckten Handflächen.

Davidge schaute auf seine Hände hinab, er schaute in Jerrys Gesicht, er schaute auf den Schutt, der von ihrer Hütte übriggeblieben war – und alles, was er empfinden konnte, war die vernichtende Last seiner Verzweiflung. Alles war verloren – einfach so. Tränen brannten in seinen Augen. »Es tut mir leid, Jerry...« Er merkte, daß er wie ein Baby weinte, doch das kümmerte ihn nicht. »Ich geb's auf. Das war's. Ich weiß, wann ich am Ende bin.«

Jerry schwieg, starrte ihn an und wartete, bis der Anfall vorüberging. So hatte er den Erdenmann noch nie gesehen. Ringsherum ächzten die Bäume im Wind. Jerry hob den Kopf und lauschte auf ihr Klagelied.

»Willy! Wir müssen den Wald verlassen.«

»Ich kann nicht... Wozu auch?«

»Komm, Willy!« beharrte der Drac. »Hier würden wir sterben.« Jerry stand auf und versuchte Davidge auf die Beine zu ziehen.

Davidge riß sich los und blieb sitzen. »Sehr gut! Ich bin ohnehin lebensmüde.«

»Dann bist du ein verdammtes Arschloch!«

Davidge sprang so rasch auf, daß er beinahe das Gleichgewicht verloren hätte, und starrte Jerry an.

»Komm!« sagte der Drac. »Du und ich, wir dürfen uns nicht unterkriegen lassen.«

Sie stolperten zu den Überresten ihrer Hütte und wühlten im Schutt. Der Sturm heulte immer lauter. Jerry fand einen Wasserbeutel. Davidge fand einen Packen Metallfragmente, den er ›Werkzeugkasten‹ nannte, und die Babykleider für Zammis, Jerry griff nach einer Cucadecke, und darin wickelte er alles ein, was er mitnehmen wollte.

In der Ferne stürzte ein Baum um und prallte krachend auf den Waldboden.

Davidge sah kurz auf und bemerkte: »So, es macht also eine Menge Lärm, wenn ein Baum im Wald umfällt. Ich kenne viele Leute, die das sehr gern hören würden.«

Jerry starrte ihn an.

»Du willst gehen?« fragte Davidge. »Gut, dann gehen wir. Gehen wir *sofort*!«

Er stapfte durch den Schnee davon, und Jerry beeilte sich, um ihn einzuholen.

Der Wind kreischte schriller denn je.

29

Der Sturm

Irgendwie schafften sie es, den Sturm zu bekämpfen. Irgendwie schafften sie es, den Todeswald zu durchqueren. Mit aller Kraft mußten sie sich gegen den Wind stemmen, um voranzukommen. Von Baum zu Baum taumelnd, hielten sie sich immer wieder an den Stämmen fest, sonst hätte sie der Sturm zu Boden geschleudert. Hagelkörner verklebten ihre Augen und Lippen. Ringsum knackten die Äste, stöhnend kämpfte der Wald mit den Elementen. Alte Zweige brachen ab und fielen herunter. In der Ferne stürzten entwurzelte Bäume in dröhnendem Lärm.

Trotzdem entkamen die beiden Gefährten dem Inferno.

»›Auf diese Weise weißt du, ob deine Pflicht getan ist‹«, zitierte Jerry aus dem *Talman*. »›Wenn du immer noch lebst, ist dein Werk nicht vollbracht.‹« Er zog Davidge hinter sich her. »Komm, Willy, wir haben viel zu tun.«

Sie mußten schon seit Stunden unterwegs sein. Der Tag wurde heller – aber der Sturm ließ nicht nach. Er fegte über Felsen und Krater und heulte, als würde ihm der Bauch aufgeschlitzt. Davidges Gesicht schmerzte. Seine Hände und Füße spürte er nicht mehr. Trotzdem gab er sich nicht geschlagen. Wenn die gottverdammte Eidechse weitergehen wollte, würde auch er weitergehen. Und so setzte er einen Fuß vor den anderen – unermüdlich.

Sie erreichten ein kahles Felsengebiet. Zackige schwarze Klippen ragten aus Eis und Schnee. Der Wind strich über die Welt hinweg und hielt den Atem an, um erneut anzugreifen.

Davidge und Jerry taumelten weiter, schneeblind und halb erfroren. Sie kletterten über Felsblöcke, klemmten Hände und Füße in Eisritzen. Abwechselnd zerrte der eine den anderen mit sich. Davidge merkte, daß sie nur noch blindlings dahinkrochen. Er wußte nicht mehr, wo sie sich befanden, und der Drac wußte es wahrscheinlich auch nicht. Das spielte keine Rolle. Sie mußten weiter – immer weiter. Warum? Daran erinnerte er sich nicht.

Und dann erreichten sie ein windgeschütztes Felsenriff, und der Drac brach zusammen.

»Ich kann nicht mehr, Willy.«

»Verdammt! Wenn wir nicht weitergehen, wird uns die Kälte umbringen.«

»Ich kann nicht...«

»Scheiße! Es war deine blödsinnige Idee, aus dem Wald zu laufen!«

»Geh weiter, Willy. Laß mich hier liegen.«

Davidge kroch zu Jerry hinüber. Er wickelte den Drac und sich selbst in die einzige Decke, die sie noch besaßen und drückte Jerry an sich, so fest er konnte. »Es ist mir egal, daß du eine gottverdammte Eidechse bist!« Er mußte schreien, um den Wind zu übertönen. »Wenn ich weiterleben muß, wirst du auch am Leben bleiben! Du bist alles, was ich habe, und ich will dich nicht verlieren, verdammt noch mal!«

»Willy!« Der Drac schnappte nach Luft. »Hör auf! Du tust mir weh!«

»Gut! Das bedeutet, daß du noch am Leben bist!«

»Willy! Bitte!«

»Red mit mir, verdammt! Beweg dich! Red!« Davidge zog den Drac auf die Beine und gab ihm einen Stoß. »Komm! Erzähl mir von Zammis! Ich will alles über Zammis wissen.«

»Was?« keuchte Jerry. »Was kann ich dir sagen?«

»Erzähl mir von diesem Namen!« rief Davidge und taumelte weiter. »Warum hast du ihn Zammis genannt?«

»Warum...?«

»Ja! *Warum?!!*«

»Weil er so heißt, du dummer *Irkmann*!«

»Ja, aber warum? Red weiter, du gottverdammte Eidechse! Was bedeutet dieser Name?«

Der Drac gab keine Antwort und tastete sich an einer Felsenkante entlang.

»Was bedeutet dieser Name?« wiederholte Davidge.

»*Nae gavey!*« schrie der Drac. »Er bedeutet noch gar nichts. Er ist nur der *nächste* Name.«

»Der nächste Name?« Davidge folgte Jerry, der sich an der Felskante vorbeischob. Sie brüllten sich an, aus Leibeskräften.

»Ja! Du blöder, gottverdammter, häßlicher *Irkmann*! Weißt du denn überhaupt nichts? In einer Drac-Familie gibt es nur fünf Namen. Ich stamme aus der *Jeriba*-Familie. Wir sind...« Der Drac stolperte im Schnee, Davidge zog ihn wieder auf die Beine, und sie taumelten weiter. »... wir sind sehr vornehm. Ich bin Shigan. Mein Erzeuger hieß Gothig. Vor Gothig lebte Haesni. Vor Haesni lebte Ty. Vor Ty lebte Zammis. Und vor Zammis lebte Shigan.« Schnee wehte dem Drac ins Gesicht, und er mußte husten.

Davidge half Jerry den Schnee abzuwischen, dann schrie er: »Warum nur fünf Namen? Die Menschen haben viele tausend Namen!«

»Die Namen bedeuten nichts!« schrie Jerry zurück. »Es sind die Taten, an die man sich erinnern muß. Ich kann die Geschichte meiner Linie erzählen, die bis zur Gründung meines Planeten durch Jeriba Ty zurückreicht – vor hundertneunundsiebzig Generationen. Eines Tages werde ich mit Jeriba Zammis vor dem Heiligen Altenrat in den Hohen Hallen von Draco stehen und unsere Verse singen, damit Zammis der Gesellschaft und dem Glauben aller Dracs beitreten kann.«

»Ja – wenn du jetzt nicht aufgibst...« Davidge versetzte Jerry einen unsanften Stoß.

»Wer gibt denn auf, *Irkmann*? Wer gibt denn auf?«

Davidge brach in lautes Gelächter aus.

»Was findest du so komisch?« fragte der Drac.

»Wir sind...«, versuchte Davidge zu erklären. »Oh, was für ein seltsames Paar wir sind! Wir haben einander verdient. Und wir sind beide so verdammt selbstsüchtig, daß einer den anderen nicht sterben lassen will.«

30

Die Höhle

Ein Wunder, dachte Davidge. *Man muß auf ein Wunder warten.*

Man muß darauf bauen.

O Mann, jetzt würden wir ein Wunder brauchen – dringend!

Okay, Gott oder *Shizumaat*, oder wer immer du bist, jetzt ist es an der Zeit! Tu deine Pflicht!

...und dann stieß Davidge gegen Jerry und warf ihn beinahe in den Schnee. Er griff nach ihm und hielt ihn fest.

»Was ist los? Warum bleibst du stehen?«

Jerry zeigte nach vorn, drehte sich um und schlug Davidge mit letzter Kraft auf den Rücken. Und Davidge starrte...

...in eine dunkle Öffnung, die zwischen den verschneiten Felsen klaffte.

Eine Höhle!

Sie stolperten weiter. Sekundenlang zögerte Davidge. Vor seinem geistigen Auge tauchten Grislybären auf, die ihren Winterschlaf hielten, dann sagte er: »Zum Teufel damit, an falsche Wunder glaube ich nicht«, und stapfte hinter Jerry her.

Es war eine große Höhle mit hohem Gewölbe. Schneedünen und Eiszapfen hatten sich unter mehreren Löchern im Dach gebildet: *Gut*, dachte Davidge. *Hier gibt's sogar eine Entlüftung!*

Jerry war unschlüssig stehengeblieben. Nun wandte er sich zu Davidge. »Komm!« Der Erdenmann trat zu dem Drac, nahm ihm das Bündel ab und führte ihn zum höchstgelegenen, wärmsten Teil der Höhle. Dort warf er ihre armseligen Halbseligkeiten auf den Boden und breitete die Decke aus. Rasch zog er dem Drac die Jacke aus und schlüpfte aus seiner eigenen. »Leg dich hin!« befahl er.

Jerry gehorchte zitternd. Davidge legte sich zu ihm, wickelte sich selbst und den Drac in die Jacken und in die Decke. Vielleicht war das die Rettung. Er schlang seine nackten Arme und Beine um Jerry und hoffte, die gemeinsame, geteilte Körperwärme würde genügen, um sie beide vor dem Erfrierungstod zu bewahren.

Zum Teufel damit! dachte Davidge. *Ich habe genug Gefühle für uns beide.* Er drückte sich an Jerry und benützte die Knöchel seiner verbrannten Hände, um Jerrys Glieder zu reiben und zu erwärmen.

Jerry zitterte noch ein bißchen, dann legte er langsam die Arme um Davidge und hielt ihn fest.

»Jerry...?«

»Pst, häßlicher *Irkmann*.«

»Okay – gottverdammte Eidechse.«

Und so schliefen sie ein, eng umschlungen, in zwei Jakken und eine Decke gehüllt.

Der Wind heulte auf, von neuer Kraft erfüllt – aber er konnte nicht in die Höhle eindringen. Nach einer Weile gab er es auf und zog davon.

31
Die Linie

Davidge erwachte zuerst. Seine Hände schmerzten. Das war ein gutes Zeichen – es bedeutete, daß die Wunden heilten. Es bedeutete, daß er noch lebte.

Er rückte von Jerry ab, um seine Hände zu betrachten. Sie waren verkrustet, voller Schorf. Vorsichtig versuchte er sie zu bewegen. Es war nicht so schlimm, wie es aussah. Gut.

Er setzte sich auf und zog die Jacke, die obenauf lag, um seine Schultern. Da erwachte Jerry, wandte sich zu ihm und schaute ihn an. »Davidge, du schläfst mit Eidechsen.«

Davidge grinste. »Und du schnarchst wie eine Kreissäge.« Er fröstelte in der kalten Morgenluft. Draußen heulte der Wind. Davidge kroch wieder unter die Decke und nahm den Drac in die Arme. »Ist dir warm genug?«

Jerry nickte.

»Gut.«

Nach einer kleinen Pause begann Jerry: »Willy?«

»Ja, Jerry?«

»Dieses – Festhalten... Tun das die Menschen, wenn sie sich paaren?«

»Ja, das gehört auch dazu«, bestätigte Davidge.

»Oh«, sagte Jerry.

»Willst du nicht, daß ich dich festhalte...?«

»Doch. Es macht mir nichts aus. Es wärmt mich.«

»Gut.«

Nach einer weiteren Pause frage Jerry: »Willy?«

»Ja, Jerry?«

»Machst du das gern – dieses Festhalten?«

»Ja«, gab Davidge zu.

»Warum?«

Davidge zögerte kurz. »Weil – es mich auch wärmt.«
»Lügner«, sagte der Drac.
»Es ist aber wahr.«
»Du hast gesagt, du würdest dich nicht mehr an eine gottverdammte Eidechse kuscheln, nur um dich zu wärmen.«
»Da hatten wir noch Brennholz.«
»Trotzdem hast du dich an mich gekuschelt. Also hast du damals gelogen. Und jetzt lügst du auch, nicht wahr?«
»Okay – und?«
»Ich will *gavey*. Warum kuschelt sich ein häßlicher *Irkmann* so gern an eine gottverdammte Eidechse?«
»Weil... Auf diese Weise will ich dir zeigen, daß du – daß du mir wichtig bist.«
»Oh«, sagte Jerry, dann fügte er hinzu: »Das dachte ich mir.«
»So was nennt man Umarmung«, erklärte Davidge.
»Umarmung. Ja.« Die Eidechse versank in Schweigen. Das ertrug Davidge nicht. »Jerry?«
»Ja, Willy?«
»Gibt es etwas, was den Dracs wichtig ist?«
»Sei nicht so dumm! Eine Drac-Familie kann nur bestehen, wenn ihr das Leben wichtig ist.«
»Nein, ich meine... Mögen die Dracs andere Dracs? Oder interessieren sie sich nur für die Familie?«
»Oh...« Jerry verstand die Frage. »Oh«, wiederholte er, als er die Frage *hinter* der Frage verstand. »Jetzt begreife ich es.«
»Nein«, erwiderte Davidge. »Nein, vergiß es.«
»Ich kann es nicht vergessen. Du hast danach gefragt. Es ist in meinem Kopf. Deine Frage deutet an – daß eine Person ohne Bezugsperson unvollkommen sein muß... Brauchen die Menschen solche Bezugspersonen, um sich vollkommen zu fühlen?«

»Ja«, gestand Davidge.

Jerry schwieg.

»Und ein Drac ist sich selbst genug?« wollte Davidge wissen.

»Ja.«

»Hm... Ihr müßt sehr einsam sein.«

Der Drac zuckte mit den Schultern. »Einsam... Ich kann mir das nicht vorstellen.«

Davidge seufzte. »Dazu müßtest du eine Seele haben«, sagte er und bedauerte sofort, es gesagt zu haben.

Aber Jerry war nicht beleidigt, er schnaufte nur. »Die Seele ist ein *Irkmann*-Begriff.«

»So? Haben die Dracs Seelen?«

»Diese Frage kann man nicht auf englisch stellen, Willy. Und wenn du das in der Drac-Sprache fragst, ist es keine Frage. Genauso könntest du fragen: ›Warum gibt es den Himmel?‹«

»*Warum* gibt es den Himmel? Gibt es darauf eine Antwort?«

»Oh, natürlich...« Jerry kicherte. »Warum sollte es ihn nicht geben?«

»Das ist ja schrecklich!« Davidge stieß den Drac scherzhaft in die Rippen. »Ich will dich auch was fragen. ›Wie klingt es, wenn eine Hand klatscht?‹«

»Ah! Das ist gut! Eine Scherzfrage von Mickey Mouse?«

»Ja, eine seiner besten.«

»Ich will darüber nachdenken... Aber um zu deiner *anderen* Frage zurückzukehren, häßlicher *Irkmann*, der Frage nach unserer Seele... Du findest die Antwort im *Talman*. Im *Talman* findet man Antworten auf alle Fragen.«

»So? Moment mal! Im Talman stehen keine Antworten, sondern fast nur Fragen.«

»Das ist gut, Willy. Sehr gut. Um eine Antwort zu bekommen, muß man die richtige Frage stellen – darin liegt das Geheimnis. Wenn du die richtige Frage stellst, ergibt sich die Antwort von selber. Deshalb zeigt uns das *Talman*, wie man Fragen stellt.«

»Hm«, sagte Davidge.

»Hast du die falschen Fragen gestellt, mein Freund?«

»Keine Ahnung... Jedenfalls weiß ich, daß ich die richtige noch nicht gestellt habe...« Davidge setzte sich plötzlich auf. »Bist du hungrig?«

»Haben wir denn etwas zu essen?!!« erkundigte sich Jerry.

»Hm, hm...« Davidge griff nach dem Beutel, der das getrocknete Fleisch enthielt, gab Jerry eine Cucascheibe und nahm sich selber eine. »Weißt du, vielleicht sollten wir hier oben eine kleine Kneipe eröffnen. Du würdest die Gäste erschrecken, und ich könnte das Essen verderben...«

Jerry gab keine Antwort. Er schnüffelte an seinem Fleisch, dann hielt er inne, als eine heftige Schmerzwelle seinen Körper erschütterte. Er ließ die Fleischscheibe in seinen Schoß fallen und krallte die Hände in seine Hüften. In seinen Augen lag dumpfe Trauer.

»Ich will dir von der Jeriba-Linie erzählen«, sagte er unvermittelt.

»Vor oder nach dem Frühstück?«

Jerrys Körper versteifte sich. »Das ist eine große Ehre für dich, Willy.«

»Tut mir leid, Jerry – aber im Augenblick genügt die Ehre, am Leben zu bleiben.«

»Gut. Dann will ich von *deiner* Linie hören. Fangen wir mit deinem Erzeuger an. Wer war er?«

»Du meinst – wer waren sie? Bei uns gehören zwei dazu, erinnerst du dich?«

»Richtig. Also – wer waren sie?«

Davidge zuckte mit den Schultern und entgegnete mit

vollem Mund: »Mein Vater heißt Carl, meine Mutter Edna.«

»Und ihre Taten?«

»Taten – hm...« Davidge kaute nachdenklich. »Nun, Vater arbeitet für eine Firma, die supergroße elektronische Geräte herstellt, und Mutter war Therapeutin, bevor sie geheiratet hat.«

»Was ist eine Therapeutin?«

»So eine Art Krankenschwester.«

»Gut.« Jerry nickte. »Und wer waren ihre Erzeuger?«

»Oh, nun – wir haben Großvater oft besucht, als ich noch ein kleiner Junge war. Er besaß ein schönes Haus auf dem Land, und ich glaube, er war Bauer. Und Nana war eine gute Köchin. Das ist alles, woran ich mich erinnern kann.«

»Und davor?«

Davidge kratzte sich am Kopf.

»Ich glaube, die Familie ist aus England oder Schottland eingewandert.«

»Ah, das ist also deine Linie. ›Vor euch steht Willis E. Davidge, Sohn von Carl, einem Hersteller elektronischer Geräte, und Edna, die einmal Therapeutin war, geboren von Großvater, möglicherweise Bauer, und Nana, einer guten Köchin, und sie stammten alle von jenen ab, die aus England oder Schottland kamen?«

»Wenn du das so ausdrückst, hört es sich ziemlich dünn an.«

Jerry zuckte mit den Schultern. »Jede Linie muß irgendwo beginnen. Ich fühle mich geehrt, weil du mir die Geschichte anvertraut hast.« Er stöhnte wieder, dann fuhr er fort: »Willy – bitte, laß dir jetzt meine Linie erklären.« Mühsam verbarg er seine Schmerzen. »Erlaube mir, dir diese Ehre zu erweisen und dir etwas zu geben, nachdem auch du mir ein Geschenk gemacht hast.«

Davidge seufzte. »Im Augenblick fühle ich mich nicht besonders ehrwürdig.«

»Das spielt keine Rolle«, versicherte Jerry und fing zu singen an: »*Son ich stayu, kos va Shigan, chamy'a de Jeriba, yaziki nech lich isnam liba, drazyor, par nuzhda*...«

32

Neues Leben für das alte

Der Sturm heulte noch zwei Tage, dann legte er sich – fast genauso schnell, wie er aufgekommen war.

Davidge stand am Eingang der Höhle, die Hände tief in den Taschen vergraben. Wie weit waren sie von ihrem alten Lager entfernt? Im Schutt der Cucahütte mußten immer noch Dinge liegen, die man brauchen könnte, vielleicht sogar Nahrungsmittel.

Nein, sie hatten genug zu essen. Jetzt war es am wichtigsten, ein Feuer anzuzünden.

Die einzig wesentliche Frage lautete also: Wie weit war es bis zum Wald?

Sicher würde es ihm keine Schwierigkeiten bereiten, Holz zu sammeln. Nachdem der Sturm drei Tage lang getobt hatte, wäre es erstaunlich, wenn überhaupt noch irgendwelche Bäume im Todeswald stünden.

Aber er mußte vermutlich einen weiten Weg zurücklegen und dann das Holz hierherschleppen.

Immerhin trug er sein Messer bei sich, und wenn er violette Ranken fand, konnte er die Zweige zu einem Bündel zusammenbinden und zur Höhle schleifen. Das müßte funktionieren.

Und so war es auch.

Der Todeswald lag doppelt so weit entfernt, wie Davidge es angenommen hatte, und um das Holz zu sammeln und zu bündeln, brauchte er dreimal so lange wie erwartet.

Aber dann konnten sie Feuer machen.

Und Feuer bedeutete Leben.

Während Davidge zum Todeswald wanderte und dann zur Höhle zurückkehrte, ein Holzbündel auf dem Rücken und ein zweites in einer Schlinge, die er hinter sich herzog, memorierte er die Geschichte der Jeriba-Linie. Das tat er drei Tage lang – bis ein neuer Wind zu wehen begann und bald darauf in einen unablässig heulenden Sturm überging.

Als er die Höhle betrat, kauerte Jerry zusammengekrümmt am Feuer, die Augen vor Schmerzen zusammengekniffen.

Sein Bauch war unheimlich angeschwollen.

»Jerry...?«

Der Drac blickte traurig auf. »Heute muß – Mittwoch sein.«

»Eh? Wovon redest du?«

»Heute kann alles geschehen. Zammis kommt auf die Welt.«

»Bist du sicher?«

»Genauso sicher, wie du häßlich bist.«

»Tut mir leid«, entschuldigte sich Davidge, nachdem ihm bewußt geworden war, wie albern seine Frage geklungen haben mag. Er setzte sich zu Jerry und bot ihm Wasser an.

»Danke.«

»Was soll ich tun?«

»Ich weiß es nicht«, entgegnete Jerry, »und ich glaube, da stimmt was nicht.«

Davidge legte eine Hand auf Jerrys Stirn – nur um wenigstens irgend etwas zu tun. »Es wird schon klappen«, meinte er. »Alle Frauen sind nervös, wenn sie in den Wehen liegen.«

»Ich bin keine Frau«, wandte Jerry ein.

»Nun ja – alle schwangeren Leute werden nervös. Und wenn die Wehen einsetzen, ist man nun mal nervös...«

»Ich bin auch nicht nervös. Irgendwas ist nicht in Ordnung...« Plötzlich stöhnte der Drac laut auf.

»Jerry...«

Der Drac öffnete die Augen. »Ich bleibe hier, *Irkmann*. Von hier gehe ich nie mehr fort.«

»Das will ich dir auch nicht geraten haben. Soll ich diese Kneipe vielleicht ohne deine Hilfe betreiben?«

»Bist du nicht gern allein, Willy?«

»Nun, ich kann's ertragen.«

»Nein, ich habe mich falsch ausgedrückt. Ich meine deine Spezies. Die Menschen leben nicht gern allein, sie brauchen – Partner. Stimmt das?«

»Ja, das stimmt.«

»Wie bedauerlich... Was für ein elendes Leben ihr führen müßt! Ihr könnt euch nur als vollkommene Wesen betrachten, wenn ihr genetisches Material austauscht...« Jerry stöhnte wieder. »Tut mir leid, daß ich kein besserer Partner für dich sein kann.« Er schloß die Augen und konzentrierte sich auf seine Atmung.

»Jerry!«

Die Schmerzwelle verebbte, und der Drac öffnete für ein paar Sekunden die Augen. »Armer, häßlicher *Irkmann*... Du wirst dich sehr einsam fühlen ohne deinen alten Feind, was?«

Davidge kniete neben ihm nieder, tränkte einen Lappen mit geschmolzenem Schnee und legte ihn auf die Stirn des Dracs. »Red nicht solchen Unsinn, Jerry!«

»Ich glaube...«, stammelte der Drac, »ich glaube... Zammis liegt falsch... Wenn wir ihn bewegen würden – vielleicht...« Er begann an seiner Jacke zu zupfen, war aber zu schwach, um die Verschnürung zu lösen.

Davidge half ihm, die Cucajacke auszuziehen und sah dabei zum erstenmal Jerrys riesengroßen Bauch, über den sich ein Riß zog – eine entzündete Wunde, die anscheinend von inneren Sehnen zusammengehalten wurde.

»Dreh mich auf die Seite, Willy.«

Davidge begann diesen Wunsch zu erfüllen, hielt aber sofort inne, als Jerry vor Schmerzen nach Luft schnappte.

»Tu es, Willy! Dreh mich auf die Seite! Da – siehst du es?«

Ein runder Klumpen zeichnete sich an einer Seite von Jerrys Bauch ab.

»Ja.«

»Drück darauf! Wir müssen Zammis herumdrehen.«

Vorsichtig legte Davidge die Hände auf den Klumpen und drückte zögernd dagegen.

»Fester! Fester!«

Die Haut des Dracs fühlte sich glühend heiß an. Davidge verstärkte den Druck, und der Klumpen bewegte sich. Jerry, brüllte vor Schmerzen, doch sein Blick war immer noch klar.

»Willy!«

»Was...?«

»Du mußt mir etwas versprechen. Du wirst Zammis' Pate sein...«

»He! Ich habe dir doch gesagt, du sollst nicht solchen Unsinn reden...«

»Willy! Du mußt meinen Platz einnehmen. Wenn die Zeit gekommen ist, mußt du Zammis nach Hause bringen. Du wirst neben ihm vor dem Heiligen Rat von Draco stehen und die Geschichte seiner Linie singen. Das mußt du tun, Willy! Schwör es mir! Du wirst Zammis nach Draco bringen...«

»Halt den Mund! Sieh lieber zu, daß du vernünftig preßt – oder was immer du tust!«

»Du wirst Zammis nach Draco bringen. *Schwör es mir, Willy.*«

»Nein!«

»Schwör es! Schwör es!«

»Nein, verdammt! Du wirst nicht sterben! Das erlaube ich dir nicht!«

»Du blöder Sklavenfresser! Was glaubst du, warum ich dir alles beigebracht habe...?« Der Drac schrie auf und erschauerte vor Schmerzen. »*Irkmann!* Ich flehe dich an!«

»Okay, Jerry, okay... Ich schwöre es. Ich werde Zammis nach Draco bringen. Ich werde die Geschichte seiner Linie singen. Aber bitte – stirb mir nicht! Bitte...«

Der Draco seufzte. »Gut. Jetzt mußt du mich öffnen, Davidge.«

»Was?« Davidge schüttelte den Kopf.

»Hier – an dieser Stelle...« Kraftlos hob der Drac die Hand.

Davidge zögerte, dann zwang er sich, den Riß in Jerrys Bauch zu berühren.

»Du mußt es tun, Willy – mit aller Kraft! Hab keine Angst.«

Davidge versuchte die Hautfalte auseinanderzuziehen. Der Drac brüllte wieder – stieß ein schrilles Zischen aus, das Davidge durch Mark und Bein ging. Zitternd wich er zurück und starrte Jerry entsetzt an.

»Öffne mich, Willy! Du hast es geschworen.«

»Ich kann es nicht tun, Jerry. Ich kann nicht!«

Der Drac war unerbittlich. »Verdammt, *Irkmann*! DU HAST ES GESCHWOREN! Ist das die *Irkmann*-Ehre? Du versprichst etwas – und dein Wort hat nichts zu bedeuten? Ich verfluche deine *Irkmann*-Ehre!«

Davidge war wie gelähmt. Die Augen des Dracs schienen zu brennen.

»Jerry... Ich...«

Der Drac streckte eine Hand nach ihm aus.

Sie schwankte in der Luft, und Davidge ergriff sie.

»Willy, du hast geschworen...«

...und dann bäumte sich sein Leib in wildem Schmerz auf und zuckte, von heftigen Krämpfen geschüttelt. Ein gräßliches, zischendes Röcheln rang sich aus seiner Kehle – dann sank er auf den Boden zurück und blieb reglos liegen.

Davidge starrte auf die Hand, die er immer noch umklammerte. »O Gott...«, würgte er hervor.

Nur der Bauch des Dracs bewegte sich noch, denn das kleine Wesen darin kämpfte um sein eigenes Leben.

»Nein, Jerry. Bitte...«

Immer schneller, immer heftiger schlug der ungeborene Drac um sich. Jerrys Körper schüttelte und wand sich, während sein Kind tobte und mit dem Tod rang.

Davidge starrte auf den Bauch seines Freundes, von kaltem Grauen erfaßt – unfähig, sich zu rühren. Er beobachtete, wie Zammis' Bewegungen langsamer und schwächer wurden. »Nein, Jerry – bitte, laß mich nicht allein...«

Und dann schien irgend etwas in Davidge zu explodieren. Verzweifelt krallte er die Finger in den Bauch des toten Dracs, zerrte an der Hautfalte und riß sie auseinander.

Eine klare, dickliche Flüssigkeit quoll hervor, ergoß sich auf Davidges Hände, und er wandte den Kopf zur Seite, um zu erbrechen. Dann zwang er sich, in die warme Körperhöhle zu greifen. Er zog den winzigen Drac heraus, hielt ihn hoch, starrte ihn an. Zammis.

Das Kind atmete nicht.

Behutsam schüttelte Davidge den kleinen Drac, wischte ihm Mund und Nase ab, schüttelte ihn noch einmal.

»Was soll ich bloß mit dir machen, du Monstrum?«

Er hielt das Kind in seinem Arm, öffnete mit seinem Finger den winzigen Mund, drückte seine eigenen Lippen darauf und blies vorsichtig Luft in die untätigen Lungen, blies noch einmal, ein drittes und ein viertes Mal, dann zählte er nicht mehr, wie oft...

»Los, du kleiner Scheißer! Fang endlich zu atmen an! Mir zuliebe.«

Und da atmete Zammis. Er hustete, würgte und begann zu schreien – es war ein beängstigendes, fast menschliches Gebrüll.

Mit einer dreifingrigen Hand klammerte sich das Kind an Davidge fest – an seinem Vater.

33

Zammis

Willis E. Davidge, Mitglied der Menschenrasse. Bomberpilot. Patenonkel von Monstren.

Scheiße.

Das Universum wurde von praktischen Mächten regiert.

»Du müßtest mir noch mal was über die großartigen Wunder erzählen, die uns das Leben erleichtern, Jerry«, stöhnte Davidge, als er den letzten gottverdammten Stein auf das Grab der gottverdammten Eidechse warf.

Dann richtete er sich auf und zog sich die Cucajacke enger um die Schultern. Fröstelnd schaute er auf den Felsenhügel, der bereits unter einer Schneedecke zu verschwinden begann. Der Sturm blies ihm Eis und Flocken in die Augen.

Davidge wischte sich über die Wangen. »Du hättest was Besseres verdient, du Hurensohn. Du gottverdammte Eidechse. Jesus, ich werde dich so vermissen!« schrie Davidge in den Wind – wütend, frustriert und verzweifelt.

Der Wind schrie zurück – genauso herausfordernd. Davidge kehrte ihm den Rücken. Er wollte nicht zur Höhle gehen – noch nicht.

Das Baby weinte. Es hörte sich an wie eine Katzenbalgerei.

»Du sollst doch schlafen, du Monstrum!« rief Davidge, zur Höhle gewandt. Das Baby krähte herzzerreißend.

»Jesus Christus, Jerry! Du hast mir alles über das *Talman* und die gottverdammte Jeriba-Linie erzählt, nicht wahr? Das war einfach fantastisch. Aber wie man Drac-Babys füttert und hätschelt – darüber hast du kein Wort verloren. Was soll ich denn tun?« Er starrte wieder auf das Grab. »Ich bin ein Mensch. Soll ich meinen eigenen gottverdammten Feind großziehen? Als ich mich um dich kümmern mußte, war ich schon genug gestraft.«

Immer lauter gellte das Babygeschrei durch den Sturm, immer eindringlicher.

»O Scheiße!« Davidge stieg zur Höhle hinauf.

Zammis hörte zu brüllen auf, sobald er ihn erblickte. Der Kleine war in Jerrys Cucajacke gewickelt. Seine Augen waren groß und gelb. Er streckte Davidge beide Arme entgegen. »Mewwwphhhugh?« fragte er.

»Oh, das ist süß. Wirklich süß. Leider wird es nicht klappen mit uns beiden.«

Aber daran war das Baby nicht schuld. Arme kleine Eidechse... Sie war noch viel schlimmer dran als der häßliche *Irkmann*.

»Verdammt, Jerry!« stieß Davidge hervor und erschreckte das Drac-Baby. »Das ist der reinste Wahnsinn! Ich kann es nicht!«

Ja, häßlicher Irkmann. So pochst du auf deine Grenzen.

Davidge spürte, wie seine Verzweiflung einem schmerzlichen Höhepunkt entgegenstrebte. Jerry war ein viel zu tüchtiger Lehrer gewesen. Sogar jetzt, wo er die gottverdammte Eidechse begraben hatte, konnte er immer noch ihre Stimme hören. Er wußte genau, wie sie seine Ausflüchte beantworten würde.

»Meww-phhugh?!« fragte das Baby noch einmal.

Los, häßlicher Irkmann! Du mußt es Zammis erklären.

Davidges Kehle wurde eng. Beinahe wäre er zusammengebrochen. »He, kleiner Bursche! Tut mir leid. Ich kann dich einfach nicht hochpäppeln. Ich kann es wirklich nicht.«

Davidge wußte, was er tun mußte. Und je schneller er es hinter sich brachte, desto besser. Er hob einen großen Stein vom Boden der Höhle auf und schwang ihn hoch, hielt ihn über der winzigen Gestalt.

»Mewwwphhhhugh!« jammerte Zammis.

Mit einem wilden Schrei schleuderte Davidge die Mordwaffe gegen die Höhlenwand, von der sie abprallte und herabfiel, dann rollte sie harmlos davon. Er sank auf die Knie, nahm das Baby in den Arm, öffnete seine eigene Cucajacke und drückte Zammis an seine nackte Brust, um ihn zu wärmen. Nach einer Weile lehnte er sich an die Wand und begann das Kind sanft hin und her zu wiegen.

»Okay – alles okay, du kleines Ungeheuer. Jetzt ist dir warm, nicht wahr?«

Zammis gluckste.

»Ja, ich bin ganz deiner Meinung. Hoffentlich dauert es nicht allzu lange, bis du stubenrein bist. Wie kriegt man einen Drac eigentlich stubenrein? Na ja – macht nichts...«

Das Baby hörte zu gurgeln auf und lauschte auf Davidges Stimme, dann umschloß es seinen Finger mit einer winzigen grünen Hand. Es hatte erstaunlich scharfe Krallen.

»Tut mir leid – ich kenne keine Drac-Wiegenlieder. Aber wenn du willst, erzähl' ich dir eine Gutenachtgeschichte: Es war einmal ein großes, häßliches Monstrum namens Godzilla...« Davidge verstummte. Der Scherz war nicht besonders komisch.

»Weißt du was? Eigentlich könntest du schon jetzt anfangen, die Geschichte deiner Linie zu lernen, kleines Monstrum.« Davidge schloß die Augen und begann zu singen: »*Son ich stayu, kos va Shigan, chamy'a de Jeriba, yaziki nech lich isnam liba, drazyor, par nuzhda...*«

Die Geschichte bestand aus hundertachtzig Versen.

Als er fertig war, schnarchte das Baby leise.

»...und der Letzte dieser Linie war eine gottverdammte Eidechse, die ihr einziges Kind ihrem besten Freund hinterließ – mit dem Auftrag, es großzuziehen!« beendete Davidge seinen Vortrag in kühlem Flüsterton. Aber seine Stimme klang viel sanfter als zuvor.

Das Lied hatte seinen Zweck erfüllt. Davidges Wut war verflogen. Und an ihrer Stelle verspürte er eine große Leere in seinem Inneren.

Verdammt, Jerry...« Er würgte krampfhaft. »Du fehlst mir so!«

Und da schien die letzte Barriere zu zerbrechen.

Tränen stiegen in seine Augen, und er begann zu schluchzen. So fest er nur konnte, preßte er das Drac-Baby an sich und ließ seinen Tränen freien Lauf. »Gottverdammte Eidechse... Gottverdammte Eidechse... Gottverdammter Drac... Gottverdammter Mickey-Mouse-Fan!«

Zammis gluckste leise im Schlaf.

34

Eskimo-Babys

»Das ist verrückt«, sagte Davidge zu dem Drac-Baby. »Du weißt es, und ich weiß es auch. Aber nur für den Fall, daß du's nicht weißt – soll ich die Gründe wiederholen, warum das so verrückt ist?«

»Gurgle«, antwortete Zammis.

»Gut. Also, erstens – dein Volk und mein Volk kämpfen gegeneinander. Und zweitens habe ich keine Ahnung, was man mit kleinen Dracs anfängt. Und drittens – daß ich hier sitze und dich im Arm halte und mit dir knutsche, könnte man als Feindbegünstigung auslegen.«

»Gur-gurgle«, sagte Zammis.

»Auch das ist ein Standpunkt«, erwiderte Davidge. »Allerdings wird die Tatsache, daß du Zivilist bist, nicht viel ändern. Wie soll ich meinen Eltern deine Existenz erklären? Und was willst du deinem Großvater oder Großerzeuger von mir erzählen? Okay, versuchen wir noch mal was zu essen, ja?«

Davidge biß ein Stück trockenes Cucafleisch ab und zerkaute es, bis es fertig war, dann nahm er es aus dem Mund und schob es vorsichtig zwischen die Lippen des Babys.

»Gugk«, sagte Zammis.

»Ja, da hast du recht. Das finde ich auch, kleines Monstrum. Aber ich kann nicht in den Supermarkt laufen und ein Glas Babynahrung kaufen. So was gibt's hier nicht, mein Junge. So ist das nun mal. Ich kann dich nur mit Cuca füttern. Sonst habe ich nichts.«

Zammis blinzelte Davidge an, seine Lippen umschlossen das fremdartige Objekt.

»Das ist zum Essen...«

»Gug-guk?«

»Genau. Du bist ein schlaues kleines Monstrum. Ich werde dir noch was erzählen. Soviel ich gehört habe, füttern die Eskimos ihre Eskimo-Babys auch so, also vielleicht klappt das auch bei kleinen Monstren.«

Zammis' Mund begann den Fleischbrei zu bearbeiten. Abrupt schluckte er alles hinunter und schaute Davidge erwartungsvoll an.

»Also – da will ich doch der Sohn eines *Irkmanns* sein!« rief Davidge.

»Gurk?« fragte Zammis und sperrte den Schnabel auf wie ein junger Vogel.

»Braver Junge...« Davidge begann ein zweites Stück Fleisch zu zerkauen, dann schob er es rasch in den Schlund des Babys – nicht ganz sicher, ob Zammis den Unterschied zwischen Cucabrei und einem Finger kannte. »Wenn du soviel ißt, wirst du bald groß und stark sein wie dein – dein Erzeuger. Und dann kannst du auch in den Krieg ziehen und häßliche *Irkmann* töten.«

»Glurk?«

»Hm... Du mußt ein bißchen warten, dein Breichen ist noch im Mixer«, erklärte Davidge und kaute. Dann schob er den dritten Bissen in den Mund des Drac-Babys. »Wenn mich die Leute von der Sternenbasis so sehen könnten... Ich wette, man würde mich vors Kriegsgericht stellen und mir den interessantesten Prozeß in der Geschichte der Navy machen.«

Zammis schluckte und wartete. Seine runden gelben Augen wirkten übergroß in dem winzigen Schädel, sein Blick war lebhaft und voller Unschuld. Plötzlich streckte er die Ärmchen nach Davidge aus.

»Ja, das machst du nur, weil du weißt, wie mir das zu Herzen geht.« Davidge schob dem Baby noch etwas Brei zwischen die Lippen. »He, was starrst du mich so an, kleines Monstrum? Iß lieber!«

Davidges strenge Stimme schien Zammis zu verwirren. Weinerlich verzog er das Gesicht.

»Schon gut, tut mir leid.« Davidge drückte das Baby an sich. »Ist ja schon gut, alles ist gut. Von jetzt an werde ich immer grinsen, wenn ich dir meine Witze erzähle, damit du gleich merkst, daß ich nur Spaß mache. Okay?«

»Gug-gle.«

»Ja, ja, Schätzchen, ich weiß. Du bist auch alles, was ich habe. Wir beide passen großartig zusammen, was? So, jetzt soll sich dein Magen erst mal ein bißchen erholen.« Er begann das Baby sanft zu wiegen. »So, jetzt singe ich dir wieder was vor – aber wenn du zu weinen anfängst, muß ich *zweimal* singen, und dann darfst du nicht behaupten, ich hätte dich nicht gewarnt...«

35

Frühling

An einem goldenen Morgen ging der Winter zu Ende.

Die Schneeberge verwandelten sich in Teiche aus kaltem Wasser, und der Wind war erstaunlich warm.

Davidge erwachte und fragte sich, warum er lächelte. Als er sich streckte, schaute er zum Höhleneingang – und hielt verblüfft den Atem an.

Dort stand Baby Zammis und blickte verwundert hinaus.

»Huh?«

Das kleine Wesen war unter seinen Cucadecken hervorgekrochen und zum Licht getapst. Nun stand es aufrecht da – eine winzige Silhouette, die sich vor dem gelben Schein des neuen Tages abzeichnete. Es gluckste und gurgelte vor Freude. So etwas Schönes hatte es noch nie gesehen.

Davidge auch nicht.

Glücklich und stolz wie ein Großvater, schlug er seine Decken zurück, nahm Zammis auf die Arme und trug den kleinen Drac in den hellen Morgen hinaus.

Auf dem Boden lag noch Schnee, aber der Himmel war klar und die Sonne strahlte.

Davidge drehte sich im Kreis, immer wieder, und lachte fröhlich. Er schwang das Drac-Baby hoch in die Luft, drückte es an sich, wirbelte es wieder umher. »Schau, Zammis, schau! Wir haben es geschafft!«

Auch Zammis lachte, und aus seinem Mund quollen kleine Speichelblasen.

Davidge stapfte grinsend im Schnee umher, dann hielt er inne und blickte zu einem ganz besonderen Schneehügel hinüber. Er holte tief Luft und ging langsam darauf zu. »Hallo, gottverdammte Eidechse! Schau mal, ich habe Wort gehalten. Hier ist dein Baby! Schau doch, wie groß das kleine Monstrum schon geworden ist! Es kann sogar schon gehen – und reden! Siehst du? Ich hab's dir ja gesagt, daß ich auch ohne dich auskomme!«

Doch das alles hätte viel überzeugender geklungen, wären keine Tränen über Davidges Wangen geflossen.

36

Shigans Rache

Als das letzte Stück Fleisch verzehrt war, hatte der Winter das Land verlassen.

Inzwischen hatte Davidge den täglichen Speiseplan mit Pilzen, Wurzeln, Knollenfrüchten, Stechpalmen, Rankenblumen und einmal sogar – eher zufällig – durch eine weitere Cuca-Kröte ergänzt. Aber er nahm sich vor, bei seinem nächsten Streifzug den neuen Bogen und Pfeile mitzunehmen.

Die Jahreszeiten wechselten so plötzlich, daß Davidge eine unerwartete, aber keineswegs unwillkommene Überraschung erlebte. »Die Planetologen sollten mal eine Weile hier leben, kleines Monstrum. Dann würden sie sehen, was für ein hinterlistiges Biest Fyrine IV ist.«

Das kleine Monstrum gluckste entzückt. Es wurde immer größer, in einem unglaublichen Tempo. »Schneller als ein junger Hund mit drei jüdischen Müttern«, meinte Davidge.

Er zerschnitt Jerrys Cucadecke in Streifen und flocht daraus eine Schlinge für das Baby, die er am Rücken oder auf der Brust tragen konnte. Das mußte er tun, denn er wagte nicht, den kleinen Drac daheim zu lassen, wenn er nach Wurzeln und Knollen suchte. Bald entdeckte er, daß es Zammis großen Spaß machte, über die dunklen, bemoosten Hänge unterhalb der Höhle getragen zu werden. Das Moos wuchs sehr schnell. Es war dicker als Torf und verbreitete einen köstlichen Geruch, wenn es brannte.

Bald entwickelte sich ein Lieblingsspiel aus der Notwendigkeit. Davidge rannte umher, das Baby auf dem Rücken, wieherte wie ein Pferd oder sang das Motiv des einsamen Försters aus Rossinis Wilhelm-Tell-Ouvertüre.

Dabei lachte Zammis laut auf. Manchmal zischte er wie sein Erzeuger. Hin und wieder gab er eine absurde Imitation von Davidges Gelächter zum besten. Letztere klang so verwirrend, daß Davidge das Kind verwirrt anstarrte, als es dieses seltsame Kichern zum erstenmal erklingen ließ. Danach fand er es so komisch, daß er so oft wie nur möglich mit dem Baby spielte.

Zammis brauchte nur zu beobachten, wie Davidge die Tragschlinge von dem Felsen nahm, über dem sie zu hängen pflegte und schon fing er zu kichern an und klatschte in die Hände.

»Okay! Gehen wir einkaufen!« rief Davidge, setzte Zammis in die Schlinge und band sie am Rücken fest.

Zammis quietschte und strampelte.

»Nicht strampeln, du kleines Monstrum!«

Diese Warnung verhallte ungehört. Irgendwie war Zammis zu der Überzeugung gelangt, die Kombination von Quietschen und Strampeln würde Davidge veranlassen, wie ein Pferd zu wiehern und noch schneller auf und ab zu hüpfen.

»Ich weiß, ich weiß! Du bist Shigans Rache! Aber ich will's ihm heimzahlen und dir beibringen, in sechs verschiedenen Erdensprachen zu fluchen. Dann werden sie in den Hohen Hallen nur so mit den Ohren schlackern!«

Der Todeswald erwachte wieder zum Leben. Die Sonne durchbrach die Finsternis mit goldenen Strahlen und warf einen sanften, nebligen Schein über den Boden. Davidge ging verwundert zwischen den Bäumen hindurch. Die Welt sah aus wie eine gigantische Kathedrale. Das ferne Plätschern eines Bachs klang wie Kammermusik. Die Luft duftete nach Blumen und Tau.

Davidge ertappte sich dabei, wie er Melodien von Bach und Mozart vor sich hin summte, und er staunte maßlos, daß er diese Musik überhaupt kannte.

Der äonenalte Fyrine-Zyklus von Tod und Wiedergeburt wiederholte sich erneut – aber diesmal wurde das wunderbare Schauspiel von einem Zeugen beobachtet. Uralte Bäume – jene, die den Sturm überdauert hatten – beherbergten Myriaden farbiger Moose und Ranken. Silbrige Geschöpfe, ähnlich wie Schmetterlinge und Kolibris, schwirrten zwischen den blauen Schleiern umher, die an den Zweigen hingen. Dicke schwarze Schlangen wanden sich langsam zwischen den Ranken dahin, und Davidge freute sich, als er sah, wie zahlreich sie den Wald bewohnten. Sie waren weder feindselig noch giftig, und wenn man sie über dem Feuer briet, schmeckten sie wie Hühner.

Im Lauf der Wochen enthüllte Fyrine IV weitere Frühlingsgeheimnisse. Der Planet war eine Schatzkammer – wenn man wußte, wo und wonach man suchen mußte.

Die letzten Teile von Davidges Fliegeranzug waren längst zerrissen, doch das störte ihn nicht. Er benutzte die Fetzen jetzt als Putzlappen, trug Kleider aus Cuca- und Schlangenhäuten und nannte sich Robinson Davidge.

Gemeinsam mit Zammis unternahm er eine Pilgerfahrt zu der Lichtung, wo früher die Cuca-Hütte gestanden hatte, um nach brauchbaren Habseligkeiten zu stöbern. Viel war nicht mehr zu finden, nur ein paar Metallteile. Der Rest war vermodert. Aber Davidge hatte sich noch etwas anderes vorgenommen.

Zufrieden stellte er fest, daß vom Skelett des Sandgrubenungeheuers nur ein paar Gebeine übriggeblieben waren. Zammis rannte umher wie ein fröhliches kleines Hündchen, und erforschte die Umgebung. Wachsam behielt Davidge das Kind im Auge. Er entdeckte die Reste von Jerrys Gewehr, die zu nichts mehr nütze waren, warf sie wieder weg und setzte sich auf einen Baumstamm.

Der kleine Drac strich über einen Raubtierknochen.

Neugierig hob er ihn auf und lief damit zu Davidge. Er hielt ihn hoch, blickte fragend in das Gesicht des Erdenmanns.

Davidge nahm ihm den Knochen aus der Hand und legte ihn beiseite. Dann setzte er das Kind auf seinen Schoß. »Gut, ich will dir davon erzählen. Dieser Waldbewohner war noch häßlicher als dein Erzeuger – sogar noch häßlicher als – ein häßlicher *Irkmann*. Aber irgendwas hat uns das Leben gerettet. Dein Erzeuger hätte es ein Wunder genannt. Das Eidechsenwort lautet *Aelova*. Das bedeutet ›unerwartete Gelegenheit‹.«

»Nee-nee«, sagte Zammis. »Nee-nee.«

»Hm, das stimmt. Bald wirst du richtige Wörter sagen können. Weißt du was? Ich werde dir beibringen, in der Drac-Sprache zu beten und auf englisch zu fluchen. Okay? Morgens erzähle ich dir von Vammas Vermutung, abends vom Wanderer und dem Kojoten. Jeden Nachmittag lese ich dir aus dem *Talman* vor – und mitten in der Nacht erzähle ich dir von den zwei Gnomen und dem Pinguin. Und dann mußt du selber versuchen, das ganze Durcheinander zu entwirren.«

»Yah, yah!« sagte Zammis und legte seine dreifingrige Hand auf Davidges Gesicht.

»Ja, ja«, wiederholte Davidge und zog einen winzigen Klauenfinger aus einem seiner Nasenlöcher. »Danke, ich bohre lieber selber in meiner Nase.« Er drückte das Kind behutsam an sich. »Aber du hast recht – wir wollen versuchen, die Dinge auseinanderzuhalten. Ich meine – wir sind beide schon komisch genug.«

Zammis gurgelte zustimmend.

»Ich frage mich, wer verrückter ist, kleines Monstrum... Eine Eidechse mit einem *Irkmann* als Vater? Oder ein Erdenmann, der sich so einsam fühlt, daß er sogar ein Drac-Baby aufzieht? Was glaubst du?«

Zammis gab keine Antwort. Er hatte sich auf Davidges Schoß zusammengerollt und war eingeschlafen.

»O Jerry«, sagte Davidge, »was hast du mir angetan? Wenn du mich jetzt sehen könntest...« Er seufzte tief auf und fügte leise hinzu: »Du gottverdammte Eidechse.«

37
Häusliches Leben

Gewissenhaft sang Davidge jeden Tag die Geschichte von Zammis' Linie. Manchmal zwei- oder dreimal täglich. Er wagte es nicht, in seinen Bemühungen nachzulassen – er wagte nicht zu vergessen.

Außerdem war das etwas, woran er sich festhalten konnte.

Er sang die Geschichte, wenn er Cucas häutete. Er sang die Geschichte, wenn er die Häute abschabte. Er sang die Geschichte, wenn er nähte. Er sang die Geschichte, wenn er mit Zammis auf Nahrungssuche ging. Manchmal merkte er, daß der Kleine mitsummte.

»Braves Baby – braves kleines Monstrum. So ist's richtig.«

Schließlich sang Davidge das Kind jeden Abend mit der Geschichte in den Schlaf – mit allen hundertachtzig Versen, der Jeriba-Linie.

Später, während Zammis leise in seinem Bettchen schnarchte, studierte Davidge das *Talman*. Jeden Abend ein anderes Kapitel. Er sang die Worte leise vor sich hin, übte die Aussprache und dachte über die Bedeutung der Fragen nach. Es gab so vieles, was Jerry ihm nicht erklärt hatte. Die meisten Wörter verstand er, damit hatte er keine Probleme. Es waren kulturelle Eigenheiten wie das Äquivalent zu ›Mittwoch‹, die ihm Schwierigkeiten bereiteten, und er war nicht sicher, ob er das alles jemals begreifen würde.

Aber er verbiß sich in das *Talman* wie ein entschlossener Chihuahua, der den Huf eines Clydesdales beschlägt. Was immer er vom Inhalt des kleinen goldenen Buches verstand, und mochte es noch so wenig sein, würde genügen, um ihm für sein ganzes Leben Kraft zu geben. Davidge diskutierte mit sich selbst über alle Fragen, die im *Talman* gestellt wurden von zwei Seiten. Er argumentierte vom menschlichen Blickwinkel aus, dann versuchte er, so gut er es konnte, den Drac-Standpunkt einzunehmen. Er argumentierte als Krieger und als Friedensstifter. Er argumentierte, als hätte er eine Mission zu erfüllen und als einer, der diese Mission in ihren Grundsätzen anzweifelt.

Die Tage verstrichen, Zammis wuchs und wuchs, und der Frühling ging in den Sommer über.

Die Höhle sah nun ganz anders aus. Die Schneewehen waren längst dahingeschmolzen und hatten große Lagunen aus klarem kaltem Wasser hinterlassen. Wo die Eiszapfen gehangen hatten, klafften nun mehrere Öffnungen im Dach der Steinkammer und sandten goldenes Licht herein. Rebenpflanzen rankten sich in die Höhle hinab, geschmückt mit großen rosigen und lavendelblauen Blüten, und verströmten einen starken, fruchtigen, fast überwältigenden Duft.

Die Blüten waren kleine Mäuler. Die Reben fingen und fraßen die kleinen silbrigen Insekten, und der Duft diente ihnen als Köder. Davidge störte das nicht, denn die Pflanzen trugen süße, saftige Früchte, die Zammis mit wahrer Leidenschaft verschlang.

An einer Höhlenwand stapelte sich getrocknetes Moos, auch frisches, das noch trocknen mußte. Davidge sammelte immer doppelt so viel von dem dunkelvioletten Torf, wie er brauchte. Er sorgte für den nächsten Winter vor. Keine kalten Nächte mehr... Und wann immer sie in den Todeswald wanderten, nahm er ein Bündel Brennholz mit nach Hause.

»He, du kleiner Racker, komm her!« rief Davidge ins Dunkel der Höhle hinein. Er nähte gerade an einer kleinen Jacke aus Cucahaut. »Wir wollen mal sehen, ob dir das paßt!«

Zammis stapfte aus dem Hintergrund der Höhle hervor. »Racker?«

»Ja. Halt mal still.« Davidge legte die Jacke an den Kinderkörper. »Ich glaube, ich werde dich Bohnenstange nennen. Du wächst schneller aus deinen Sachen raus, als ich Cucas fangen kann.« Er begann, ihm die Jacke anzuziehen, streifte sie über den einen Arm, dann über den anderen... »Du darfst die Finger nicht spreizen.«

»Fin-ger?«

»Ja, das da... Das sind Finger.«

Davidge hob eine Hand und bewegte die Finger. Zammis blinzelte, starrte darauf, dann drückte er seine winzige Klaue gegen die große Menschenhand. »Nicht gleich.«

»Natürlich nicht. Ich bin ein häßlicher *Irkmann*, und du bist ein kleines Monstrum... Eh, nein, vergiß das. Ich bin ein Mensch, und du bist ein Drac. Sieh mal, du hast drei Finger. Eins, zwei, drei. Und ich habe fünf Finger. Eins, zwei, drei, vier, fünf...«

»Bekommt Zammis vier und fünf?«

»Nein.«

»Warum nicht?«

»Weil du ein Drac bist. Und ich bin ein Mensch. Dracs haben drei Finger, Menschen haben fünf.«

»Ein Mensch?«

»Ja. Ich bin ein Mensch, du bist ein Drac.«

»Ich bin ein Drac? Du bist ein Mensch.«

»Gut. Genau richtig.«

»Onkel Willy?«

»Werde ich auch ein Mensch sein, wenn ich erwachsen bin?«

»Wenn du in diesem Tempo weitermachst, wird es schon nächste Woche soweit...« David runzelte die Stirn, als er merkte, daß er Zammis' Größe unterschätzt hatte. Die Jacke war fast zu eng. »Nein, dann wirst du immer noch ein Drac sein.«

»Warum? Warum kann ich kein Mensch werden?«

»Weil dein Erzeuger ein Drac war. Meine Erzeuger sind Menschen.«

Zammis zog die Stirn in Falten. »Oh.«

»Das verstehst du nicht, was?«

Zammis nickte begeistert. »Onkel?«

»Ja?«

»Was ist ein Drac?«

»*Oy vey*...«, stöhnte Davidge.

»Ist das ein Drac-Wort?«

»Nein, das ist ein alter irischer Ausdruck, und es bedeutet *Oy vey*.« Davidge hob das Kind hoch und trug es zu dem Teich, in dem sie sich täglich wuschen. »Schau mal da hinein. Was siehst du?«

»Ich sehe Zammis. Ich sehe Onkel Willy.«

»Richtig. Onkel Willy ist rosa. Zammis ist grün. Onkel Willy hat fünf Finger. Zammis hat drei. Onkel Willy hat braune Augen. Zammis hat gelbe Augen. Onkel Willy hat große Ohren. Zammis hat ganz kleine Ohren. Die Menschen sind rosa und haben fünf Finger und braune Augen und große Ohren, und Dracs sind grün und haben drei Finger und gelbe Augen und kleine Ohren. Also muß ich ein Mensch sein, und du mußt ein Drac sein, okay?«

»Okay«, sagte Zammis. Das Spiel begann ihn zu langweilen.

»Gut. Okay. Laß mich jetzt die Jacke fertignähen, bevor du rauswächst.«

»Ja, Onkel.«

»Ja, Onkel. Ja, Onkel...«, knurrte Davidge vor sich hin. »Meine Mutter hat mich großgezogen, damit ich mal ein Onkel werde.« Er seufzte. »Na, wenigstens muß ich in keinen Elternbeirat eintreten...«

38

Das Schiff

Das Geräusch riß Davidge aus dem Schlaf. Er setzte sich auf und war sofort hellwach. Die ersten Strahlen der Morgensonne schienen in die Höhle.

»Was...?« fragte er.

Ein Zischen lag in der Luft.

Und die Ahnung eines Zitterns.

Mit großen Augen richtete sich Zammis in seinem Bettchen auf. »Was ist das?«

Das Geräusch verwandelte sich in ein leises Dröhnen, fast unhörbar – es schwoll an, immer lauter und lauter, bis die ganze Höhle bebte und von einem pochenden, übermächtigen Lärm erfüllt war.

Zammis begann angstvoll zu schreien... Davidge rannte zu ihm, nahm ihn in die Arme, drückte ihn an sich...

Die Höhle ratterte, als würde sie auf Rädern fahren. Felsentrümmer und winzige Kiesel sprangen von den Wänden. Davidge lief zum Eingang – gerade rechtzeitig, um ein großes Raumschiff über seinem Kopf hinwegrasen zu sehen. Er drehte sich um, wollte ihm nachschauen und da verschwand es hinter dem Rand der Welt. Es dröhnte und dröhnte, in einem fort, bis Davidge nicht mehr wußte, ob dieser Lärm Wirklichkeit war oder nur mehr ein Echo in seinen Ohren.

»O Scheiße...«, sagte er.

»O Scheiße«, wiederholte Zammis. »Onkel Willy...« Das Kind hatte seine Furcht schon wieder vergessen. »Ist das ein Raumschiff? So wie das, in dem du geflogen bist?«

»Ja, das ist ein Raumschiff. Aber es ist anders als das, in dem ich geflogen bin. Dieses hier ist viel größer.«

»Sind da Menschen drin?«

»Das weiß ich nicht. Aber ich werde es herausfinden.«

Davidge stellte das Kind auf den Boden. Er starrte immer noch nachdenklich in die Richtung, die das Schiff eingeschlagen hatte.

»Darf ich mitkommen? Bitte, Onkel!«

»Eh – nein.« Davidge kniete sich vor Zammis hin, schaute in seine Augen und legte ihm die Hände auf die Schultern. »Es ist sehr wichtig, daß du hierbleibst und dich versteckst, bis ich zurückkomme.«

»Ich will mit dir gehen!«

»Zammis, du mußt in der Höhle bleiben, bis ich wieder da bin. Das mußt du mir versprechen.«

»Aber...«

»Versprich es!«

»Ich - verspreche es...«

Der zögernde Klang der Kinderstimme mißfiel Davidge. »Hör mir jetzt gut zu. Es wird nicht lange dauern. Ich komme zurück, so schnell ich kann. Du mußt hier auf mich warten. Und wenn ich zurückkomme, erzähle ich dir zur Belohnung von den Tatsachen des Lebens.«

»Von den Tatsachen des Lebens?«

»Nun ja – ich wollte dir nichts über Football sagen, bevor du groß genug dafür bist. Aber wenn du hierbleibst und auf mich wartest, beweist du mir, daß du schon groß genug für die Tatsachen des Lebens bist.«

»Die Tatsachen des Lebens – okay!« sagte Zammis. Dann fragte er: »Was sind die Tatsachen des Lebens?«

»Das wirst du erfahren, wenn ich wieder da bin.« Davidge lief in die Höhle, um einen Wasserbeutel, zwei getrocknete Cucafleischscheiben, sein Fernrohr und seinen ›Robinson-Crusoe‹-Hut zu holen – eine flache Kopfbedeckung mit breiter Krempe, die auch als Schirm diente. »Und iß nicht alle Rankenfrüchte auf, sonst haben wir keinen Nachtisch mehr.«

»Okay, Onkel Willy.«

39

Der Krater

Auf dem Weg zum Krater – dem Krater des Toten Mannes, wie Davidge ihn nannte – kam ihm ein seltsamer Gedanke.

Dieser Gedanke wuchs wie ein Krebsgeschwür – bis er beinahe wie eine hörbare Stimme in seinem Kopf dröhnte.

Das sind Menschen! Ich könnte nach Hause fliegen!

Die Stimme schwamm durch sein Gehirn wie eine Leiche in einem Fluß. Es war eine beängstigende, verwirrende, erschreckende Stimme.

Dies könnte der letzte Tag sein, an dem du von getrocknetem Cucafleisch und Rankenfrüchten lebst.

Aber er wußte – fürchtete zu wissen, was für Menschen in diesem Schiff saßen.

Ein anderer ungebetener Gedanke peinigte ihn.

Auch du bist ein Mensch. Du hast mehr mit deinen Mitmenschen gemein als mit einer gottverdammten Eidechse. Der Drac war dein Feind. Er hat dein Schiff angeschossen. Er hat Joe Wooster getötet. Du bist ihm nichts schuldig.

Doch...

Scheiße. Er hat dich einer Gehirnwäsche unterzogen. Nur deshalb hat er dir das gottverdammte Buch zu lesen gegeben. Jetzt denkst du selber wie eine Eidechse.

»Halt den Mund«, murmelte Davidge und suchte sich einen Weg zwischen blubbernden Teichen. Der Krater lag direkt vor ihm. Bald würde er den Rand erreichen.

Rasch stieg er den steinigen Hang hinauf, flüsterte und fluchte vor sich hin. »Zum Teufel mit dir, Jerry! Dieser Zwiespalt hat mir gerade noch gefehlt...«

Er konnte bereits die Geräusche hören, die aus dem Krater drangen – das gedämpfte Surren der seismischen Meßinstrumente. Die Nachmittagssonne hüllte den Dampf und die Rauchschwaden, die aus dem Bauch des Kraters aufstiegen, in ein unheimliches rotes Licht.

Auf dem Gipfen angelangt, legte sich Davidge flach auf den Boden und kroch vorsichtig weiter, um in den Krater hinabzuschauen.

Das Schiff stand auf dem dampfenden Kraterboden wie ein geisterhafter Eindringling. Man hatte bereits Bergbaugeräte ausgeladen, eine weitere Explosion schickte eine ölige Staubwolke in die Luft.

Mehrere zerlumpte Aufpasser überwachten wie Aasgeier die Arbeiten – Menschen! Sie stolzierten wie Piraten umher und riefen ihren Arbeitern, die noch schäbiger aussahen, Befehle zu. Die Art und Weise, wie sich diese Arbeiter bewegten...

Davidge griff nach seinem Fernglas und wußte schon, bevor er hindurchblickte, was er sehen würde.

Die Arbeitsriege bestand aus Dracs – aus staubigen, schwitzenden, gedemütigten Dracs. Schmutz verklebte ihre Augen und Lippen. Die meisten waren dürr und sichtlich geschwächt von Unterernährung. Entzündete Wunden und Furunkel bedeckten ihre Haut.

Eine Zeitlang beobachtete Davidge die Vorgänge im Krater, dann wandte er sich abrupt ab und kletterte den Hang hinunter, so schnell er konnte.

Auf dem Heimweg schwieg die Stimme in seinem Kopf. Sie war endlich verstummt. Es gab keine Fragen mehr. Und es würde nie mehr Fragen geben.

Als er die Höhle erreichte, erhellte die Morgendämmerung den östlichen Horizont.

Davidge blieb stehen. Die Höhle sah bewohnt aus. Wahrscheinlich würde er den Eingang tarnen müssen. *Hör auf mich. Hör, was ich denke...*

Er schämte sich, ein Mensch zu sein.

Nun – er würde sich eben bessern müssen, Zammis zuliebe. Entschlossen ging er in die Höhle.

Zammis lag nicht in seinem Bettchen.

Davidge spürte, wie sein Herz sekundenlang zu schlagen aufhörte... Er wirbelte herum, versuchte alles gleichzeitig zu sehen. »Zammis! ZAMMIS!« Seine Stimme hallte gellend von den Höhlenwänden wider.

»Onkel...?« Leise drang die Stimme der kleinen Eidechse zu ihm.

»Hier!« schrie Davidge. »Ich bin hier!«

Er drehte sich um und sah Zammis von einem schmalen Riff über dem Höhlenboden herabsteigen. Anerkennend stellte er fest, daß der Felsvorsprung zu einer Öffnung im Dach führte. Wunderbar! Das Kind war klug.

Er lief zu dem kleinen Drac und riß ihn in die Arme.

»Ich hatte Angst, Onkel, und deshalb habe ich mich versteckt.«

»Das hast du gut gemacht, kleiner Bursche, wirklich gut.« Davidge streichelte Zammis' Kopf. »Und ich bin stolz auf dich – sehr stolz.«

Er trug das Kind zum Lagerfeuer, warf noch etwas Moos in die Flammen und fragte sich, wie viel er dem kleinen Drac von seinen Beobachtungen am Kraterrand erzählen sollte. Die Wahrheit würde genügen. »Also...« Er setzte das Kind auf seinen Schoß. »Es wird höchste Zeit, daß wir uns mal von Mann zu Mann über die Tatsachen des Lebens unterhalten.«

»Über die Tatsachen? Des Lebens? Jetzt?«

»Ja. Hör mir gut zu. Es ist sehr, sehr wichtig. Du weißt, was das heißt – wichtig?«

»Mhm.« Zammis nickte ernsthaft. »Das ist wie ein Versprechen.«

»Genau. Die Menschen in diesem Raumschiff sind keine guten Menschen. *Comprendez vous?*«

»*Oui.*«

»Sie sind sehr, sehr gefährlich. Wenn sie dich finden, werden sie dir weh tun. Sie werden dich einfangen und dir weh tun und dich nie mehr nach Hause gehen lassen.« Davidge wußte nicht, ob Zammis das alles begriff, aber er mußte es ihm klarmachen, mußte ihn warnen. »*Gavey?*«

»*Ae.*«

»Erzähl mir, was ich gesagt habe.«

»Du hast gesagt, wenn diese Menschen mich sehen, werden sie mir weh tun. Sie werden mich einfangen und mir weh tun, und ich werde dich nie wiedersehen.«

»*Bueno.* Das darfst du niemals vergessen. Was immer auch geschieht – wenn mir etwas zustößt oder wenn sonst was passiert – du darfst nie vergessen, daß du diesen Menschen im Raumschiff nicht trauen kannst.«

Zammis schaute Davidge in die Augen. »Warum sind sie so böse, Onkel?«

»Ich weiß es nicht. Vielleicht – weil sie das *Talman* nicht studiert und nicht gelernt haben, was *Shizumaat* sagt.«

»Hatten sie keine Onkel, die ihnen das beibrachten?«

»Das weiß ich nicht, aber... Hm.« Davidge zog Zammis näher zu sich heran. Nun stand ihm eine schwere Aufgabe bevor. »Das ist so, kleiner Bursche... Sie hatten die Gelegenheit zu lernen. Jeder Mensch hat die Gelegenheit, etwas zu lernen. Aber diese Männer haben beschlossen, nichts zu lernen. Weißt du was das ist – einen Entschluß fassen?«

Zammis nickte.

»Gut. Nun – siehst du, davon handelt das *Talman* – es zeigt uns, wie man Entschlüsse faßt. Man muß *beschließen*, gut zu sein. Man kann nicht automatisch gut werden, oder weil einem irgend jemand sagt, man wäre gut. Man muß *beschließen*, Gutes zu tun und das Böse zu meiden. Und wenn du nicht beschließt, Gutes zu tun, dann ist das genauso, als hättest du beschlossen, böse zu sein.«

»Haben diese Menschen beschlossen, böse zu sein?«

»Das weiß ich nicht. Vielleicht haben einige von ihnen beschlossen, böse zu sein, aber ich glaube, die meisten wissen es nicht besser. Ich glaube, sie wissen gar nicht, daß sie die Wahl haben.«

»Könnten wir es ihnen beibringen? Du bist so ein guter Lehrer, Onkel.«

»Danke, Zammis, aber ich finde, das ist keine gute Idee. Weißt du, sie begehen schon so lange böse Taten, daß sie sich einbilden, Gutes zu tun. Sie können den Unterschied nicht mehr erkennen. Sie sind...« Es fiel Davidge immer schwerer, dem kleinen Drac das alles zu erklären. »Sie sind – *loco en la cabeza*.«

»Krank im Kopf?«

»Genau.«

»Sind alle Menschen *loco en la cabeza*?«

»Manchmal glaube ich das, Zammis – aber das ist ein Irrtum. Nicht alle Menschen sind verrückt. Vielleicht kann ich dir das eines Tages beweisen. Aber im Augenblick darfst du keinem Menschen außer mir trauen – solange ich dir nicht sage, daß er gut ist. Das ist sehr wichtig. Verstanden, Soldat?«

»Ja, Sir. Onkel Willy, Sir.«

»Gut. Wenn wir von jetzt an wandern oder jagen, werden wir immer der aufsteigenden Sonne entgegengehen. Niemals in die Richtung der sinkenden Sonne. Ist das klar, Zammis?«

Der kleine Drac nickte.

»Und wir müssen den Höhleneingang verstecken – damit es so aussieht, als würde hier niemand wohnen. In Zukunft werden wir immer aus einer anderen Richtung zur Höhle gehen, damit wir keinen Weg ins Moos treten. Und wir müssen die Stellen tarnen, wo wir unser Moos ernten, damit der Eindruck entsteht, daß dort Cucas gegrast hätten. Und... Nun ja, von jetzt an müssen wir eben aufpassen.« Davidge verstummte.

Er hielt das Kind noch eine Zeitlang im Arm – bis Zammis zu ihm aufsah. »Onkel – bist du okay?«

Davidge schüttelte den Kopf. »Nein, keineswegs... Es tut mir sehr leid, daß du auf diese Weise von den bösen Menschen erfahren mußtest.« Er schaute in das vertrauensvolle kleine Drac-Gesicht. »Deshalb sollte ich dir beibringen, daß Menschen auch gut sein können.« Er strich wieder über Zammis' Kopf. »Soll ich dir – von der Liebe erzählen?«

»Liebe?« fragte Zammis. »Zu welcher Sprache gehört dieses Wort?«

»Zu einer Menschensprache – Englisch.«

»Und was bedeutet es?«

Davidge starrte durch den Höhleneingang in den schönen, rosigen Fyrine-Morgen. Die Worte kamen ihm leicht über die Lippen. »Es bedeutet – ein Geschenk. Ein Geschenk, daß man anderen immer wieder von neuem gibt. ›Ich liebe dich‹ – das heißt, ich gebe dir etwas, weil ich dir gern etwas gebe. Nicht weil ich es tun muß oder weil es nötig ist – sondern, weil ich es *beschließe*. Weil es mein und dein Leben verschönt.« Davidge umarmte Zammis. Umarmen sich Eidechsen? »Und wenn man sich dafür entschieden hat, kleines Monstrum – dann sagt man zum anderen: Ich liebe dich.«

»Oh... Onkel Willy?«

»Ja, Zammis?«

»Können die Dracs auch lieben?«

»Natürlich.«

»Dann kann ich dich auch wiederlieben, nicht wahr?«

»Ja, das kannst du. Und das würde mir sehr gut gefallen.«

»Mir auch.«

40

Football

Als der Herbst die Luft zu kühlen begann, war Zammis um einen Kopf größer und um zehn Jahre klüger geworden.

Sie verbrachten fast jeden Tag im Todeswald, um ihre Vorräte für den Winter zu ergänzen. Jetzt sammelten sie nicht nur Holz, sondern auch Nahrung, die man trocknen konnte.

»Ist der Winter wirklich so schlimm, Onkel?«

Davidge nickte. »Kannst du dich nicht daran erinnern?«

Zammis schüttelte den Kopf. »*Nyet.*« Plötzlich rannte er voraus und zeigte entzückt auf einen Baum. »Schau mal, Onkel! Bauchpilze.«

Leuchtend weiße Kugeln drängten sich um die Wurzeln. Der kleine Bovist maß etwa fünfundzwanzig Zentimeter im Durchmesser, der größte hatte den Umfang einer Wassermelone.

»Die sehen wie Footballs aus«, meinte Davidge.

»Football?« fragte Zammis.

»Das ist ein Spiel.«

»Ein Drac-Spiel?«

»Nein. Ein Menschenspiel. Ich zeig's dir.« Davidge legte sein Bündel auf den Boden und wählte einen Pilz aus. Diese Gewächse hatten eine dicke Haut. Er suchte und fand zwei geeignete Zweige und steckte sie in den Boden, um das Goal zu markieren. Dann entfernte er sich um dreißig Yards und verankerte zwei weitere Zweige im Moos.

»So!« Er drehte sich zu Zammis um, den Bauchpilz unter einem Arm. »Dieses Spiel heißt also Football. Diese Bäume hier bilden meine Verteidigungslinie, und die da drüben sind dein Team. Sie sind ein bißchen größer als richtige Spieler, zum Beispiel die Houston Oilers, und auch ein bißchen langsamer. Aber nicht viel. Okay! Jetzt geh mal in die Startposition. Los!«

»Okay...« Zammis rannte zum anderen Ende des Spielfelds – leicht verwirrt, aber lernwillig.

»Gut. Wenn ich dir den Ball zuspiele, versuchst du ihn zu fangen und an mir vorbei zwischen diese beiden Zweige zu tragen. Das ist deine Auslinie. Klar?«

Zammis schüttelte den Kopf. »Nein.«

»Mach dir deshalb keine Sorgen. Tu einfach, was ich dir sage. So, jetzt kommt der Anstoß.«

Davidge legte den Bauchpilz vor sich auf den Boden,

und ging etwa zwölf Schritte nach hinten. »Ob du nun bereit bist oder nicht – ich lege los!« Er rannte das Feld hinab und trat gegen den Pilz, so fest er konnte. Die weiße Kugel segelte in einem zittrigen Bogen durch die Luft und landete mit einem sanften *Plopp* vor Zammis' Füßen. »Heb ihn auf... Lauf! Lauf! Lauf!«

Zammis packte den Football und trabte im Zickzack zwischen den Bäumen hindurch, auf das Goal zu. Davidge stürmte hinter ihm her und schrie: »Der Drac ist schnell wie der Wind! Sehen Sie doch, wie er sich durch die Verteidigungslinie schlängelt! Aber der große Will Davidge ist ihm auf den Fersen – kommt immer näher an ihn heran – immer näher – immer näher...«

Er packte Zammis um die Taille, schwang ihn in die Luft, dann warf er sich zusammen mit dem kleinen Drac auf den Moosboden, lachte hysterisch, wälzte sich umher – und dann hatte Davidge den Ball und raste in die entgegengesetzte Richtung, gefolgt von Zammis, der aufgeregt quietschte, hin und her gerissen zwischen Wut und Begeisterung.

»Ja – jetzt ist Will Davidge dran, Leute... Der große Will – auf dem Weg zum Tor...« Er sprang zwischen den Bäumen nach vorn und zurück, umkreiste einen Stamm, so daß er plötzlich hinter Zammis herrannte, und brüllte: »Was für ein Läufer! Was für ein Läufer!«

Zammis stürzte sich auf ihn, Davidge wich ihm aus, stieß – absichtlich – mit einem Baum zusammen und fiel theatralisch nach hinten.

»Oh, mein Gott!« schrie er und rollte über den Boden, die weiße Kugel immer noch im Arm. »Auf der Vierzig-Yard-Linie wird er angegriffen! Was für ein bitterer Augenblick für seine Fans!«

Und dann sprang Zammis lachend und kreischend auf ihn. »Ich hab' dich! Ich hab' dich!«

»Okay, okay.« Davidge kroch unter dem kleinen Drac hervor. »Das war dein erster Stopp. Jetzt zeige ich dir einen Durchmarsch. Komm her! Du stehst dort, ich stehe da – und ich rufe ein paar Zahlen...«

»Warum?« unterbrach ihn Zammis.

»Warum?!!« Davidge richtete sich zu seiner vollen Größe auf. »Warum? Du wagst zu fragen *warum*? WARUM DENN NICHT?!! Deshalb! So, und jetzt fangen wir an. Siebzehn, dreizehn, zweiundzwanzig – los!« Er warf den Ball nach hinten, dann jagte er hinter Zammis das Feld hinab.

Zammis schrie kichernd: »Jetzt ist der Drac dran, Leute! Der Drac läuft! Der Drac hat den Ball...«

»Paß auf den Verteidiger auf!« schrie Davidge. »Gib den Ball ab. Gib ihn endlich.«

Zammis schleuderte den Bauchpilz in die Luft und rannte gegen einen Baum. Davidge sprang hoch und fing den Ball, dann stürmte er das Feld hinab. »Was für ein großartiger Paß! Das Drac-Team ist nicht mehr zu schlagen! Das Publikum tobt! Die Fans stürmen auf den Rasen! Oh, mein Gott, was für ein Tumult!«

Davidge lief zu Zammis hinüber, hob den kleinen Drac auf die Schultern und drehte eine Ehrenrunde ums ganze Spielfeld.

Danach saßen sie auf einem umgestürzten Baumstamm und ruhten sich aus. Davidge schnitt den Bauchpilz auf und gab dem Drac ein Stück.

Zammis biß hinein und schmatzte lautstark. »Dieses Spiel gefällt mir sehr gut.«

»Ja, es ist ein tolles Spiel. Normalerweise ißt man den Ball natürlich nicht auf. Das ist eine Art Siegesprämie. Und ich habe die Regeln ein bißchen vereinfacht und den hiesigen Umständen angepaßt – weil wir ja nur ganz kleine Teams haben, und so weiter.« Er hob eine Hand und zerzauste Zammis' imaginäres Haar. »Du bist ein guter Junge.«

»Onkel – ich habe nachgedacht«, verkündete Zammis unvermittelt.

»Hm ... Worüber denn?«

»Über diese Menschen, die du gesehen hast. Du sagtest, die Dracs hätten für sie gearbeitet.«

»Das stimmt...«, bestätigte Davidge vorsichtg. Wohin würde dieses Gespräch führen?

»Könnte es nicht so sein wie zwischen dir und meinem Erzeuger? Könnten sie nicht Freunde werden?«

Davidge schüttelte den Kopf. »Ich wünschte, es wäre so, mein Kleiner. Warum fragst du?«

Zammis stieß einen zischenden Seufzer aus. »Ich habe noch nie einen anderen Drac gesehen, Onkel. Und ich möche wissen, wie ein Drac aussieht.«

»Ich habe dir oft genug dein Spiegelbild gezeigt. So sieht ein Drac aus.«

»Aber ich gefalle mir nicht. Ich will kein Drac sein. Ich will ein Mensch sein – wie du.«

»He, Zammis...« Davidge griff bestürzt nach der Schulter des Kindes.

»Ich wünschte, ich hätte fünf Finger!« Zammis hob seine Hände.

»He! He!« schrie Davidge in plötzlicher Wut.

Zammis verstummte sofort. Davidge drehte den kleinen Drac zu sich herum, so daß sie einander in die Augen schauten. »Red nicht solchen Unsinn! Du bist die hunderteinundachtzigste Generation eines der ältesten und vornehmsten Geschlechter von ganz Draco. Du bist Jeriba Zammis! Meine Abstammung kann nur um drei Generationen zurück verfolgt werden – aber deine! Mein Gott, Zammis! Wart's nur ab! Eines Tages wirst du nach Hause reisen, und dann wirst du's sehen!«

»Ich will nicht nach Draco. Ich möchte zur Erde fliegen und Mickey Mouse kennenlernen.«

»Nun ja – vielleicht können wir das auch mal machen. Aber ich habe versprochen, dich nach Draco zu bringen, Jeriba Zammis, und in den Hohen Hallen die Geschichte deiner Linie zu singen, damit du deinen rechtmäßigen Platz in deiner Familie einnehmen kannst. Dieses Versprechen habe ich deinem Erzeuger Shigan gegeben – und ich werde mein Wort nicht brechen, Zammis. Auf keinen Fall. Und das ist alles, was dazu zu sagen wäre.«

Zammis antwortete nicht sofort. Er starrte auf seine Hände. Nach einer Weile sah er zu Davidge auf. »Wie war Shigan?«

»Shigan war...« Davidge unterbrach sich. Er wußte nicht, was er auf diese Frage erwidern sollte. »Zammis«, fuhr er zögernd fort, »dein Erzeuger war mein Freund. Er hat mir das Leben gerettet. Mehr als einmal. Und ich habe Shigans Leben gerettet. Und...« Plötzlich fiel ihm etwas ein, und er lachte laut. »... dein Erzeuger gab mir ein Geschenk, weil er es wollte. Und ich gab ihm ein Geschenk, weil ich es wollte. Dein Erzeuger gab mir das allergrößte Geschenk – dieses *Talman*. Ich habe so viel daraus gelernt. Mehr, als ich je für möglich hielt. Shigan war sehr, sehr klug. An dem Tag, wo wir diese Welt verlassen, werde ich die Kette mit dem *Talman* um deinen Hals hängen, und du wirst sie auf Draco tragen – und dann wird jeder Drac, dem du begegnest, sofort wissen, wer du bist und was für einen großartigen Erzeuger du hattest.«

»Ich will schon jetzt andere Dracs kennenlernen«, sagte Zammis.

»Ich wünschte, es wären Dracs hier, zu denen ich dich führen könnte.«

»Onkel Willy, bist du sicher, daß diese Menschen im Krater *meshugah* sind?«

»Schätzchen, sie sind noch schlimmer als meshugah. Sie sind...« Davidge durchforschte sein Gedächtnis und suchte nach passenden Schimpfwörtern. »*Merde. Dreck.* Weißt du, was das ist? Das ist *Kiz*. Sie sind der *Kiz* von *Kiz*-Fressern.«

»Yicch«, sagte Zammis.

»Richtig«, bestätigte Davidge. »Yicch.«

41

Der Ausreißer

Sechs Tage später war Zammis verschwunden.

Davidge erwachte erst am späten Morgen und setzte sich auf – verwundert, weil es so still in der Höhle war.

Vielleicht benutzte Zammis gerade die Toilette im Hintergrund der Höhle, wo ein Bach in einen unterirdischen Strom hinabfloß. Nein, dort war Zammis nicht.

»Zammis...?« Davidge war nicht beunruhigt – noch nicht. Aber er stand kurz davor.

Er verließ die Höhle und schrie, so laut er konnte: »Zammis! ZAMMIS! *ZAMMIS!*« – Keine Antwort.

Er runzelte die Stirn und kehrte in die Höhle zurück. Zammis' dicke Jacke war weg. Und Davidges Fernglas.

Schweren Herzens erkannte Davidge, was der kleine Bastard vorhatte. Er nahm seinen Bogen von der Wand, einen Cucaköcher mit Pfeilen und einen Wasserbeutel.

Mit schnellen Schritten machte er sich auf den Weg. Er wußte nicht, wie groß Zammis' Vorsprung war, aber wenn er dieses Tempo beibehielt, hatte er gute Chancen, das Kind einzuholen, bevor es zum Kraterrand hinaufstieg.

O Gott – hoffentlich komme ich nicht zu spät.

Nein – so durfte er nicht denken. Er lief den Hang hinab. Hundert Meter Gehen, dann hundert Meter Laufen. Hundert Meter Gehen, dann hundert Meter Laufen. So lange es dauerte.

Die Sonne stieg am Himmel hoch.

Zammis war schon vor dem Morgengrauen aufgebrochen. Der Drac hatte lange daran gedacht, und vor einer Woche hatte er begonnen, Pläne zu schmieden.

Und heute war Mittwoch. So einfach war das.

Es bereitete ihm keine Schwierigkeiten, den Krater des Toten Mannes zu finden. Der Berg beherrschte den Horizont. Seine Rauchsäule war das augenfälligste Landschaftsmerkmal am westlichen Rand von Fyrine IV.

Als die Sonne den Zenit erreichte, stand Zammis im Schatten des Kraterberges. Mühelos hatte sich der kleine Drac einen Weg durch das Labyrinth der blubbernden Teiche gebahnt.

Leise Maschinengeräusche – ein Klirren, ein metallisches Kreischen – drangen aus dem Krater. Der Drac riß erstaunt die Augen auf.

Hastig kletterte er den Hang hinauf. Der Dampf wurde immer dichter, Zammis hatte nicht gedacht, daß er sich so nahe an den Krater heranwagen müßte. Aber nun war er fast am Ziel, und er wollte einen richtigen, echten Drac sehen. Sonst hätte er den ganzen weiten Weg für nichts und wieder nichts zurückgelegt.

Es spähte über den Rand.

Das große Aasfresser-Gerüst saß wie eine Tarantel im Krater und warf einen riesigen schwarzen Schatten auf die Arbeiter, Zammis kicherte vor Erregung und hielt das Fernglas vor die Augen...

Zunächst begriff er nicht, was er erblickte.

Ja, das waren Dracs! Größer, als Zammis es erwartet

hatte, aber die Gesichter glichen dem Spiegelbild, das er so oft gesehen hatte. Und sie hatten dreifingrige Hände. Und... Sie sahen so dünn aus – so *unglücklich*.

Zammis beobachtete, wie ein Aasfresser zu einem Drac ging und ihn – scheinbar grundlos – zu Boden warf.

Entsetzt schnappte er nach Luft.

Der Drac stand nicht mehr auf. Andere Dracs schauten kurz herüber und arbeiteten weiter.

Tränen brannten in Zammis' Augen. Er vergrub das Gesicht in den Händen und begann stoßweise zu schluchzen.

So etwas Schreckliches hatte er noch nie in seinem Leben gesehen.

Wie konnte Onkel Willy das dulden? Wie konnte er zulassen, daß es so was Furchtbares auf der Welt gab?

Zammis fühlte sich *verraten*.

Nach einer Weile begann Zammis den Hang hinabzusteigen. Es war an der Zeit, nach Hause zu gehen und Onkel Willy um Verzeihung zu bitten. Und... und... Zammis wußte nicht, was er sonst noch tun sollte, aber... etwas mußte geschehen. Irgend etwas. Was sagte Onkel Willy immer? »Intelligentes Leben muß Farbe bekennen.«

Der Dampf über den brodelnden Teichen war inzwischen noch dichter geworden. Vorsichtig suchte sich Zammis einen Weg über den felsigen Boden. Plötzlich blieb er verwirrt stehen...

Eine Gestalt kam aus dem Dunstschleier. Ein Mensch. Ein hochgewachsenes Wesen mit strahlgrauem Haar. Riesig. Größer als Onkel Willy! Der Mensch hatte böse blaue Augen und ein hartes Gesicht. In seinem Gürtel steckte eine gigantische schwarze Pistole.

»Yeep«, sagte Zammis und trat einen Schritt zurück.

Der Mann war genauso überrascht wie der Drac.

Zammis wandte sich ab, um zu fliehen, aber ein anderer Mensch versperrte ihm den Weg. Dieser war jünger und dicker und hatte eine breite Brust. Seine Miene verriet, daß er ein schlichtes, aber grausames Gemüt besaß. Auf der Schulter trug er ein langes Gewehr, das sehr gefährlich aussah.

»He, Johnny! Schau mal, was wir da gefangen haben! Was für ein süßes kleines Krokodil!«

»Der kommt mir ein bißchen zu klein vor, Stubbs.«

Zammis Blick irrte umher, suchte nach einem Fluchtweg, vorbei an den zwei Menschen.

»Ich wollte ihn auch gar nicht in die Mine schicken.«

Zammis verstand nicht, was der Mann meinte, aber der Klang dieser Stimme mißfiel ihm.

Johnny lachte. »Ja, das ist eine gute Idee.«

Zammis erstarrte vor Entsetzen. Plötzlich trat Stubbs vor und griff nach ihm. Zammis sprang blitzschnell zur Seite wirbelte herum und wollte davonlaufen...

Doch da tauchte Johnny vor ihm auf. »Komm doch zu mir, du kleiner Landstreicher!«

Zammis drehte sich wieder um – doch der ungeheuerliche Stubbs blockierte den anderen Fluchtweg. »Buh!« machte er und grinste bösartig.

Die beiden Männer umkreisten den kleinen Drac, trieben ihn in die Enge. Wann immer sich Zammis an dem einen vorbeischieben wollte, trat ihm der andere in den Weg.

»He, das ist ein flinker Kerl!« meinte Johnny. »Was glaubst du, wie der hierhergekommen ist?«

Stubbs machte ihm hinter Zammis' Rücken ein Zeichen – deutete zur linken Seite. Johnny sprang nach links, Zammis lief nach rechts – geradewegs in Stubbs muskulöse Arme. »So, jetzt hab' ich dich!«

Vergeblich setzte sich Zammis gegen den kräftigen Mann zur Wehr. »Ich weiß nicht recht...«, begann Stubbs in plötzlicher Sorge. »Schauen wir uns lieber mal um. Vielleicht ist sein Daddy in der Nähe und sucht ihn.« Stubbs wollte ihn in den anderen Arm nehmen und lockerte seinen Griff ... Da warf sich Zammis herum und fuhr mit drei scharfen Krallen über das fette Gesicht des Aasfressers.

Stubbs heulte auf vor Schmerzen und ließ Zammis los, der sofort zu laufen begann, sobald seine Füße den Boden berührten. Stubbs nahm seine blutige Hand von der Wange, durch die sich drei tiefe Rißwunden zogen. Heller Zorn trieb ihm das Blut ins Gesicht. Mit einem unartikulierten Schrei rannte er dem kleinen Drac nach.

Aber Zammis war schnell! Und das Footballspiel mit Onkel Willy war eine gute Übung für diese Flucht gewesen! Der Drac sprang über den steinigen Boden, geschmeidig wie ein wildes Tier, und Stubbs stolperte hinterher.

Zammis schaute über die Schulter, und was er erblickte, jagte ihm Todesängste ein. Der riesige Mensch war ein Monstrum aus der Hölle!

Der Drac begann einen steilen, schlammigen Hang hinaufzusteigen, der sich bis zu scharfgezackten Klippen erstreckte. An einer Seite fiel das Gelände zu einem Tal voller heißer, blubbernder Teiche ab. Als Zammis wieder zurückblickte, war der Mensch nähergekommen. Und er gewann zusehends an Boden.

Auf einer Anhöhe hinter Stubbs tauchte Johnny auf. »He, Stubbs! Verdammt, das kleine Krokodil hetzt dich ganz schön herum, was?« Er kicherte wie ein Irrer und hob das Gewehr an die Schulter. »Keine Bange! Ich werde sein Tempo ein bißchen drosseln.«

Aber bevor sich Johnnys Finger um den Abzug krümmen konnte, durchbohrte Davidges Pfeil seinen Hals. Jonny sah überrascht aus, dann ärgerlich, dann tot. Er sank in die Knie, fiel zur Seite, rutschte den Hang hinab, ein lautes Gurgeln drang aus seiner Kehle. Die Leiche stürzte in einen köchelnden Schlammteich und war in der nächsten Sekunde verschwunden.

Davidge stieg auf den kleinen Hügel, auf dem Johnny gestanden hatte. Er schaute zu dem Steilhang hinüber, und da sah er Stubbs, der Zammis im wogenden Dampf verfolgte. Davidge holte tief Luft und rannte den beiden nach.

Zammis hatte die Klippen erreicht. Klebriger Schlamm bedeckte den Körper des kleinen Dracs. Während er nach Atem rang, kletterte Stubbs hinter ihm auf die Felsen. »So, jetzt kannst du mir nicht mehr entwischen, du Schleimfresser! Du wirst noch froh sein, daß du nur drei Finger an jeder Hand hast! Die werde ich dir nämlich alle einzeln ausreißen!«

Langsam ging Stubbs auf Zammis zu, halb erstickt vor Wut.

Der kleine Drac war wie gelähmt vor Angst und Erschöpfung – doch dann sah er plötzlich...

»Onkel! Hilf mir!«

Die englischen Worte brachten Stubbs aus dem Konzept. Verwirrt starrte er Zammis an. »Was zum...« Er riß seine Pistole aus dem Halfter, wirbelte herum, feuerte auf Davidge und verfehlte ihn nur um wenige Zentimeter.

Davidge sprang zur Seite – und wurde vom Dampf verschluckt.

Stubbs trat einen Schritt vor, blinzelte, spähte den Hang hinab. »Hurensohn!« Vorsichtig begann er hinunterzuklettern.

...und da tauchte Davidge wieder auf – genauso schnell, wie er verschwunden war. Hinter Stubbs. Ein Pfeil lag auf seinem Bogen und zielte auf den Mann.

Stubbs drehte sich um – und schnaubte vor Zorn.

»Wer sind Sie zum Teufel? Robin Hood?«

»Sie haben's erfaßt, Sie Arschloch.«

»Onkel!« Zammis rannte auf Davidge zu, verkannte den Ernst der Lage, geriet zwischen die beiden Männer und in Davidges Schußlinie...

»Zammis! Nein!« Davidge duckte sich zur Seite, um wieder auf Stubbs zu zielen, aber der feuerte schon. Davidge taumelte nach hinten, in den Arm getroffen. Sein Fuß glitt von einer Felsenkante, er tastete mit einer Hand nach einem Halt, denn die andere ließ sich nicht mehr bewegen. Er klammerte sich an einem Riff fest...

... und da war er wieder auf dem Felsen über der Lagune, wild um sich schlagend...

Stubbs' Gesicht erschien über ihm und grinste mörderisch. Er trat nach Davidges Hand – und Davidge stürzte, entfernte sich im dichten Dampf.

Zammis Schrei folgte ihm den ganzen Weg bis nach unten, »ONKEL! OOOOOOONKEL!!«

Peng! Peng! Stubbs jagte zwei Kugeln in den Dampf, nahm sich nicht die Mühe, sein Ziel anzuvisieren, schoß einfach nur in die Richtung, in die Davidge gefallen war. Vielleicht hatte er ihn getroffen, vielleicht auch nicht. Das spielte keine Rolle. Am Fuß des Hangs wartete kochend heißer Schlamm. »Robin Hood! Daß ich nicht lache!« rief er. Dann wandte er sich wieder Zammis zu...

42

Die Genesung

»Davidge? Lieutenant Davidge?«

Davidge öffnete die Augen. Das Gesicht, das auf ihn herabstarrte, hatte menschliche Züge. Es war jung. Zu jung. Glattrasiert. Es lächelte. Und der Mann, der dazugehörte, trug eine grüne Uniform. Ein Medizintechniker.

Instinktiv griff Davidge nach seinem Messer. Es war verschwunden. Er trug ein Krankenhaushemd. Und lag in einem Bett. Und die Schwerkraft war anders – nicht so stark. Alles roch gut. Sogar der blonde Mann.

»Lieutenant? Ich bin Captain Steermann«, stellte sich der Mann vor, »und Ihr Arzt. Wie fühlen Sie sich?«

Davidge gab keine Antwort. »Wo sind wir?«

»Sie sind an Bord eines Lazarettschiffs, auf dem Rückweg zur Erde.«

»Zur Erde...?!«

»Mhm. Der Krieg ist vorbei. Sie fliegen nach Hause.«

Davidge blinzelte verwirrt. Das war zuviel auf einmal. »Vorbei...?« Zuviel stürmte auf ihn ein – und zu schnell.

»Sie wurden von einem Inspektionsteam hierhergebracht«, fuhr Steerman fort, »und Sie waren ziemlich schlimm dran. Die Leute hätten nicht geglaubt, daß Sie's schaffen würden. Aber Sie haben uns alle zum Narren gehalten. Sie sind zu zäh zum Sterben, Lieutenant.«

»Ein Inspektionsteam...?«

»Die Vereinigten Staaten der Erde und die Draco-Kammer haben gemeinsam einen Ausschuß gegründet, der die Kolonisierung der strittigen Planeten überwachen soll. Das Team hat an der Stelle, wo Sie gefunden wurden, eine verlassene Piratenmine entdeckt.«

»Zammis!« Davidge versuchte sich aufzusetzen. »Was ist mit den Aasfressern passiert?«

»Ich weiß nichts von Aasfressern. Wer ist Zammis? Von diesem Zammis reden Sie andauernd, seit Sie an Bord gebracht wurden.«

»Tatsächlich...«

Captain Steerman lächelte. »Ja – und über Football und Mickey Mouse und – eh – über die Gnome und den Pinguin. Ich muß schon sagen, das alles kommt mir ziemlich sinnlos vor, Lieutenant. Sie haben in sechs verschiedenen Sprachen gebrabbelt – eine klang sogar wie Drac. Wer war Zammis? Ihr Navigator?«

Davidges Augen verengten sich. »Nehmen Sie mich nicht auf den Arm! Sie wissen, wer mein Navigator war.«

Steerman lächelte entschuldigend und schaute auf seine Kartei. »Jerry Wooster...?«

»Nein. *Joey.*«

Der Captain korrigierte die Daten in seinem Computer.

»Ja...«, bestätigte Davidge. »Wir hatten eine Bruchlandung. Was ist mit den Aasfressern passiert? Wohin sind sie gegangen?«

Steerman zuckte mit den Schultern. »Keine Ahnung.«

»Und ihre Gefangenen?«

»Meinen Sie die Dracs? Die wurden auf ihren eigenen Planeten zurückgebracht. Das wurde im Vertrag festgehalten. Was hätten wir denn sonst mit ihnen anfangen sollen?« Captain Steerman machte eine kleine Pause und schaute Davidge prüfend an. »Ist Zammis ein Drac?«

»Ja«, gab Davidge zu.

Steerman hob kaum merklich die Brauen. »Ich wette, dahinter steckt eine interessante Story. Wollen Sie mir alles erzählen?«

Davidge musterte den Mann und beschloß, ihm nicht zu trauen. Er erschien ihm zu verbindlich und geheimnisvoll. »Nein«, erwiderte er.

»Okay, mir ist's recht.« Der Doktor schaltete seinen Computer aus. »Wenn Sie sich anders besinnen – ich bin gern bereit, Ihnen zuzuhören.«

»Schreiben Sie ein Buch?« murmelte Davidge.

»Zufällig ja.« Steerman lächelte vergnügt.

»Nun, dann können Sie dieses Kapitel auslassen.« Davidge drehte sich zur Wand.

43

Steerman

Eine Woche später klopfte Davidge an Steermans Tür.
»Herein.«
Steerman sah von seinen Papieren auf, sichtlich überrascht. »Davidge...?«
»Ich habe eine Frage.«
Steerman nickte und schaltete seine Instrumentenbank auf ›Privat‹. Man würde sie nicht stören. »Ja?«
»Wie kann ich Zammis finden?«
Steerman verzog nachdenklich die Lippen und legte die Fingerspitzen aneinander. Er wählte seine Worte sehr sorgfältig. »Dieses Gespräch sollten wir inoffiziell führen, Lieutenant.«
Davidges Augen wurden schmal. »Was wollen Sie damit sagen?«
»Daß ich das für eine sehr schlechte Idee halte. Ich habe mir Ihre Akte angesehen. So, wie es jetzt aussieht, sind Sie ein Kriegsheld. Ich glaube, da kommt eine ganze Menge auf Sie zu. Vermutlich mehrere Medaillen. Und es würde mich nicht wundern, wenn ein paar Paraden losmarschieren, sobald Ihr Fuß die Erde berührt hat.« Steerman legte seine Hände auf den Schreibtisch. »Vermasseln Sie sich das nicht.«
»Ich soll mir das nicht vermasseln...?«
Steerman seufzte. »Es würde wahrscheinlich nicht allzugut aussehen, wenn ein Kriegsheld zugeben würde, daß er mit einem Drac befreundet war – und ein Drac-Baby aufgezogen hat. Sie können sich sicher vorstellen, was manche Leute dazu sagen würden.«
»So, Sie wissen es also...«
»Eine Dolmetscherin hat sich die Bandaufnahmen von

Ihrem Delirium angehört. Sie konnte zwar nicht alles verstehen – aber was sie verstand, genügte vollauf. Wir ließen ein paar Namen durch den Computer laufen. Die Dracs hatten uns ihre Vermißtenlisten gegeben. Darauf war kein Jeriba Zammis zu finden, aber ein Jeriba Shigan, der um dieselbe Zeit verschwand wie Sie. Den Rest konnten wir uns zusammenreimen. Das war nicht weiter schwierig. Jerry ist eine Kurzform von Jeriba, nicht wahr?«

»Stimmt. Und?«

Steerman schob seine Zunge in die linke Wange. »Nun... Sie haben andauernd von diesem Jerry geredet. Zuerst dachten wir, es wäre ein Mann...«

»Und daß Jerry und ich...?«

»Mhm.« Steerman zuckte mit den Schultern. »Das hätte niemanden gestört, Lieutenant. Sie wären nicht der erste Kriegsheld gewesen, der's andersrum treibt. Und die Schwulengemeinde hätte gut für Sie gesorgt. Aber ein Drac-Liebhaber – das ist was ganz anderes.«

»Jerry und ich waren kein Liebespaar. So was gibt's bei den Dracs gar nicht.« Steerman runzelte skeptisch die Stirn. »Aufgrund Ihres Geredes im Delirium konnten wir nichts beweisen. Übrigens, Sie können sich glücklich schätzen, daß ich Sie behandelt habe. Ich bin nicht so wie gewisse andere Jungs, die den Fall mit Wonne breittreten würden. Die hätten Ihnen den Schädel aufgeschnitten – nur so zum Spaß. Und danach wären Sie in einer Gummizelle verschwunden, Lieutenant. Aber ich – nun ja, ich habe die Dracs studiert. Das war eine Art Hobby...«

»Kann ich mir vorstellen.«

»... und deshalb bringe ich sicher mehr Verständnis für Sie auf als sonst jemand. Ich möchte Ihnen wirklich helfen, aber dafür müssen Sie mit mir zusammenarbeiten. Sehen Sie, ich stehe auf Ihrer Seite, Lieutenant, aber Sie müssen begreifen, daß Sie sich zu einem Ärgernis erster

Klasse entwickeln könnten. Sie machen die Leute nervös. Ich dachte mir, ich könnte Ihnen beistehen und vielleicht eine Lösung finden, die alle Teile befriedigt.«

»Wir reden vom Image des Militärs, nicht wahr?«

»Ja – auch das muß berücksichtigt werden«, gab Steerman zu.

Davidge lenkte ein. »Also gut – ich höre. Was wollen Sie?«

»Nicht viel – bestimmt nicht. Bedenken Sie, daß Sie ein Held sind. Wir wollen nur, daß Sie sich wie ein solcher aufführen. Ich muß mich wohl kaum genauer ausdrücken.«

Davidge schüttelte den Kopf. »Okay, ich weiß, was Sie meinen. Ich bin kein Unruhestifter – falls Sie sich deshalb Sorgen machen. Ich halte mich an meinen Auftrag – und ich möchte Resultate erzielen.«

»Gut. Das freut mich zu hören.« Steerman richtete sich auf – zum Zeichen, daß er das Gespräch für beendet hielt.

Davidge ignorierte diese Bewegung und blieb ungerührt sitzen. »Okay, jetzt bin ich dran.«

»Wie bitte?«

»Wenn wir schon Geschäfte machen, soll doch auch für mich was rausspringen oder? Ich möchte Sie was fragen. Was ist aus Zammis geworden?«

»Tut mir leid, das weiß ich nicht«, sagte Steerman.

Davidge schaute ihn mißtrauisch an. »Ist das wirklich wahr?«

»Lieutenant, glauben Sie von mir, was Sie wollen. Aber ich bin kein Lügner. Ich sage, daß ich es nicht weiß. Und ich weiß es tatsächlich nicht.« In sanfterem Ton fügte Steerman hinzu: »Ich war allerdings so frei, einige Nachforschungen zu betreiben – natürlich sehr diskret.«

»Und...«

»Die Dracs besitzen keine Unterlagen über einen repatriierten Jeriba Zammis...«

»*Was?*«

»Lassen Sie mich doch ausreden, Lieutenant!« bat Steerman mit erhobener Stimme. »Ich bin noch nicht fertig.«

Davidge lehnte sich in seinen Sessel zurück.

»... auch auf *unserer* Seite existieren keine Unterlagen über einen Jeriba Zammis. Vielleicht haben ihn die Piraten getötet – oder er lebt noch. Er könnte auf dem Weg nach Draco sein – oder er ist schon dort. Aber es gibt nirgendwo Unterlagen. Kein Papierkram. Weder auf unserer noch auf der anderen Seite.«

»Das ist nicht möglich.«

»Doch.« Steerman schaute dem Lieutenant eindringlich in die Augen. »Denken Sie mal nach.«

Davidge schüttelte den Kopf. »Ich habe keine Ahnung, worauf Sie hinauswollen.«

»Wirklich nicht?« – »Sagen Sie's mir.«

»Okay...«, begann Steerman langsam. »Ich nehme an, Sie wissen, wie das Liniensystem der Dracs funktioniert.«

»Ja.«

»Wissen Sie auch über den *Bar-Mizwa* der Dracs Bescheid?«

Davidge ignorierte den schlechten Scherz und nickte nur. »Bevor ein Drac seinen Platz in der Familie einnehmen kann, muß sein Erzeuger – oder dessen qualifizierter Vertreter – ihn dem Hohen Rat vorstellen. Er muß die Liniengeschichte des Kindes vortragen, um ihn in die Gesellschaft einzuführen.«

Steerman schaute ziemlich grimmig drein. »Richtig. ›Von heute an bin ich ein Drac‹, und so weiter.«

»Würden Sie bitte zur Sache kommen?«

»Wissen Sie, was mit einem Kind passiert, das keinen Fürsprecher hat?«

Davidge überlegte kurz, dann verneinte er. »Jerry hat nie darüber gesprochen.«

»Es existiert nicht«, erklärte Steerman. »Es hat keine Rechte. Bestenfalls ist es ein Gegenstand, der irgend jemandem gehört. Wenn eine Familie glaubt, ein Kind würde der Linie keine Ehre machen, läßt sie es vernichten – und versucht es noch einmal mit einem neuen Baby. Ein Drac legt nur Wert auf den Namen – nicht auf das Kind.«

Davidge bemühte sich, eine ausdruckslose Miene beizubehalten. »Sie irren sich. Das ist ein Mißverständnis. Im *Talman* steht...«

»Ja?«

»Nichts.«

»Lieutenant, Sie vermenschlichen die Dracs. Das ist ein Fehler. Die Dracs investieren nicht so viel in die Zeugung ihrer Nachkommen wie menschliche Eltern. Ihre Loyalität gilt ihren Erzeugern, nicht ihren Babys. Wir haben das in den Gefangenenlagern mit angesehen. Die Dracs brachten Kinder zur Welt und töteten sie sofort, damit die kleinen Eidechsen den Linien keine Schande machten.«

»Sie wollten verhindern, daß ihre Kinder *versklavt* werden!«

Steerman zuckte mit den Schultern. »Das kommt auf dasselbe raus. Für Dracs ist das Sklavendasein ehrlos.«

»Nein! Sie haben die Babys getötet, um sie zu retten! Sie halten uns für Sklavenfresser!«

»Eine interessante Theorie, Lieutenant«, meinte Steerman erstaunt. »Doch das ändert nichts an den Tatsachen. Jeriba Zammis existiert nicht. Noch nicht. Wahrscheinlich ist der Zammis, den Sie aufgezogen haben, schon vernichtet worden. Ich weiß nicht genau, welche Maßnahmen im Liniensystem für die Fälle vorgesehen sind, wo der Erzeuger bereits tot ist. Aber eins steht fest: Eine Familie würde ihre Linie lieber beenden als entehren. Ich gehe jede Wette ein, daß Ihr Zammis schon längst gestorben ist.«

Davidge stand auf. Er hatte seine Wut so lange unterdrückt, daß seine Kehle schmerzte. »Sie bilden sich ein, Sie wüßten Bescheid über die Dracs? Einen Scheißdreck wissen Sie! Haben Sie schon mal den Satz gehört: ›Intelligentes Leben muß Farbe bekennen?‹ Ich habe mein Wort gegeben, und ich werde es halten.«

»Sie verschwenden nur Ihre Zeit, Davidge.«

»Es ist *meine* Zeit, die ich verschwende.« In der Tür blieb Davidge noch einmal stehen. »Machen Sie sich keine Sorgen, ich werde das Militär nicht in Verlegenheit bringen – aber ich halte mein Versprechen. Denn meine Ehre als *Irkmann* ist alles, was ich noch habe.«

Steerman starrte auf die offene Tür und seufzte. Sein Patient schaltete also auf stur. Und deshalb mußte er sich etwas anderes ausdenken.

44

Die Erde

Davidge sah seine Eltern wieder, und sie erschienen ihm wie fremde Leute. Sie waren froh, weil er wieder daheim war. Aber sie fühlten sich unbehaglich, wann immer er ins Zimmer trat. Sie verstanden ihn nicht. Von ihrer Warte aus betrachtet, sah die Situation folgendermaßen aus:

»Warum rufst du Jackie Thorne nicht an? Ihre Mutter sagt, sie würde so gern von dir hören.«

»Hallo, mein Junge – wollen wir beide heute abend zum Bowling gehen?«

»Willy? Kommst du zum Abendessen nach Hause? Ich koche deine Lieblingsspeise...«

Einmal hatte er versucht, ihnen alles begreiflich zu machen. Nur ein einziges Mal.

Sein Dad war ihm rasch ins Wort gefallen.

»Du brauchst nicht darüber zu reden, mein Junge. Die Ärzte haben uns alles erklärt. Wir verstehen es.«

»Das ist es ja, Dad. Ihr versteht es *nicht*. Nicht wirklich. Ich bezweifle, daß ein Mensch so etwas verstehen kann, wenn er nicht...«

Ihre Gesichter waren leer, verständnislos.

»Schon gut.« Davidge stand auf und ging hinaus.

Die strahlende Sonne war ihm fremd, die Luft zu dünn – und alles roch mechanisch. Er gehörte nicht mehr auf diesen Planeten.

Seinen Militärdienst hatte er quittiert und 48 000 Dollar als Nachzahlung erhalten.

Das genügte nicht.

Ein Flug nach Draco – vorausgesetzt, man bekam ein Visum – kostete fast 200 000 Dollar.

Es mußte eine Möglichkeit geben...

Ein Wunder. Warte auf ein Wunder, hatte Jerry gesagt. Baue darauf. Kein besonders logischer Lebensstil. Aber Wills E. Davidges Leben war alles andere als logisch verlaufen.

Seufzend machte er kehrt und ging nach Hause. Seine Mutter stand in der Tür. »Willy, Liebling – während du weg warst, ist dieses Paket für dich abgegeben worden.«

»Huh...?« Davidge riß es auf. Es war von Dr. Steerman. Die Schachtel enthielt seine Erkennungsmarken, eine Handvoll Fotos, ein paar Medaillen, sein Messer und anderen Kram. Ein Gegenstand, den er nicht wiedererkannte, war in braunes Papier gewickelt. Ein Brief lag dabei:

›Lieutenant Davidge, wie Sie wissen, habe ich ein Hobby – ich studiere die Drac-Kultur. Es gibt so vieles, was ich immer noch nicht *gavey*. Aber ich verstehe, wie ernst Sie Ihr Versprechen nehmen. Als ich Arzt wurde, legte ich das Versprechen ab, andere Leute gesund zu machen. Nun schicke ich Ihr persönliches Eigentum an Sie zurück, weil ich glaube, daß Ihr Genesungsprozeß dadurch beschleunigt wird. Ich hoffe, Sie betrachten mich als Ihren Freund – oder zumindest als mitfühlenden Menschen, der stets bereit ist, Ihnen zuzuhören. Wenn ich Ihnen auch weiterhin zu Diensten sein kann, bitte zögern Sie nicht, mich anzurufen. Ich bin in der Edwards Air Force-Basis zu erreichen...‹

»Hm«, murmelte Davidge, warf den Brief beiseite und wühlte wieder in der Schachtel. Das Messer würde er behalten. Auf die Fotos warf er nur einen kurzen Blick. Kein einziger von diesen Menschen war noch am Leben. Morse. Cates. Arnold.

Er griff nach dem Gegenstand, der in braunes Papier gewickelt war, und packte ihn aus.

Es war sein *Talman*.

Ungläubig starrte er auf das kleine Buch, von Gefühlen überwältigt. »Dieser Hurensohn«, flüsterte er und grinste. »Dieser lausige Hurensohn.«

45

Der Wunderdoktor

Einen ganzen Monat lang vertiefte sich Davidge ins *Talman*.

Er las den Text immer wieder, sang die schwierigen Passagen vor sich hin, bis er sie auswendig konnte. Manchmal machte ihn diese Lektüre wütend, manchmal trieb sie ihm unerwünschte Tränen in die Augen.

Eines Tages stieß er auf einen Vers, der überhaupt keinen Sinn ergab. Er setzte sich an seinen Schreibtisch und versuchte die Wörter ins Englische zu übersetzen. Das Beste, was dabei herauskam, lautete: ›Der Kopf ist angefüllt mit unvollendeten Gesprächen, mit Dingen, die ungesagt blieben. Der Kopf schleppt sie mit sich herum, und das Durcheinander wird immer größer, bis er einem Mülleimer gleicht. Wenn man ein Gespräch zu Ende führt, würde ein Wunder geschehen.‹

Großartig. Und was zum Teufel bedeutete das?

Was für ein Wunder geschieht, wenn man ein Gespräch zu Ende führt?

Davidge ging zum Telefon und wählte die Nummer der Edwards Air Force-Basis. »Captain Steerman, bitte.«

»Einen Augenblick – wer spricht, bitte?«

»Davidge. Will Davidge.«

»Einen Moment.«

Davidge wartete und fragte sich, was er sagen sollte. Und dann tauchte Steermans Gesicht auf dem Bildschirm auf. »Hallo.«

»Hallo«, antwortete Davidge.

Steerman sah auf seine Uhr. »Sie sind viel zäher, als ich dachte. Ich habe schon vor zwei Wochen mit Ihrem Anruf gerechnet.«

Davidge zuckte mit den Schultern. »Ich fürchte, ich kann nicht besonders gut ›Danke‹ sagen«, gestand er.

Steerman schaute grinsend aus dem Bildschirm. »Das ist auch gar nicht nötig.«

»Nun ja...«, erwiderte Davidge. »Trotzdem – vielen Dank für das *Talman*. Dieses Buch bedeutet mir sehr viel.«

»Davon abgesehen hatte ich auch eigennützige Beweggründe.«

»Oh?«

»Ich kenne niemanden, der mehr als ein paar vereinzelte Drac-Wörter lesen kann. Und kein Mensch, den ich kenne, hat je zuvor eine *Talman*-Ausgabe gesehen.«

»Das überrascht mich nicht. Dieses Buch zählt zu den heiligsten Gütern der Drac-Kultur. Der Besitzer des *Talmans* ist das Familienoberhaupt.«

Steerman nickte. »Das habe ich im Verlauf meiner Nachforschungen herausgefunden. Dieses kleine Buch ist unglaublich wertvoll. Und da es jetzt Ihnen gehört, muß Jeriba Shigan eine ganze Menge von Ihnen gehalten haben, Will Davidge.«

»Vermutlich«, entgegnete Davidge trocken. »Deshalb hat er mich immer ›häßlicher *Irkmann*‹ genannt.«

»Nun, jedenfalls bin ich beeindruckt. Und deshalb wollte ich Ihnen einen Vorschlag machen. Möchten Sie einen Job übernehmen?«

»Was müßte ich tun?«

»Sie sollen was übersetzen.«

»Für wen?«

»Suchen Sie sich's aus. Ich könnte einen Zuschuß vom Bund kriegen, wenn Sie das wollen. Oder falls Sie ungern für die Regierung arbeiten, können Sie das Copyright versteigern. Mein Agent kennt ein halbes Dutzend Verleger, die eine schöne Stange Geld dafür zahlen würden.«

»Sie machen Witze?!!«

»Keineswegs. Ich habe mit meinem Agenten über Sie gesprochen. Wie Sie wissen, arbeite ich an einem Buch. Eines meiner interessantesten Kapitel sollte von Ihnen handeln, aber mein Agent hatte eine bessere Idee. Ein Drac-Wörterbuch und eine Übersetzung des *Talmans*, der Drac-Bibel. Er hörte sich um und stellte fest, daß mehrere Verleger interessiert wären. Man würde einen Exklusivvertrag mit Ihnen abschließen, weil Sie der einzige Mensch auf Erden sind, der für den Job in Frage käme. Und deshalb könnte eine halbe Million Golddollar für Sie rausspringen.«

»Entschuldigen Sie«, sagte Davidge. »Mit diesem Telefon muß irgendwas faul sein. Das hörte sich eben so an, als hätten Sie von einer halben Million Dollar geredet.«

»Nein, ich sagte – eine halbe Million Golddollar – Inflationssicher. Davidge – sind Sie noch da?«

»Klar. Ich versuche nur gerade rauszufinden, wo Sie unter dieser Uniform die Flügel und den Heiligenschein verstecken.«

Steerman lachte. »Sie würden staunen, wenn Sie das wüßten... Nun holen Sie sich einen Stift, und schreiben Sie sich diese Nummer auf...«

46

Draco

Sechs Monate später saß Davidge in einem Sternenschiff und flog nach Draco. Die Curtis-Agentur hatte die Exklusivrechte an Davidges *Talman*-Übersetzung und an Davidges Drac-Englisch-Wörterbuch einem Konsortium von drei internationalen Verlagen verkauft – für einen Betrag, der euphemistisch als ›unbestimmte Summe‹ bezeichnet wurde. Im Klartext: Die zehn Prozent, die der Curtis-Agentur vertraglich zustanden, würden mehr Geld einbringen, als die berühmtesten Schriftsteller ihr Leben lang verdienten. Außerdem hat man eine Option auf Davidges Kriegsbericht inklusive der Filmrechte vereinbart, wobei das Honorar noch zu bestimmen war.

Davidge hatte drei Assistenten engagiert – einen ägyptischen Rabbinismusstudenten, einen Experten für Zen-Buddhismus und einen linksgerichteten Jesuitenpater –, die ihn bei der Übersetzungsarbeit unterstützten. Er las ihnen jeden Tag ein paar Verse aus dem kleinen goldenen

Buch vor und entfernte sich dann, während sie über das Gehörte stritten. Wenn die drei ihre sechs verschiedenen Ansichten über die Bedeutung einer Passage auf einen Nenner brachten, wußte Davidge, daß er den Sinn des betreffenden Kapitels klar zum Ausdruck gebracht hatte.

In der Zwischenzeit veranlaßte er Steerman, hinter der Bühne an mehreren Fäden zu ziehen und Kopien von den Berichten über alle Piratenschiffe zu beschaffen, die in der Nähe von Fyrine IV operiert hatten. Die *Skorbutbastard* – ein passender Name, wie Davidge fand – hatte ihre Schürfrechte schon neun Monate, bevor Zammis der Besatzung in die Hände fiel, verloren.

In dem Inspektionsschiff, das Davidge am Ufer eines kochenden Schlammteichs gefunden hatte, war auch ein Kontingent von Bundesmarinesoldaten mitgeflogen, das die Crew der *Skorbutbastard* sofort arretierte, weil sie gegen die Bedingungen ihres Arbeitsvertrags verstoßen hatte.

Steerman erzählte Davidge, was wirklich vorgefallen war. »Glauben Sie das nicht, Will. Wir versuchen nur, unser Gesicht zu wahren. Die Aasfresser haben unter dem Deckmantel öffentlichen Wohlwollens operiert. Das Militär wußte, was da vorging. Aber jetzt, wo der Krieg vorbei ist, tun wir alle so, als wären wir ›gute Deutsche‹. Dafür muß ich mich bei Ihnen entschuldigen.«

Der Captain schaute nicht besonders glücklich drein.

»Vergessen Sie's«, erwiderte Davidge. »Was ist mit den Gefangenen passiert?«

»Dieses Problem ist ein bißchen kniffliger.« Steerman zog seine Notizen zu Rate. »Die Gefangenen wurden in ein Durchgangslager auf West Thule gebracht. Von dort schickte man sie zu ihren Heimatplaneten. Meinen Unterlagen zufolge handelte es sich um dreihundert Kriegsgefangene und dreiundzwanzig namenlose Kinder, die im Arbeitslager geboren wurden. Wenn ich den Report richtig interpretiere, wurden alle Kinder nach Draco transferiert...«

»Danke!« schrie Davidge. »Wenn Sie hier in diesem Zimmer wären, würde ich Sie jetzt küssen.«

»Okay, das können wir später nachholen.« Steerman grinste, und sein Gesicht verschwand vom Bildschirm.

An dem Tag, wo Davidge den ersten Entwurf seiner Übersetzung fertigstellte, buchte er einen Flug nach Draco. »Ich muß noch einige Forschungen betreiben«, erklärte er.

Die erste Hälfte der Reise verbrachte er an Bord der *U.S.S. Henry Kissinger*. Danach stieg er in ein Drac-Schiff um – auf ›Far South‹, einer kleinen Kugel aus Schlamm und Felsen, die ihre Bedeutung nur den beiden Tatsachen zu verdanken hatte, daß sie von der Erde und Draco gleich weit entfernt lag und der Schauplatz der kürzlich abgeschlossenen Friedensverhandlungen gewesen war.

An Bord des Drac-Schiffs verließ Davidge nur selten seine Kabine. Aber da sich die Drac-Stewards weigerten, ihn zu bedienen, mußte er seine Mahlzeiten im Schiffsalon einnehmen, zusammen mit den übrigen Passagieren. Er saß allein an einem Tisch und lauschte den Kommentaren, die man in den anderen Nischen von sich gab. Meistens tat er so, als verstünde er die Drac-Sprache nicht.

»Müssen wir eigentlich im selben Raum wie dieser *Irkmann*-Abschaum essen?«

»Schaut ihn doch an! Diese Pickel auf der blassen Haut und dieses stinkende Strohdach auf seinem Kopf. Bäh! Was für ein Geruch!«

Davidge biß die Zähne zusammen und starrte auf seinen Teller.

»Daß das Universum eine so verdorbene Kreatur hervorbringen kann, spottet dem *Talman*.«

Das war zuviel.

Davidge stand auf und ging zu dem Tisch, wo die drei

Dracs saßen und sich vor Lachen ausschütteten. Er hob sein *Talman* hoch und sang höflich: »Verzeiht, aber ich kann nichts im *Talman* finden, was diese letzte Bemerkung rechtfertigt. Würden Sie mir bitte das betreffende Kapitel und den Vers zeigen?«

Die drei Dracs starrten ihn verblüfft an.

»Er kann sprechen«, keuchte der eine.

Der zweite Drac läutete nach dem Steward.

Der dritte schluckte hörbar und begann eine Entschuldigung zu stammeln. »Vergib meinen Gefährten... Wir wußten nicht, daß du zivilisiert bist.«

»Schon gut. Ich wußte auch nicht, daß ihr zivilisiert seid. Euren Worten war das jedenfalls nicht zu entnehmen.« Davidge verneigte sich höflich. »Du kannst deinen Gefährten von mir ausrichten, wenn die Ältesten ihres Dorfes die kranken Kinder ordnungsgemäß sterilisiert hätten, würden ihre Nachkommen sich jetzt nicht in der Öffentlichkeit lächerlich machen.«

Er kehrte zu seinem Tisch zurück, während zwei Dracs den dritten mühsam festhielten.

Vom nächsten Tag an servierten ihm die Stewards seine Mahlzeiten in der Kabine.

47

Jeriba Gothig

Eine hohe Steinmauer umgab den Jeriba-Landsitz.

Davidge betrachtete ihn aus der Ferne und fragte sich, wie man ihn empfangen würde.

Nach dem Draco-Gesetz mußte er sich, sobald er den Grund und Boden der Jeribas betrat, den Regeln des Jeriba-Clans unterwerfen. Sie hatten das Recht, sein Leben als Ausgleich für den Schaden zu verlangen, den er der Linie zugefügt hatte.

»Jesus Christus, Jerry...«, flüsterte er vor sich hin. »Nie wieder werde ich einer gottverdammten Eidechse irgendwas versprechen.« Langsam ging er auf das Tor zu.

Bei Davidges Anblick schnappte der Torhüter nach Luft. Er hatte nie zuvor einen *Irkmann* gesehen.

»Ich möchte Jeriba Zammis sehen«, sang Davidge ihm vor.

Der Wächter blinzelte erstaunt, dann zischte er: »Warte!« und verschwand in einer Nische hinter dem Haupteingang. Bald darauf kehrte er zurück, nahm seinen Platz wieder ein und starrte Davidge feindselig an.

Davidge seufzte und wartete.

Durch das Tor sah er das große Steinhaus, das Shigan ihm mehrmals beschrieben hatte. So riesig hatte er es sich nicht vorgestellt.

Nach wenigen Augenblicken kam ein anderer Drac aus dem Haus und eilte über den breiten Rasen zum Tor. Er nickte dem Wachtposten zu, dann wandte er sich zu Davidge und musterte ihn mißtrauisch.

Davidge starrte verwirrt zurück.

»Bist du der *Irkmann*, der Jeriba Zammis sehen will?«

»Ich heiße Willis Davidge.«

Der Drac sah ihn immer noch prüfend an. »Ich bin Estone Nev, ein Verwandter von Jeriba Shigan. Mein Erzeuger, Jeriba Gothig, will dich sprechen.« Abrupt wandte er sich ab und ging zum Haus zurück. Davidge folgte ihm, triumphierend und nervös zugleich.

Er wurde in einen großen Raum mit hohem Steingewölbe geführt. Jerry hatte einmal erklärt, dieses Haus wäre über viertausend Jahre alt. Das glaubte er jetzt. Man geleitete ihn zu einem niedrigen Podium. Ein großer Stuhl stand darauf, der nicht sonderlich bequem aussah. Ein Thron? Davidge sah sich rasch um. Der Raum sah ziemlich offiziell aus.

»Warte hier«, sagte Nev. Er verschwand hinter dem Stuhl und kam gleich darauf mit einem älteren Drac zurück, der mit langsamen, gemessenen Schritten auf das Podium zutrat.

Davidge verneigte sich höflich. »Jeriba Gothig, ich bin Willis Davidge.«

Nev bezog neben dem Thron Stellung, als wollte er warten, bis sein Erzeuger darauf Platz nahm. Gothig schaute ärgerlich auf den Stuhl, dann stieg er vom Podest und ging zu Davidge. Forschend wanderten die gelben Augen über sein Gesicht. »Wer bist du, *Irkmann!* Du fragst nach Jeriba Zammis? Was willst du hier?«

»Ich bin gekommen, um das Versprechen zu halten, das ich Jeriba Shigan gegeben habe«, sang Davidge.

»Jeriba Shigan ist tot – seit sechs Draco-Jahren. Er starb in der Schlacht bei Fyrine IV. Was führst du im Schilde, *Irkmann?*«

Davidge wandte sich von Gothig zu Nev. Beide Dracs beobachteten ihn mit dem gleichen Mißtrauen.

Er räusperte sich und sang leise: »Shigan ist nicht in dieser Schlacht gefallen. Wir sind beide auf Fyrine IV gestrandet und lebten dort ein ganzes Jahr. Shigan starb, als er Jeriba Zammis gebar. Ich zog Zammis auf, bis...«

»Genug! Genug davon, *Irkmann!*« schrie Gothig. »Was willst du? Bist du hier, um Geld zu verlangen? Willst du meinen Einfluß ausnutzen, um dir Handelskonzessionen zu verschaffen? Oder was sonst?«

»Ich will nichts von dir!« schrie Davidge zurück. »Ich möchte Zammis sehen!«

»*Hier gibt es keinen Jeriba Zammis!* Die Jeriba-Linie hat mit Shigans Tod ihr Ende gefunden!«

»Das ist nicht...« Davidge verstummte und wandte sich ab, um seine Fassung wiederzugewinnen, dann drehte er sich wieder zu Gothig um. »Edler Gothig, vergib mir meine Unverschämtheit. Ich weiß, es ziemt sich nicht, einen Gastgeber nach seinen Nachkommen zu fragen, aber mein Anliegen ist lebenswichtig. Willst du mir sagen, daß Jeriba Zammis dem Hohen Rat noch nicht vorgestellt wurde – oder daß kein Kind, das den Namen Jeriba Zammis tragen könnte, nach Draco zurückgekehrt ist? Oder willst du mir sagen, dieses Kind sei – vernichtet worden?«

Gothig starrte ihn wütend an, dann neigte er sich zu Nev, der ihm vom Podium herabgefolgt war, und zischte ihm etwas ins Ohr. Nev zischte grimmig zurück. Gothig richtete seinen Blick wieder auf Davidge. »Hier gibt es kein Kind. Hier *gab* es kein Kind. Der Jeriba-Clan ist am Ende. Und jetzt komm zur Sache, *Irkmann*. Was bezweckst du?«

»Der Jeriba-Clan ist nicht am Ende. Shigan starb, als er Zammis das Leben schenkte. Er vertraute mir das Kind an. Und er...« Davidge holte tief Atem. »*Er ernannte mich zum Bewahrer der Jeriba-Linie.*«

Sekundenlang fürchtete er, Gothig könnte einen Herzanfall erleiden. Entsetzen und Zorn hatten dem alten Drac die Sprache verschlagen. Er wandte sich zu Nev und hob eine kraftlose Hand. »Laß dieses – dieses *Ding* aus dem Haus bringen.«

Davidge zog rasch das *Talman* aus seinem Hemd hervor und hielt es hoch, so daß Gothig es erkennen konnte. »Jeriba Shigan hat mich gelehrt, im *Talman* zu lesen...«

Gothig nahm das Buch aus Davidges ausgestreckter Hand. Die Finger des alten Drac zitterten. Ehrfürchtig öffnete er das Buch und vergewisserte sich, daß es tatsächlich das *Talman* des Jeriba-Clans war. Dann sah er zu Davidge auf, immer noch mit kalten Augen. »Du hast mein

Haus beschmutzt, *Irkmann*. Ich werde es säubern lassen. Du hast meinen Namen und meine Linie beschmutzt, *Irkmann*. Auch das verzeihe ich. Aber nun hast du auch noch das *Talman* und die Worte *Shizumaats* besudelt – und das kann ich nicht vergeben.« Er wandte sich wieder zu Nev. »Laß diese Kreatur töten!«

Würdevoll begannen sie sich zu entfernen.

Davidge schluckte – jetzt gab es nur noch einen einzigen Ausweg. Er räusperte sich und begann zu singen.

»*Son ich stayu, kos va Shigan, chamy'a de Jeriba, yaziki nech lich isnam liba, drazyor, par nuzhda...*«

Gothig erstarrte mitten in der Bewegung.

Davidge sang weiter, und sie drehten sich verdutzt zu ihm um. Davidge sang, und Tränen stiegen in Gothigs Augen. Davidge stand in Jeribas Haus und sang die Liniengeschichte des Jeriba-Clans, die mit Jeriba Ty begann, sang alle hundertachtzig Verse und schloß voller Stolz und Trauer mit Jeriba Shigans Taten.

Als er fertig war, wartete er auf Gothigs Reaktion. Der alte Drac war schon nach den ersten Versen zu Boden gesunken und hatte dort gekniet, bis Davidge schwieg. Nun stand er auf und sah ihn an, verwirrt und verwundert. »Wenn du ein Betrüger bist, *Irkmann*, dann bist du der beste deiner Rasse. Und wenn du es nicht bist, wirst du ein Ehrengast in diesem Haus sein.«

Davidge verbeugte sich. »Jeriba Gothig, ich bin nur gekommen, um das Versprechen zu halten, das ich Jeriba Shigan gegeben habe – mit Zammis vor den Hohen Rat zu treten und die Geschichte seiner Linie zu erzählen. Also – wo ist Zammis?«

48

Die Suche

Gothig wies Davidge ein Quartier auf dem Jeriba-Landsitz zu – nicht im Hauptgebäude, sondern in einem Gästehaus, das etwas abseits lag. Davidge nahm an, daß diese Maßnahme aus Schicklichkeitsgründen getroffen wurde. Es gehörte sich einfach nicht, daß ein *Irkmann* mit der Familie unter einem Dach wohnte.

Das störte ihn keineswegs. Er war froh, daß er nicht in die Stadt zurückkehren mußte, wo man ihn unablässig mit Beleidigungen und haßerfüllten Blicken bombardiert hatte. Es war ein nervenzermürbendes Spießrutenlaufen gewesen.

Seine wichtigste Aufgabe war es jetzt, Zammis zu finden.

Die erste der vielen Erfahrungen, die Davidge auf Draco sammelte, bestand in der Erkenntnis, daß sich die Dracs in ihrem eigenen Tempo bewegten. Und jeder Versuch, sie zur Eile zu drängen, bewirkte unweigerlich das Gegenteil.

Er lernte sehr schnell, den Mund zu halten und die erforderlichen Nachforschungen Gothig zu überlassen. Wie Davidge bald herausfand, übte Gothig jene Art von Einfluß aus, den auf der Erde nur Präsidenten und Filmstars geltend machen konnten.

Nachdem Gothig ein paar Tage lang Erkundigungen eingezogen hatte, erklärte er, daß er Davidge und Nev zum Kammerzentrum in Sendievu, der Hauptstadt von Draco schicken würde. Dort sollten sie sich mit einem Repräsentanten der Vereinigten Inspektionskommission treffen, einem Drac namens Jozzdn Vrule.

Jozzdn Vrule war eine dürre Eidechse mit eingefallenen Wangen. Er studierte das Empfehlungsschreiben, das

Gothig seinem Gast mitgegeben hatte und runzelte verwirrt die Stirn. »Woher hast du das, *Irkmann?*«

»Die Unterschrift steht drauf«, erwiderte Davidge.

Der Drac schaute wieder auf das Papier. »Du behauptest, Jeriba Gothig hätte dir diesen Brief gegeben?«

»Habe ich das nicht gesagt? Ich dachte, ich hätte es gesagt. Zumindest spürte ich, wie sich meine Lippen bewegten, als ich es sagte.« Davidges Sarkasmus blieb unbemerkt.

Nev mischte sich hastig ein. »Die Information in diesem Schreiben ist korrekt. Wir wollen wissen, was aus dem Kind wurde, das den Namen Jeriba Zammis tragen soll.«

Jozzdn Vrule zog seine Stirn erneut in Falten. »Estone Nev, du bist der Begründer einer neuen Linie, nicht wahr?«

»Das bin ich.«

»Willst du gleich zu Anfang Schande über deine Linie bringen? Warum sehe ich dich an der Seite dieses *Irkmanns?*«

Nevs Augen verengten sich. »Jozzdn Vrule, wenn du in Erwägung ziehst, demnächst als freier Drac über diesen Planeten zu wandern, würde es dir zum Vorteil gereichen, den Mund zu halten und das Kind aufzuspüren.«

Jozzdn Vrule blickte nach unten und betrachtete seine Finger, dann erwiderte er Nevs Blick. »Großartig, Estone Nev. Du drohst mir – für den Fall, daß ich die Wahrheit nicht ans Licht bringe. Aber ich glaube, die Wahrheit wird dir als eine noch viel schlimmere Bedrohung erscheinen.«

»Niemand braucht die Wahrheit zu fürchten, Jozzdn Vrule«, entgegnete Nev. »Nur jene, die der Lüge frönen.«

Der andere Drac straffte die Schultern und schrieb etwas auf ein Blatt Papier. »Wir werden sehen. Dreiundzwanzig Kinder sind von Fyrine IV hierhergekommen. Sieben wurden bereits von ihren Familien beansprucht.

Zwei mußten vernichtet werden. Zwei weitere starben an den Folgen der Behandlung, die ihnen von seiten der *Irkmenn* zuteil geworden war.«

»Und die anderen zwölf?«

»Die wurden nicht beansprucht – oder sind nicht zu beanspruchen.« Vrules Miene war ungewöhnlich mürrisch – sogar für einen Drac. »Du wirst die Kinder unter dieser Adresse finden – und den Tag verfluchen, wo ich dir diesen Zettel gegeben habe.«

Nev blickte ausdruckslos auf das Papier. Sorgsam faltete er es zusammen und steckte es in eine Tasche. »Der Jeriba-Clan und der Estone-Clan danken dir für deine Dienste, Jozzdn Vrule. Und die Geisteshaltung, in der du uns deine Hilfe angeboten hast, wird unvergessen bleiben.«

Jozzdn Vrule zuckte zusammen. Doch man mußte ihm zugute halten, daß er sich trotz allem verbeugte und seine Besucher höflich hinausbegleitete.

Auf der Straße wandte sich Davidge zu Nev. »Was steht auf dem Zettel?«

»Etwas Grauenvolles.«

»Willst du deinen Kummer mit mir teilen?«

Nev fixierte Davidge mit harten gelben Augen. »*Irkmann*, an dem Tag, wo du in das Leben meines Erzeugers und in mein eigenes getreten bist, hast du uns in Zorn und Angst gestürzt. Heute hast du uns großen Kummer beschert. Morgen werden wir diese Angelegenheit verfolgen und in tiefste Verzweiflung geraten. Willst du das alles mit uns teilen?«

»Estone Nev – manchmal sprichst du wie Jeriba Shigan und siehst ihm so ähnlich, und dann vergesse ich beinahe, daß du nicht Shigan bist... Eins mußt du wissen, Shigan hat mir seine Freundschaft freiwillig angeboten, und ich versprach ihm dafür, mit Zammis vor den Hohen Rat zu treten. Wieviel Grauen, wieviel Leid und Verzweiflung auch immer damit verbunden sind – ich habe das gleiche Recht darauf wie du.«

»*Irkmann*, du bist häßlich«, sagte Nev zu Davidges Überraschung, »aber ehrenwert – viel ehrenwerter, als ich es von einem *Irkmann* erwartet hätte. Wenn mein Verwandter dich seiner Freundschaft für würdig hielt, so will ich ihm nicht nachstehen. Wie ist es Brauch bei den *Irkmann*? Sollen wir uns die Hände reichen?«

Davidge war gerührt über dieses Angebot. Hastig wischte er sich über die Augen und streckte die Hand aus. »*Ae!*«

Und so schüttelte Estone Nev mitten auf einer Straße in der Hauptstadt von Draco die Hand des häßlichen *Irkmanns*.

49

Das Asyl

Gothig las die Adresse auf dem Zettel und hielt den Atem an. »Ein Haus der Verzweiflung.«

»Tut mir leid«, sagte Davidge, »ich verstehe nicht.«

Gothig lächelte wehmütig. »Ah, so gut dich Shigan auch unterrichtet hat – ich sehe, daß mein Kind trotzdem Lücken in deinem Wissen hinterlassen hat, die andere stopfen müssen. *Irkmann*, der Kummer ist das unvermeidlichste aller Gefühle, nicht wahr?«

»Diese Erfahrung habe ich bereits gemacht«, gestand Davidge.

»Und deshalb ist der Kummer ein natürlicher Teil des Lebens. Er ist weder gut noch schlecht. Weißt du das auch?«

»Ja.«

»Nun, dann mußt du auch wissen, daß der Kummer ein begrenztes Gefühl ist. Er reinigt unser Inneres, er heilt uns und dann entschwindet er. Siehst du das auch so?«

Davidge nickte.

»Aber die Verzweiflung...« Gothig hob einen Finger. »Die Verzweiflung ist unbegrenzt. Sie ist ein Kummer ohne Reinigung, ohne Genesung, ein Lied, das niemals endet – das niemals enden kann.«

»Ja, ich *gavey*«, erwiderte Davidge.

»Wirklich?« fragte Gothig streng. »Du verstehst, was das ist – ein Haus der Verzweiflung?«

Davidge überdachte die Folgerungen, die sich aus diesem Begriff ergaben. »Es ist kein Ort der Genesung...?«

»Nein.«

»Dann ist es – ein Ort, wo jene festgehalten werden, die man nicht heilen kann. Stimmt das?«

Gothig neigte traurig den Kopf.

Nun meldete sich Nev zu Wort. »Es ist noch schlimmer als das, *Irkmann*. Wenn ein Kind nicht geheilt werden kann, veranlaßt seine Familie, daß es vernichtet wird. Die Kinder im Haus der Verzweiflung werden entweder nicht beansprucht – oder man kann sie nicht beanspruchen. Und weil sie nicht beansprucht werden, hat niemand das Recht, sie zu vernichten. Ihre Verzweiflung währt für immer.«

Davidge setzte sich, weil ihn seine Beine nicht mehr trugen, und widerstand mühsam der Versuchung, die Hände vors Gesicht zu schlagen. Nun befiel das Gefühl der Verzweiflung auch seine Seele. »Nur eine Frage, Nev – gibt es Kinder, die aus dem Haus der Verzweiflung zurückgekehrt sind?«

Nev antwortete nicht.

»Wir sind kein grausames Volk, *Irkmann*«, sagte Gothig.

»Niemand wird ins Haus der Verzweiflung geschickt, wenn die Möglichkeit einer Heilung besteht. Aber ich habe nie gehört, daß irgend jemand von dort zurückgekommen wäre.«

Davidge schaute die beiden Dracs an. »Und – was sagt ihr dazu?«

»Wir können bestenfalls hoffen, das Leid des Kindes zu beenden, Will Davidge.«

Davidge hörte die Worte, aber er akzeptierte ihre Bedeutung nicht. Er stand wieder auf. »Bitte. Jeriba Gothig, halte mich nicht für unhöflich – aber ich werde das nicht als einzige Lösung hinnehmen. Wenn ihr keine Hoffnung habt – ich bin um so zuversichtlicher. Ich werde das Kind beanspruchen und Jeriba Zammis wird genesen.«

»Du bist deiner Sache sehr sicher, *Irkmann*.«

»Warum auch nicht? Heute ist Mittwoch.«

50

Jeriba Zammis

Das Haus der Verzweiflung lag außerhalb der Stadt und war in einer halben Tagesreise zu erreichen.

Als die beiden Dracs und der Erdenmann an ihrem Ziel ankamen, standen sie vor verschlossenen Toren. Gothig meldete sich beim Pförtner an und wartete.

Bald darauf kam der Anstaltsleiter heraus, um sie zu begrüßen – ein Drac, der gehetzt und unglücklich aussah. »Jeriba Gothig, Estone Nev...« Er verbeugte sich tief und respektvoll. »Ich rate euch, wieder umzukehren und nach Hause zu fahren. Was ihr hier sehen würdet, könnte euch für immer verfolgen.«

»Wenn ich das Haus nicht betrete, wird mich der Gedanke an das, was ich *nicht* gesehen habe, für immer verfolgen«, erwiderte Gothig. »Öffne das Tor!«

»Nun, auf eure eigene Verantwortung... Kommt herein.«

Drinnen herrschte ein wildes Chaos.

Die Hölle...

Das Haus der Verzweiflung war eine Kolonie der Schwachsinnigen und Kranken, der Zerstörten und Wahnsinnigen. Die meisten Dracs, die hier lebten, befanden sich in vorgeschrittenem Alter. Sie saßen still da, starrten mit leeren Augen ins Nichts, oder sie saßen da und geiferten vor sich hin, oder sie wanderten durch die Korridore und faselten sinnlose Worte. Andere kreischten, schrien oder stöhnten hinter verriegelten Türen. Manche tobten und warfen sich gegen die Zellentüren. Andere mußten gefesselt werden, damit sie sich nicht selber bissen oder kratzten. Einige saßen still da und beschmutzten sich. Ein paar Verrückte frönten geheimnisvollen Ritualen, die aus seltsamen Gesten und Gesängen bestanden. Und es gab auch welche, die sich überhaupt nicht bewegten.

Davidge war zutiefst erschüttert.

Er wandte sich an den Leiter des Asyls. »Wie kannst du so etwas zulassen?«

«*Irkmann*, sprich nicht mit mir. Wo die *Irkmenn* ihr Unwesen treiben, regieren Krankheit, Verzweiflung und Tod – so sicher, wie die Nacht auf den Tag folgt und das Schwein dem *Kiz*. Dies hier ist *dein* Werk, *Irkmann!*«

Nev packte den Leiter und drehte ihn zu sich herum.

Warnend hob Gothig eine Hand und donnerte: »Wag es nicht noch einmal, einen Gast der Jeriba-Linie unhöflich zu behandeln! Und jetzt bring uns zu dem Kind!«

Der Leiter zuckte nicht mit der Wimper. »Gut, gut...

Wir haben versucht, den Ruf der Jeribas zu schützen – wir haben unser Bestes getan.«

»Der Ruf des Jeriba-Clans ist nicht deine Sache«, entgegnete Gothig kühl.

»Verzeihung, Hoheit«, sagte der Leiter, »aber nach unserer Erfahrung wollen die meisten Familien nicht einmal die Schande auf sich nehmen, ein Kind zu beanspruchen, um es vernichten zu lassen.« Der Drac verneigte sich entschuldigend. »Wir haben das so verstanden...«

»Wie ihr es verstanden habt, interessiert uns nicht. Führ uns jetzt zu dem Kind – oder du wirst den Zorn des Jeriba-Clans kennenlernen!«

»*Aae!* Wenn ich das tue, werde ich meine Stellung verlieren – aber die verlier ich gern, wenn ich dich entehrt sehe, du aufgeblasener *Kizlode!* Du willst also die Kreatur sehen, die sich Jeriba Zammis nennt? Dann schau sie dir an und weine!«

Der Leiter führte die Besucher auf eine friedliche blaue Wiese hinter einem Baum in dunklerem Blau, und zu einer Bank, auf der Jeriba Zammis saß und stumm zu Boden starrte. Seine Augen blinzelten nicht, seine Hände regten sich nicht.

Gothig runzelte die Stirn. Nev zögerte. Aber Davidge lief aufgeregt zu dem Kind. »Zammis...?«

Der Drac reagierte nicht.

»Zammis! Kennst du mich nicht?«

Das Kind war viel größer als beim letztenmal, wo Davidge es gesehen hatte – fast so groß wie ein Teenager. Langsam holte es seine Gedanken von einem Ort zurück, der Millionen Meilen entfernt lag, und richtete die gelben Augen auf den *Irkmann*. Es blinzelte zweimal, ohne ihn zu erkennen. »Wer bist du?«

Davidge schluckte mühsam und kauerte sich vor dem jungen Drac ins Gras. Er legte ihm die Hände auf die Arme und schüttelte ihn sanft. »He, kleines Monstrum – ich bin's. Erinnerst du dich an deinen Onkel Willy? Erinnerst du dich?«

Der Drac rutschte unruhig auf der Bank umher, schaute hierhin und dahin, nur nicht auf den *Irkmann*. »Nein, ich kenne dich nicht...« Er hob einen Arm und winkte einem Wärter zu. »Ich will in mein Zimmer gehen. Bitte, laßt mich in mein Zimmer gehen!«

Da umklammerte Davidge seine Handgelenke. »Zammis! Sieh mich an!«

»Nein! Nein! Bitte...!«

Der Wärter kam angerannt und legte eine große gelbe Hand auf Davidges Schulter. »Laß ihn los, *Irkmann!*«

»Zammis!« Vergeblich drehte sich Davidge zu Gothig und Nev um. »Bitte! Sprecht doch mit ihm!«

Der Wärter zog eine Keule aus seiner Tasche und schlug sich damit bedeutsam auf die Handfläche. »Laß ihn los, *Irkmann!*«

Gothig wandte sich an den Anstaltsleiter. »Erklär uns das!«

»Wie ich bereits sagte – wir haben versucht, den Namen Jeriba zu schützen. Als dieses – dieses herrenlose Kind zu uns kam, behauptete es die Menschen zu *lieben*. Zu *lieben*, ich bitte dich! Es sprach Menschenworte – es zog die Menschensprache vor! Es erklärte sogar, es wollte ein Mensch sein und kein Drac! Wir haben hier schon viele perverse Dinge gesehen – aber das da...« Der Leiter erschauerte. »Mein Gehirn sträubt sich geradezu, so etwas zu glauben. Die Unterkammer wollte sich vor diesem Skandal schützen. Möchtest du, daß ganz Draco davon erfährt? Daß die Jeriba-Linie eine Kreatur hervorgebracht hat, die sich nach der Menschheit sehnt?«

Da ließ Davidge das Kind los, stand auf und blickte drohend auf den Leiter hinab. »Was hast du mit Zammis gemacht, du gottverdammte Eidechse? Welche Methode hast du angewandt? Eine Schocktherapie? Drogen? Eine Gehirnoperation? Was?«

»Glaubst du, er könnte als *Irkmann* viel glücklicher werden – als Menschenfreund?« spottete der Leiter. »Wir ermöglichen es diesem Geschöpf, in der Drac-Gesellschaft zu funktionieren. Hältst du das für falsch?«

Davidge wandte sich wieder zu Zammis. Das Kind versuchte das Gespräch zu verstehen, war aber sichtlich verwirrt.

Auch Davidge geriet in Verwirrung. Er erinnerte sich an seine eigene Behandlung, die er von Menschen erfahren hatte, an die Reaktionen anderer Patienten auf dem Lazarettschiff, an die Gerüchte, die an Bord kursierten – auch an seine schnelle, diskrete Entlassung aus dem Militärdienst. Sogar an die seltsamen Blicke, die ihm seine Eltern zugeworfen hatten, im Glauben, er würde gerade nicht hinschauen.

Die Frage war offensichtlich. Durfte er von Zammis verlangen, in seiner eigenen Zivilisation als Außenseiter dahinzuvegetieren?

Hätte er überhaupt hierherkommen sollen?

»Ich weiß es nicht«, sagte er. »Es ist nicht meine Sache, das zu beurteilen.«

Der Anstaltsleiter richtete seinen Blick wieder auf den alten Drac. »Du verstehst das doch, Jeriba Gothig, nicht wahr? Diese Schande wollten wir der Jeriba-Linie ersparen. Wir wollten ihn hierbehalten, wo er nicht beansprucht werden kann, und versuchen, ihn von seiner Krankheit zu heilen. Falls uns das gelingt, wird die Jeriba-Linie vielleicht weiterbestehen. War es so anmaßend von uns, deinen Clan vor einem Skandal zu bewahren? War es falsch?«

Gothig wandte sich ab und schüttelte den Kopf. Nev trat zu seinem Erzeuger, um ihn zu trösten.

Verzweifelt, fast von Sinnen, ging Davidge wieder vor Zammi in die Hocke. Er griff nach der Hand des Kindes, schlang die Finger in die seinen.

Zammis schaute ihn an, Furcht flackerte in seinen Augen, dann senkte er schnell wieder den Blick. Mit seiner freien Hand begann er Davidges Finger sanft von den seinen zu lösen. »Eins – zwei – drei...«

Davidge wollte schon alle Hoffnung aufgeben, als Zammis abrupt fortfuhr: »...vier... fünf!«

»Zammis!« Davidges Herz krampfte sich zusammen.

Gothig und Nev drehten sich zu ihm um und starrten ihn an. Der Anstandsleiter hielt vor Schreck den Atem an, der Wärter zischte.

Zammis blinzelte und sah auf. »Onkel...?« Behutsam legte er eine Klauenhand über Davidges Wange. »Onkel? Warum sind deine Augen so naß?«

51

Eine Entscheidung

Estone Nev übernahm es, Zammis' Entlassung aus dem Haus der Verzweiflung zu erwirken, damit das Kind der Obhut des Jeriba-Clans übergeben werden konnte. Zunächst weigerte sich der Anstaltsleiter, das erforderliche Formular zu unterzeichnen. »Hoffentlich spricht es sich nicht herum, daß ich dieses Schandmal freigelassen habe.«

»Hüte deine Zunge, wenn du vom Erben der Jeriba-Linie sprichst!« warnte Nev und schob ihm das Entlassungspapier hin. »Unterschreib jetzt – oder du kannst von Glück reden, wenn du eine Stellung als *Kiz*-Schaufler kriegst!«

Mißmutig kritzelte der Leiter seinen Namen auf das Blatt und gab es Nev zurück. »Offenbar handelt es sich bei dieser speziellen Perversion um eine genetische Schwäche der Jeriba-Linie. Wir hätten das Kind vernichten sollen.«

Estone Nev studierte das Formular aufmerksam. »Ich danke dir für deine Unterschrift. Und du solltest dankbar sein, daß du es nicht wert bist, getötet zu werden – sonst würde dein Blut bereits über diesen Boden fließen.« Rasch verließ er den Raum, als wollte er einem unerträglichen Gestank entfliehen.

Zammis saß schon auf dem Rücksitz des Wagens, zwischen Gothig und Davidge. Verwirrt schaute der kleine Drac zwischen seinem Großerzeuger und dem *Irkmann* hin und her. »Ich darf die *Irkmenn* nicht mehr lieben. Nicht wahr? War das falsch? Warum haben sie mir gesagt, daß ich niemanden lieben darf? Kann ich die Leute jetzt wieder lieben? Bist du wirklich mein Großerzeuger? Onkel? Onkel Willy? Tut mir leid, daß ich weggelaufen bin. Bitte, verzeih mir. Hast du mich deshalb bei den anderen *Irkmenn* gelassen? Sie haben mir weh getan, Onkel. Bitte, sei mir wieder gut. Du wirst mich doch nicht zu den bösen *Irkmenn* zurückschicken? Großerzeuger, bitte erlaub Onkel Willy nicht, daß er mich zu den bösen *Irkmenn* zurückschickt. Onkel Willy – bitte, tu mir nicht weh.«

»Zammis...«, begann Davidge, aber Gothig brachte ihn mit einem kurzen Blick zum Schweigen.

»*Irkmann*, du hast Kummer und Schande über die Jeriba-Linie gebracht. Willst du uns in noch größere stürzen? Ist dies das Individuum, das du dem Hohen Rat vorstellen willst?«

Es dauerte eine ganze Weile, bis Davidge antwortete. »Ich habe Jeriban Shigan ein Versprechen gegeben. Wenn Zammis Schaden zugefügt wurde, dann von seiten der Dracs, nicht von mir.«

»Einen Teil des Schadens haben die *Irkmenn* angerichtet. Diese Sklaventreiber!«

»Das stimmt, und ich bedaure es zutiefst. Also sind unsere beiden Rassen schuldig. Die Schuld ist groß genug, so daß für uns alle etwas abfällt. Wir können uns entweder darin wälzen – oder versuchen, den Schaden wiedergutzumachen. Wofür entscheidest du dich, Jeriba Gothig?«

Nun war es an Gothig, in düsteres Schweigen zu verfallen. Nach langer Zeit entgegnete er: »Als du in mein Haus kamst, hast du mich wütend gemacht. Dann hast du Hoffnung in mir geweckt. Dann Verzweiflung. Dann neue Hoffnung. Jetzt kann ich nur mehr leiden, und du willst mich immer noch in Hoffnungen wiegen. Kein Wunder, daß deine Rasse so böse ist! Du läßt nicht locker, solange du noch Mittel und Wege kennst, um das Leid zu erschweren.«

»Wenn du dem Kind nicht hilfst, will ich es tun. Schick uns nach Fyrine zurück.«

Gothig starrte den Erdenmann an. »Ich werde mir niemals nachsagen lassen, daß ein *Irkmann* etwas tat, wozu Jeriba Gothig nicht bereit war. Wir helfen dem Kind *gemeinsam.*«

Da legte Davidge seine Hand auf Zammis' Schulter. »Hör mir zu, mein Kleiner. Niemand wird dir weh tun. Nie wieder. Das verspreche ich dir. Ich schwöre es dir beim Grab deines Erzeugers. Schau mich an, Zammis... Glaubst du mir?«

Zammis wandte sich zu Davidge, blickte forschend in das Gesicht des *Irkmanns.* Hoffnung lag in seinen Augen, aber auch Angst.

»Ich bin zu dir zurückgekommen, Zammis«, fuhr Davidge fort. »Es hat lange gedauert, aber ich habe dich nicht vergessen. Und jetzt wo ich hier bin, wird dir niemand mehr weh tun.«

Jetzt schwand die Angst in Zammis' Blick. Endlich wagte er an sein Glück zu glauben. Der kleine Drac umarmte seinen Onkel Willy, so fest er konnte. »Onkel! Onkel! Onkel Willy!«

Auf der anderen Seite des Wagens saß Jeriba Gothig, schaute verärgert und unsicher drein – und in seinen Augen lag ein schwacher Hoffnungsschimmer.

52

Der Hohe Rat

Elf Monate später traf Jeriba Gothig eine Entscheidung. Es war eine schwere und schmerzliche – aber auch erfreuliche Entscheidung.

»Ich habe beschlossen«, verkündete Jeriba Gothig, »den Namen Jeriba Zammis dem Hohen Rat vorzustellen.« Das war der erfreuliche Teil.

Der schwere, schmerzliche Aspekt kam erst zum Vorschein, als der Hohe Rat das Gesuch entgegennahm.

Die Ratsmitglieder ließen das Dokument von Hand zu Hand gehen und blinzelten verwirrt, während sie es lasen.

Das war regelwidrig – in der Tat. Der Bewahrer der Linie war mit dem betreffenden Clan nicht verwandt – und dem Rat völlig fremd.

Schließlich ergriff Ivvn Lar, eines der jüngeren Ratsmitglieder, das Wort. Statt die traditionelle Antwort zu geben, die Gothig erwartet hatte, blickte ihn der Ratsherr neugierig an und fragte: »Wer ist der Bewahrer, dieser Davidge vom Clan Willis? Wir kennen ihn nicht.«

»Willis vom Clan Davidge«, korrigierte Gothig, »ist der

rechtmäßig bestellte Bewahrer der Jeriba-Linie. Die Davidge-Linie ist sehr kurz. Das mag der Grund sein, warum ihr sie noch nicht kennt.«

»Ja, das steht alles in deinem Gesuch. Aber wer *ist* dieser Willis vom Clan Davidge? Die Person soll vortreten.«

Gothig verbeugte sich tief. »Ich bedaure, Ihnen mitteilen zu müssen, daß Willis vom Clan Davidge der Eintritt in diese Halle verwehrt wurde.«

»Warum?« fragte Zanz Kandanz, der älteste Ratsherr, mit gerunzelter Stirn. »Keinem rechtmäßigen Bewahrer war es jemals verboten, unsere Halle zu betreten.«

Die Ratsmitglieder schauten sich erschrocken an. Wenn Gothig die Wahrheit sagte, hatte man in ungeheuerlicher Weise gegen die Etikette verstoßen. Und falls es Jeriba Gothig verlangte, wäre eine ungeheuerliche Entschuldigung angebracht. Vielleicht ein ehrloser Selbstmord...

»Wo ist dieser Bewahrer jetzt?«

Gothig zögerte. Dies war ein delikater Augenblick. »Der Bewahrer wartet draußen mit dem Kandidaten.«

Kandanz fragte ebenso zaudernd: »Ist der Bewahrer immer noch bereit, vor dem Hohen Rat zu erscheinen?« Wenn Gothig für diese Beleidigung eine Entschuldigung forderte, würde der Rat für alle Zeiten mit einem Makel behaftet sein.

»Meine Herren«, erwiderte Gothig, »der Bewahrer wünscht nichts weiter als die Liniengeschichte vorzutragen und von seiner Verantwortung befreit zu werden. Und er ist bereit zu erscheinen, wenn man sein Recht, vor diesen Rat zu treten, nicht von neuem anfechten wird.«

Die Ratsherren rutschten auf ihren Stühlen umher – die typische Bewegung einer Eidechse, die mit knapper Not einer bösen Gefahr entronnen ist. Nur Zanz Kandanz entspannte sich nicht. »Du benutzt das Wort ›anfechten‹, Jeriba Gothig. Gibt es einen Grund, warum man den Bewahrer anfechten müßte?«

»Meines Erachtens nicht«, entgegnete Gothig. »Aber einige werden vielleicht finden, daß er ein unrechtmäßiger Bewahrer ist.«

»Und warum?«

»Willis vom Clan Davidge ist ein *Irkmann*.«

Die Mitglieder des Hohen Rats krümmten sich in ungläubigem Entsetzen. Ivvn Lar stand entrüstet auf. »*Gaak!* Jeriba Gothig – wenn dies ein Scherz ist, dann ist es ein äußerst geschmackloser. Und wenn es kein Scherz ist – dann wird nicht einmal ein ehrloser Selbstmord den Adel deines Clans retten!« In heiligem Zorn starrte der Ratsherr auf Gothig hinab.

Zanz Kandanz klopfte mit einem kleinen Fächer aus polierten Gerten auf den Tisch. Ivvn Lar schluckte verlegen und setzte sich. Der Rat gewann seine Fassung wieder, musterte Gothig angewidert und wartete auf den Rest seines unerquicklichen Ansuchens.

Unerschrocken begegnete Gothig den kühlen Blicken. »Ich wiederhole meine Bitte, meine Herren. Ich ersuche den Hohen Rat, den rechtmäßigen Bewahrer meiner Linie vorzulassen und ihm zuzuhören, wenn er die Liniengeschichte erzählt.« Er verneigte sich tief und fuhr fort, die traditionellen Worte zu sprechen, deren Bedeutung er absichtlich betonte. »Sollte es einen Grund geben, warum dies nicht geschehen kann, so sprecht.«

Die Ratsherren saßen in der Falle.

Die Ablehnung des Gesuchs könnte einen ebenso großen Skandal heraufbeschwören wie die Bewilligung. Solche Gesuche wies man *niemals* zurück. Erbitterte Kämpfe waren für das Recht der Linie ausgefochten worden. Falls jetzt – im neuen Zeitalter der Erleuchtung – ein Hoher Rat den Fortbestand einer Linie zu verhindern suchte, wäre der Gerechtigkeit erst Genüge getan, wenn entweder der Rat oder der betreffende Clan ehrlosen Selbstmord beging. Und nicht einmal dann...

Das Schlimmste an dieser ungeheuerlichen Situation war die unleugbare *Rechtmäßigkeit* von Jeriba Gothigs Gesuch. Der *Irkmann* erfüllte alle Bedingungen, die sich an das Amt des Bewahrers knüpften. Er hatte die Verantwortung für das *Talman*, die Linie und das Kind übernommen. Alle nötigen Voraussetzungen waren erfüllt.

Die Situation war – um es milde auszudrücken – beispiellos.

Und deshalb saßen die Ratsherren in der Falle. Sie konnten dem *Irkmann* erlauben, die Liniengeschichte vorzutragen – und die Drac-Kultur zu entehren, und in diesem Fall wäre ihnen nicht einmal ein ehrloser Selbstmord gestattet. Und wenn sie das Gesuch ablehnten, würden sie ihre eigenen Linien ebenso entehren wie den Jeriba-Clan. Doch dann wäre ihr Selbstmord wenigstens legal.

Shizumaat!

Nirgends stand geschrieben, daß der Fürsprecher eines Kindes aus Draco stammen mußte.

Es gab nur eine einzige Hoffnung – vielleicht konnte man Jeriba Gothig veranlassen, sein Gesuch zurückzuziehen.

Oder wenigstens nicht zu protestieren, wenn man es erst einmal beiseite legte...

Eine solche Beleidigung würde natürlich das Ende der Jeriba-Linie bedeuten – aber auch das Ende dieses Dilemmas. Wenn das Gesuch zurückgezogen wurde, wäre es so, als wäre es niemals eingereicht worden, und die Ratsmitglieder konnten einen ehrenwerten Selbstmord beantragen, um die Kränkung zu tilgen, die sie erlitten hatten.

Ein ordnungsgemäßes Studium von Gesuchen und die

schickliche Durchführung eines ehrenwerten Selbstmordes konnte dreißig bis vierzig Jahre in Anspruch nehmen. Und man durfte keine andere Todesart beantragen – von Unfällen natürlich abgesehen –, während das ursprüngliche Gesuch immer noch erwogen wurde.

Hm.

Vielleicht ließ sich das Problem doch noch auf akzeptable Weise lösen.

53

Die Botschafterin

Am nächsten Morgen fuhr der Botschaftswagen vor, um Willy Davidge abzuholen.

Zwei Männer in schwarzen Anzügen erschienen, um eine formelle Einladung für Willy Davidge zu überbringen, der von der offiziellen Repräsentantin der Vereinigten Staaten der Erde auf Draco empfangen werden sollte. Davidge erwartete die Herren vor dem Gothig-Haus, flankiert von Gothig und Nev. Die beiden *Irkmenn* waren wie Ringkämpfer gebaut. Und sie beharrten unnachgiebig auf seinem Besuch im Botschaftsgebäude. Sie erklärten sogar, eine Weigerung wäre ihm nicht gestattet. Davidge nickte.

Er bezweifelte, daß er einen handgreiflichen Streit für sich entscheiden könnte.

Und so knurrte er: »Stehe ich unter Arrest?«

»Die Regierung der Vereinigten Staaten darf auf Draco keine Polizeigewalt ausüben«, erklärte der kleinere der beiden Männer. Er war nur um einen Zentimeter kleiner als der andere. »Aber als Bürger der Vereinigten Staaten genießen Sie den Schutz der hiesigen Botschaft von den Vereinigten Staaten – und Sie werden angewiesen, die Konferenz zu besuchen – *zu Ihrer Sicherheit.*«

Davidge nickte. »Okay, ich kann genausogut wie sonst jemand zwischen den Zeilen lesen.« Er schaute von einem zum anderen. »Aber ich verlange, daß ein legaler Zeuge mit mir kommt.«

Zum erstenmal schauten die zwei Herren leicht verwirrt drein. Sie wechselten einen raschen Blick. Selbstverständlich, das ist Ihr gutes Recht...«, sagte der eine.

Der zweite fügte hinzu: »Unseren Informationen zufolge sind Sie allein hierhergekommen. Wer ist ihr Zeuge?«

Davidge grinste und zeigte auf einen seiner beiden Begleiter.«

»Ein Drac?!! Seien Sie nicht albern!«

»Es gibt kein Gesetz das besagen würde, ein legaler Zeuge müßte von menschlicher Abstammung sein. Entweder kommt Estone Nev mit – oder ich bleibe hier.«

Nev flüsterte Davidge irritiert zu: »Was geht hier vor, *Irkmann?*«

»Sie versuchen mich zu entführen. Wenn du mich begleitest, werden sie das nicht wagen. Sie müssen mich später wieder freilassen. Wenn sie mich festhalten, steht niemand zur Verfügung, der vor dem Hohen Rat die Liniengeschichte erzählen könnte. Ich glaube, euer Hoher Rat regt sich meinetwegen ziemlich auf. Und die Erdenregierung will das Problem auf diese Weise aus der Welt schaffen.«

Nev wandte sich zu Gothig und erklärte ihm die Situation. Gothig verstand, worum es ging, und nickte langsam. »Aber du bist nicht dazu verpflichtet, dem Jeriba-Clan einen solchen Dienst zu erweisen, Nev.«

»Ich tue es, weil ich meinem Erzeuger treu ergeben

bin«, antwortete Nev, »und meinem Verwandten ebenso. Wenn ein *Irkmann* so ehrenwert handeln kann, will ich ihm nicht nachstehen.«

Gothig war sichtlich erfreut. Und Davidge auch. Hätte er noch breiter gegrinst, wäre sein Gesicht in zwei Hälften zerfallen. »Estone Nev, eines Tages werde ich dir von Mickey Mouse erzählen. Gehen wir...«

Sie wurden direkt zur Botschaft der Vereinigten Staaten gebracht. Der Wagen hielt vor einem Seiteneingang des Gebäudes. Man führte Davidge und Nev ohne Umschweife in einen kleinen Privatsalon.

Sie wechselten nervöse Blicke. Nev begann zu sprechen, wurde aber von Davidge unterbrochen. »Nicht!« warnte er. »Ich wette, in diesem Zimmer sind...« Verwirrt kratzte er sich am Kopf. Wie sollte man in der Drac-Sprache erklären, was *Wanzen* waren? »...Abhörgeräte«, vollendet er seufzend seinen Satz. »Wahrscheinlich werden wir belauscht.«

»Oh«, sagte Nev. Dann fragte er: »Wer ist dieser Mickey Mouse, den du vorhin erwähnt hast?«

»Das erzähle ich dir später...«

In diesem Augenblick kam die Botschafterin mit gerunzelter Stirn herein, gefolgt von einem Sekretär, der eine eisige Miene zur Schau trug.

Sie war eine kleine, zierliche Frau, aber ihr Gesicht verriet einen ganz gewaltigen Zorn. Offensichtlich befand sie sich nicht in der richtigen Stimmung für dieses spezielle Problem. Ihr Sekretär gehörte zur Zunft der großen, kräftigen Männer in den schwarzen Anzügen.

»Willis Davidge?« Sie schüttelte ihrem Landsmann mechanisch die Hand. »Und das ist – Estone Nev, nicht wahr? Habe ich den Namen korrekt ausgesprochen?«

»Ja«, antwortete Davidge. »Nev spricht nicht Englisch.«

Die Botschafterin musterte den Erdenmann aufmerksam. »Sehr ungewöhnlich, Mr. Davidge – auf die Anwesenheit eines legalen Zeugen zu bestehen und dann einen mitzubringen, der nicht Englisch kann...«

»Für die Vorgänge, die er bezeugen soll, braucht er keine englischen Sprachkenntnisse.«

»Ich verstehe.« Angewidert starrte die Botschafterin auf Nev. Sie hatte nichts gegen Dracs. Aber die Situation mißfiel ihr. Sie wandte sich wieder zu Davidge. »Sie unterschätzen mich, Mr. Davidge. Oder Sie überschätzen Ihre eigene Bedeutung.«

»Mag sein...« Davidge zuckte mit den Schultern. »Sie wollten mit mir sprechen?«

»Allerdings. Ich möchte Ihnen eine Frage stellen.« Sie schaute ihm geradewegs in die Augen. »Was zum Teufel versuchen Sie hier zu erreichen? Wollen Sie einen neuen Krieg auslösen?!!«

»Madam, was ich tun *werde* – von einem Versuch kann keine Rede sein –, läßt sich in wenigen Worten erklären. Ich werde mein Versprechen halten und vor dem Hohen Rat die Geschichte der Jeriba-Linie erzählen.«

»Begreifen Sie, was für politische Folgen das haben könnte? Ist Ihnen klar, was Sie der Drac-Kammer aufbürden? Eine – es gibt kein passenden Äquivalent dafür, aber nennen wir es mal Verfassungskrise. Wenn Sie darauf bestehen, Ihren Plan durchzuführen, werden Sie alles – ich meine *alles* zerstören, was wir in unseren Friedensverhandlungen mit diesem Volk so hart erkämpft haben.«

»Madam, ich glaube, ich *gavey* die Umstände viel besser als Sie oder irgendeiner Ihrer Mitarbeiter...«

»Mr. Davidge«, unterbrach sie ihn ärgerlich, »ich kenne Ihren Lebenslauf. Sie haben einige außerordentliche Erfahrungen gesammelt, und meine Experten bezeichnen Ihre primitiven Übersetzungen als adäquat. Aber Sie sind ein Amateur, der sich auf einem Gebiet betätigen will, an das sich sogar hervorragende Fachleute nur mit äußerster Vorsicht heranwagen.«

»Weil ich Kenntnisse besitze, über die Ihre Leute nicht verfügen. Weil sie unfähig sind, über ihre eigenen Dogmen hinauszublicken. Jedenfalls ist die Drac-Kultur *nicht* so spröde, wie Ihre Experten glauben. Und die Dracs sind *nicht* so dogmatisch wie die Menschen. Die Dracs können ihre Gefühle viel besser ausdrücken. Sie werden ihre Erregung dramatisieren, darüber hinwegkommen und weiterleben. Wir Menschen tun beharrlich so, als wären wir nicht im mindesten erregt, dann gehen wir nach Hause und treten unsere Hunde. Und jetzt sagen Sie mir mal, welche Methode gesünder ist.«

»Ich will nicht mit Ihnen streiten, Mr. Davidge, ich bitte Sie in aller Form, ihre Aktionen auf diesem Planeten zu beenden.«

»Nein«, erwiderte Davidge.

»Vielleicht begreifen Sie die Situation nicht. Ihre Regierung *bittet* Sie, Ihre Machenschaften sofort einzustellen, weil sie die Beziehungen zwischen der Erde und Draco gefährden. Wir sprechen doch beide Englisch, nicht wahr?«

»Es hört sich zumindest so an. Wenn ich mein Wörterbuch richtig verstanden haben, so bedeutet eine Bitte, daß ich auch nein sagen kann. Und ich sage nein.«

»Wenn Sie unserer Bitte nicht entsprechen«, erwiderte die Botschafterin höflich, »wird man Ihren Paß für ungültig erklären. Falls Sie trotzdem auf Draco bleiben, sind Sie selbst für Ihr weiteres Schicksal verantwortlich. Sie stünden dann nicht mehr unter dem Schutz der Vereinigten Staaten von der Erde.«

»Ehrlich gesagt, Madam, ich verlasse mich lieber auf die Dracs. Ich habe *erlebt*, was die Vereinigten Staaten von der Erde als Schutz bezeichnen. Sie auch?«

»Mr. Davidge«, entgegnete die Botschafterin kühl, »auf *beiden* Seiten wurden Fehler gemacht. Nun wollen wir weitere Fehler verhindern. Wollen Sie uns dabei helfen oder nicht?«

Davidge wandte sich zu Nev und erklärte ihm die Situation. Nachdenklich zog Nev die Stirn in Falten. »Als rechtmäßiger Bewahrer des Jeriba-Clans genießt du den Schutz der Draco-Kammer. Und ich garantiere dir die persönliche Protektion des Estone-Clans. Außerdem nehme ich an, daß dir mein Erzeuger auch den Schutz des Jeriba-Clans zusichern wird.«

Davidge nickte. »Das dachte ich mir«, entgegnete er und fragte die Botschafterin: »Soll ich Ihnen meinen Paß jetzt gleich zurückgeben? Oder müssen Sie vorher irgendein offizielles Possenspiel inszenieren?« Er zog eine kleine blaue Mappe aus der Tasche.

Die Botschafterin machte keine Anstalten, danach zu greifen. »Wenn ich Ihren Paß entgegennehme, kann die Drac-Kammer Ihre Hinrichtung anordnen, ohne Vergeltungsmaßnahmen von seiten meiner Regierung befürchten zu müssen. Verstehen Sie?«

»Ja, ich verstehe, Madam. Und ich bin bereit, dieses Wagnis einzugehen.« Er reichte ihr seinen Paß. »Sonst noch was?«

Sie schüttelte den Kopf. »Eigentlich nicht, aber – nur um meine persönliche Neugier zu befriedigen, würde ich gern wissen, *warum* Sie das tun.«

Davidge zuckte mit den Schultern. »Warum sollte ich es *nicht* tun?«

»Wie bitte!«

»Das ist wie beim Jazz, Madam.« Davidge stand auf, und Nev erhob sich ebenfalls. »Wenn man sich den Jazz erst erklären lassen muß, wird man ihn nie verstehen.«

Nach reiflicher Überlegung...

Am nächsten Tag kam ein Sekretär von der Draco-Kammer zu Jeriba Gothig. Natürlich war es nur ein Höflichkeitsbesuch.

Selbstverständlich konnte die Draco-Regierung nicht offiziell verlangen, daß ein Clan sein Gesuch zurückzog. Andererseits wäre die Regierung hochzufrieden, wenn Jeriba Gothig sein Ansuchen, der Hohe Rat möge sich die Jeriba-Liniengeschichte anhören, widerrufen würde.

Natürlich würde kein Draco-Bürger eine Bitte der Draco-Kammer ablehnen. Aber da es keine Bitte war, beharrte Gothig auf seinem Standpunkt. Das Gesuch wurde *nicht* zurückgezogen.

Wie bedauerlich, meinte der Repräsentant der Kammer und verabschiedete sich höflich.

Während der nächsten drei Tage begingen zwei Ratsmitglieder ehrlosen Selbstmord – und ein dritter Ratsherr ließ sich sterilisieren, um seine entehrte Linie zu beenden.

Elf Tage später reichte Jeriba Gothig sein Gesuch zum zweitenmal ein.

Die noch verbliebenen vier Ratsmitglieder überdachten ihre Möglichkeiten und zogen sich zurück, um das *Talman* und die viertausend Interpretationsbände in den Bibliotheken zu studieren.

An jenem Abend ging Davidge zu Jeriba Gothig und fragte, ob er ihn unter vier Augen sprechen dürfte. Gothig nickte und bestellte Tee. Still saßen sie beieinander und atmeten den Duft des dampfenden Kräutertees ein. Es dauerte lange, bis Davidge das Schweigen brach. »Ich habe dich nicht darum gebeten«, sagte er zu dem alten Drac, »und ich finde, ich sollte deinen Wünschen in dieser Angelegenheit berücksichten, bevor wir sie weiterverfolgen. Möchtest du das Gesuch zurückziehen?«

Gothig schaute den *Irkmann* an. »Möchtest *du* das? Wenn es so ist, warum bürdest du mir dann die Verantwortung auf?«

Davidge holte tief Atem. »Ich wußte nicht, welchen Stein ich ins Rollen bringen würde, und ich habe dich in eine sehr unangenehme Lage gebracht. Wenn du die Last der Konsequenzen teilen willst, mein Herr...« Er gebrauchte ehrenvolle Anrede, doch Gothig ignorierte sie. »...dann solltest du dich auch an der Entscheidung beteiligen.«

Gothig lächelte. »Es wäre nicht das erstemal, daß die Jeriba-Linie freimütig handelt... Nun, vielleicht ist es das erstemal, daß die Jeriba-Linie *so* freimütig handelt.« Der alte Drac zeigte auf einen dicken Stapel von rechtswissenschaftlichen Büchern. »Um dieser Sache willen könnte man zum Schwert greifen, das wäre durchaus billig – du verstehst, was ich meine? Dazu wären wir berechtigt. Ich finde in diesen Werken kein Argument, das mir eine Handhabe gegen dein Tun böte. Ich wünschte, ich fände eins, denn das wäre der einfachere Ausweg. Und das Gesetz bliebe unangefochten. Aber«, gab Gothig wehmütig zu, »ich bin genauso froh, daß es kein Argument gegen dich gibt. Ich gestehe, ich wäre bei weitem nicht so entsetzt wie so viele andere, wenn du Erfolg hättest.«

»Damit hast du meine Frage nicht beantwortet«, wandte Davidge ein.

Gothig lächelte. »Du bist ein guter Seiltänzer, *Irkmann*... Aber die Entscheidung liegt immer noch bei dir. So war es von Anfang an. Und das weißt du. Oder du hast das *Talman* nicht so gründlich studiert, wie du es behauptest. Du hast eine Lawine ausgelöst. Nun mußt du darauf reiten. Das müssen wir *alle* – oder sie wird uns zermalmen.

Es gibt keine so gewaltige Macht wie ein Versprechen, das einen zwingt, Wort zu halten.«

Davidge senkte den Kopf. »Du hast mir die Wahrheit gezeigt, mein Herr, und ich fühle mich gleichermaßen geehrt und gedemütigt. Ich werde nie mehr Zweifel hegen, und ich danke dir, weil du mich erleuchtet hast.«

»Ganz im Gegenteil, *Irkmann* – wie lautet die korrekte Anrede? ›*Häßlicher Irkmann?*‹ . . . Ganz im Gegenteil, ich bin es, der dir danken muß, weil du mich erleuchtet hast.«

55

Jeriba Zammis' Aufnahme

Dreizehn Tage später stand Jeriba Gothig wieder vor dem Hohen Rat, an der Seite von Estone Nev. Und diesmal standen hinter den beiden der Kandidat und der Bewahrer. Der Kandidat trug eine weiße Robe, der Bewahrer eine blaue.

Jeriba Gothig trat vor, um das Wort an die Ratsmitglieder zu richten. Der alte Drac sprach langsam, aber eindringlich.

»Meine Herren, man hat mir gesagt, viele würden glauben, daß ein großes Chaos auf dieser Welt ausbrechen wird, wenn ich dieses Gesuch ein drittes und letztes Mal einreiche. Und dies ist die Wahrheit, das gebe ich unterwürfig zu, meine Herren. Viele glauben, dieses Gesuch würde den Namen der Zerstörung enthalten. Ich glaube es nicht. Ich glaube nicht, daß die simple Erzählung einer Liniengeschichte, wie sie unseren Gesetzen entspricht, den Untergang einer ganzen Welt bewirken kann. Ich glaube nicht, daß die Erfüllung eines Versprechens, wie sie auch unser *Talman* erwähnt, das Ende unserer Traditionen herbeiführt. Was ich weiß, geht über den bloßen *Glauben* hinaus. Ich weiß, daß unsere Gesetze und Traditionen wie Staub im Wind verwehen werden, wenn wir diese Gesetze und Traditionen nicht in Ehren halten. Heute haben wir die Aufgabe, nichts Geringeres zu tun, als die Weisheit unserer Ahnen und die Gültigkeit unserer Lebensweise erneut zu demonstrieren.

Ich bitte euch, folgendes zu bedenken – worin besteht die größte Krise, die so viele von uns zu fürchten scheinen? Daß ein *Irkmann* vor dem Hohen Rat steht und dem letzten Wunsch eines Dracs entspricht. Ich gestehe freimütig, ich empfinde keine große Zuneigung zu den *Irkmenn* von dieser oder jener Sorte, und trotzdem bin ich hierhergekommen, bereit, das Recht dieses *Irkmanns* bis zum Tod zu verteidigen.

Viele sind gestorben – auf beiden Seiten. Und die Wunden schmerzen immer noch – auf beiden Seiten. Großes Leid bedrückt uns. Mehr als genug für uns alle, so daß wir noch jahrelang leiden werden. Aber bietet der Kummer von gestern eine ausreichende Begründung, um heute neuen Kummer heraufzubeschwören? Es ist an der Zeit, diesen Krieg ein für allemal zu beenden, meine Herren – es genügt nicht, den Krieg im All zu beenden, wir müssen ihn auch in unseren Herzen beenden.

Nach unseren Maßstäben ist der *Irkmann* häßlich, und seine Gewohnheiten sind primitiv und unzivilisiert. Aber er hat Ehre im Leib. Er hat sein Wort gehalten. Bis jetzt. Nun ist es nur noch der Hohe Rat von Draco, der ihn daran hindert, sein Werk zu vollbringen. Ich frage euch, meine Herren, demonstrieren wir auf solche Weise die Ehre von Draco? Indem wir die Ehre eines anderen verletzen? Ich glaube nicht. Nein – ich glaube nicht.

Der *Irkmann* will nur das Wort halten, das er Jeriba Shigan gegeben hat. Und wenn ihr fragt, warum, meine Herren – im *Talman* steht: ›Intelligentes Leben muß Farbe bekennen!‹ Wenn ein *Irkmann Talman*-Worte zitieren kann, dann ist es vielleicht höchste Zeit, daß ihm der Hohe Rat zuhört! Vielleicht ist es auch an der Zeit, daß die Drac-Kammer Farbe bekennt! Immerhin, wie der *Irkmann* sagen würde: ›Heute ist Mittwoch – der Tag, an dem alles geschehen kann!‹«

Jeriba Gothig trat noch einen Schritt vor und legte das Gesuch vor dem Hohen Rat auf den Tisch.

Die Ratsmitglieder schauten einander an. Drei gaben sich offensichtlich geschlagen. Zanz Kandanz griff nach dem Papier und studierte es aufmerksam.

Endlich begann der älteste Ratsherr zu sprechen. »Du hast dein Anliegen eindrucksvoll vorgetragen, Jeriba Gothig. Und es steht außer Zwiefel, daß deine Linie der Draco-Kammer viel zu bieten hat. Es wäre ein großer Verlust für unsere Welt, wenn die Jeriba-Linie beendet würde. Du sagst, du würdest nicht glauben, daß diese Erzählung deiner Liniengeschichte ein Chaos auf unserem Planet hervorrufen könnte. Und doch, unsere Geschichte hat bewiesen, wie leicht ein Chaos ausgelöst werden kann, wie eine Lawine, wenn nur ein einziger Stein bewegt wird. Wenn du dich nun irrst, Jeriba Gothig? Wenn du einen Fehler begehst? Dieser Rat hat nicht nur die Aufgabe, das Gesetz und die Traditionen von Draco zu bewahren – er muß auch die Clans von Draco schützen.«

Der älteste Ratsherr schien seine nächsten Sorgen gründlich zu erwägen. »Jeriba Gothig, wie du weißt, gibt es kein Gesetz, das den *Irkmann* daran hindern könnte, die Liniengeschichte zu singen. Und doch – nur weil dieser Vorgang dem Gesetz nicht widerspräche, ist er noch lange nicht rechtens. Alles, was du gesagt hast, klingt logisch – aber wenn Logik genügte, um Gerechtigkeit zu üben, wäre ein Hoher Rat überflüssig. Dann könnte uns eine Maschine die Arbeit abnehmen.

So wie du und deine Diener das Gesetz studiert und eine Lösung dieses Problems gesucht haben, so haben sich auch die Ratsmitglieder und ihre Diener darum bemüht. Wenn es kein Gesetz gibt, das den *Irkmann* daran hindern kann, die Liniengeschichte zu singen – dann gibt es auch keins, das diesen Rat zwingt, ihm zuzuhören. Der *Irkmann* mag in der Halle singen, so lange es ihm gefällt. Wir werden zurückkehren, wenn er seine Aufgabe erfüllt hat.«

Zanz Kandanz stand auf, und die anderen drei Ratsherren folgten seinem Beispiel. Sie gingen zur Tür...

Estone Nev sprang auf, um zu protestieren. Wenn die Ratsherren die Halle verließen, ohne die Sitzung offiziell zu vertagen, dann dauerte sie offiziell immer noch an – aber wenn kein Ratsmitglied die Erzählung der Liniengeschichte bezeugen würde...

Hastig legte Jeriba Gothig eine Hand auf den Arm seines Kindes. »Nein, warte... Zanz Kandanz!« rief er dem ältesten Ratsherrn nach.

Der alte Drac blieb stehen. »Ja, Jeriba Gothig?«

»Ich schätze deine Klugheit. Und nun möchte ich dir eine Ehre erweisen und dich einladen, der Erzählung unserer Liniengeschichte beizuwohnen. Und du, Ivvn Lar, willst du dich auch zu uns gesellen? Und Mamu Noyin, bitte, sei auch du unser Gast – und Phelger Carb, bitte...« Jeriba Gothig verneigte sich und wartete.

Die vier Ratsherren standen wie gelähmt da. Es wäre eine grauenvolle Beleidigung, Gothigs Einladung abzulehnen. Er könnte mit Fug und Recht den Tod der vier Dracs fordern. Die drei jüngeren Ratsmitglieder wechselten nervöse Blicke. Welche Entscheidung würde Zanz Kandanz treffen?

Der älteste Ratsherr seufzte tief auf. »Ich glaube, alter Gothig, heute ist dir etwas gelungen, was viele versucht, aber nur wenige erreicht haben. Du hast den Hohen Rat überlistet, und dazu gratuliere ich dir. In der Tat, es wird mir eine Ehre sein, den Fortbestand einer Linie zu verfolgen, die so klug ist wie die deine.«

Zanz Kandanz erwiderte Jeriba Gothigs Verbeugung, und einen Augenblick später verbeugten sich auch die drei anderen Ratsherren.

Jeriba Gothig wandte sich zu Willis Davidge. »Willst du jetzt singen, *Irkmann?*«

»Ja, Jeriba Gothig, ich will singen.«

Davidge ergriff die Hand des Dracs, der Jeriba Zammis werden wollte, und die beiden traten vor die vier restlichen Mitglieder des Hohen Rats von Draco.

Davidge schaute ihnen der Reihe nach ins Gesicht, freimütig und ohne die geringste Verlegenheit. Dann zog er Zammis die Kapuze vom Kopf, so daß ihn alle sehen konnte, nahm auch seine eigene ab und richtete den Blick wieder auf die Ratsherren.

O Jerry, jetzt will ich dir Ehre machen!

Willis E. Davidge holte tief Atem und begann zu singen: »*Son ich stayu, kos va Shigan, chamy'a de Jeriba, yaziki nech lich isnam liba, drazyor, par nuzhda...*«

Und während er sang, rollten langsam Tränen über seine Wangen. Er versuchte nicht einmal, sie abzuwischen, und sang frohgemut mit glückstrahlendem Gesicht weiter.

Er hatte Wort gehalten. Jeriba Zammis war nach Hause gekommen.

Eines Tages würde Zammis vor diesem Rat stehen und Jeriba Ty vorstellen. Ty würde Jeriba Haesni hierherführen. Haesni würde mit Jeriba Gothig vor den Rat treten. Und danach – würde Gothigs Kind Shigan heißen.

Originalausgaben großer Autoren im Heyne Taschenbuch

Jeden Monat erscheinen über 40 neue Heyne-Bücher

01/6426 - DM 6,80

01/6370 - DM 6,80

01/6205 - DM 7,80

01/6401 - DM 12,80

01/6433 - DM 6,80

01/6416 - DM 9,80

Heyne Taschenbuch-Bestseller

01/5750 - DM 12,80

01/5738 - DM 9,80

01/6343 - DM 9,80

HEYNE TASCHENBÜCHER

zu Film und Fernsehen

01/6596 - DM 6,80

01/6316 - DM 6,80

01/6532 - DM 6,80

01/6369 - DM 6,80

01/6366 - DM 6,80

01/6367 - DM 5,80

01/6479 - DM 5,80

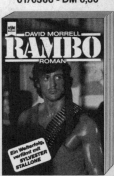

01/6448 - DM 6,80

Frank Herberts grandioses Epos aus ferner Zukunft
Der Wüstenplanet
Der erfolgreichste Science Fiction-Zyklus aller Zeiten

Der Wüstenplanet
Heyne Science Fiction
06/3108 - DM 9,80

Der Herr des Wüstenplaneten
Heyne Science Fiction
06/3265 - DM 7,80

Die Kinder des Wüstenplaneten
Heyne Science Fiction
06/3615 - DM 9,80

Der Gottkaiser des Wüstenplaneten
Heyne Science Fiction
06/3916 - DM 12,80

Die Ketzer des Wüstenplaneten
Heyne Science Fiction
06/4141 - DM 12,80

Weltauflage: 20 Millionen Exemplare!

HEYNE FILMBIBLIOTHEK

*Themenbände,
die sich mit
bestimmten
Filmarten,
wichtigen
Epochen und
Kategorien
beschäftigen.*

32/40 - DM 9,80

32/44 - DM 10,80

32/68 - DM 10,80

32/54 - DM 9,80

32/62 - DM 6,80

32/78 - DM 12,80

32/73 - DM 12,80

32/80 - DM 9,80